徳間文庫

死なないで

井上剛

1

小さな背中の向こうに、死が横たわっていた。

モルタル塗りの壁がところどころ剝《は》がれた木造アパートと、得体の知れない事務所ばかりが看板を掲げた三階建ての雑居ビルが隣り合っている。その隙間《すきま》で、往来に背を向けて十歳ぐらいの少女が蹲《うずくま》っていた。

空色のワンピースの肩が、ひくっ、ひくっ、と上下に動いている。手にぶら下げた透明のビニール袋もそれにつれて揺れる。袋の中身は赤いソーセージとパンの耳だ。

肩越しに覗《のぞ》き込むと、毛足の長い赤茶色の雑種犬が寝そべっていた。眼を閉じて眠っているだけのようにも見えるが、少女の嗚咽《おえつ》がそれを否定している。

江藤路子《えとうみちこ》は優しく微笑《ほほえ》みかけた。泣いている少女にではなく、横たわっている犬に。

――死んだんだ、この子。

大学の行き帰りにこの辺りを通るとき、よく見かける野良犬だった。時おり誰かがこっそり餌《えさ》を与えている痕跡《こんせき》が駅近くの高架道路のガード下に残っていたが、目の前の少女がその主だったと見える。拾ってきてもいいかといずれは親にせがむつもりだったのかもしれない。今日も餌を持って来たのに、彼女の秘密の愛犬は既にこと切れてしまっていたようだ。

死因は察しがつかなかった。病死か、それとも車にでもはねられたのか。いずれにせよ、あまり目立った傷が見当たらない死体は、即死ではないことを窺《うかが》わせた。

死に至る最期の時間を、この子はどうやって過ごしたのだろうか。

路子はその時間に思いを馳《は》せ、もう一度笑みを浮かべた。おそらく、迫り来る死に怯《おび》えながらも自分なりの覚悟を決め、たったひとりで決定的な瞬間を乗り切ったのだろう。

――あたしが居合わせてたら、もっと楽に死なせてあげられたのにね。

路子は、右手の人差し指を左手でそっと握った。この指を差すだけで、長く苦しませることなく最期を迎えさせてやれたはずだ。

この子は、偉い子だ。生きているという事実に必要以上の価値を求めてあがいている馬鹿な人間どもとは違う。不意に訪れた死を、誰の力も借りることなく、決然と受け容れたのだ。だからこそ、手を貸してやりたかった。

誰かが言っていた。「人間の死亡率は百パーセントだ」と。

犬も、人間も、死ぬのだ。遅かれ早かれ、例外なく、みな死ぬのだ。生まれ落ちた瞬間から、死に向かって歩きはじめるのだ。そう定められている以上、生きていることにどれほどの意味があるだろう。生に執着し、死を恐怖し、自己が生き続けることに価値を見出《みいだ》そうと躍起になるなんて、無駄なことだ。

そんな連中には、思いっきり、指を差してやりたい。路子はいつもそう思う。世の中が自分のために存在しているとでも言わんばかりに大きな顔をして、前向きだとか、積極的だとか、一所懸命だとか、頑張るだとか、そんな暑苦しい単語を口臭のように吐き散らしながら生きている連中を、一気に奈落《ならく》の底へ突き落とす。さぞかし楽しいことだろう。

路子の周囲など、その最たるものだ。東京の、女子大の、二回生。世の中に怖いものなどない。地球は自分を中心に回っている。今が最高。

まったく、おめでたい奴《やつ》らだ。路子はなじめなかった。今、目の前で横たわっている犬のほうが、よほど現実的で、正直で、真っ当な存在だと思う。親近感すら覚える。肉体を持つものは、すべてこれと同じ結末を迎えるのだから。そのとき、恋愛だの、ファッションだの、金銭だの、そんなものがどれほどの意味を持つと言うのか。

十月下旬にしては力強い陽がようやく落ちはじめた。死んだ犬にとって最後の安住の地であるビルの隙間にも、暗い影が優しく忍び込む。

少女が背後の気配に気づいて振り仰いだ。眼に涙を溜《た》めたまま、路子の顔を見つめる。彼女の深刻な悲しみが路子には鬱陶《うっとう》しかった。犬と自分との密《ひそ》やかな紐帯《ちゅうたい》を遮断されたようで、不快にすら感じた。

「バイバイ」

路子は犬に向かって告げると踵《きびす》を返し、ガードレール脇《わき》に止めておいた自転車のハンドルを握って、ゆっくりと歩きだした。

ここからアパートまで歩くと、五分以上かかる。後輪のパンクに気づいた時は思わず舌打ちしたけれど、徒歩になったおかげでひとつの死を目撃することができた。だから、歩くのも苦にならない。

あまり流行《はや》っていない美容室や、焼鳥屋の煤《すす》けた暖簾《のれん》や、「テナント募集中」の貼《は》り紙——それも色褪《いろあ》せて破れかけた——に彩られたガラス窓が、路子の視界へ遠慮がちに進入しては背中へと去ってゆく。通いなれた道でも、自転車で走りぬけるのと徒歩で行き過ぎるのとでは、ずいぶん見え方が違うものだ。

コンビニエンスストアの角を左へ曲がり、線路沿いの金網に突き当たったら右に折れる。アパートまではあと百メートルほど。夕陽で空がとろけそうだ。路面のアスファルトは荒れ放題で、ぺしゃんこになった後輪ががたん、ぺこん、と不規則な上下運動を路子の両腕に伝えてくる。

路子の住まいは、家主の名を冠して『たなべマンション』と銘打たれた三階建てだが、玄関まわりの薄汚れた壁を見上げるたび、とてもマンションなどという上品な呼称は当てはまらないと路子は思う。

居住者用として申し訳程度に作られた、みすぼらしいトタン屋根の自転車置き場は、無作法に並べられた自転車やミニバイクでいっぱいだった。もう少し整然と間隔を詰めれば、あと三台は置けるだろうに。

路子は自分の自転車のスタンドを立てて、置き場を整理し、右端に一台ぶんのスペースを作り出した。よし、と振り返った時、ジャッと嫌な音がした。

首をひねってみると、リブ編みの青いセーターの左肩にみごとなかぎ裂きができていた。トタン屋根を支えるささくれ立った細木の柱から斜めに飛び出した釘《くぎ》の頭が、意地悪く笑っている。

路子は、感情のこもらない視線で肩と柱とを等分に見た。

世の中、所詮《しょせん》こんなものだ。

自転車を屋根の下に入れて鍵《かぎ》をかけ、すぐ横の玄関を入り、集合ポストから夕刊を引き抜く。リュックのストラップを右肩だけ外し、ファスナーを半分開けて部屋の鍵が入ったポーチをまさぐる。

路子の部屋は、二階のいちばん奥だった。カーペット敷きの洋間と、ミニチュアみたいなキッチンと、ユニットバスと、クローゼット。家賃が安いことを割り引いて考えても、狭い。しかし、必要最小限のものしか置かれていないため、妙に広く感じられる。うそ寒いというべきかもしれない。

蛍光灯のスイッチを入れ、三段ボックスの上に鍵を置き、夕刊を床へ放り投げた。リュックとポーチをガラステーブルに置き、テレビを点《つ》ける。

間の抜けた音楽は台所洗剤のコマーシャルだ。続いて絵に描いたような三世代同居家族が歌い踊る住宅メーカーのコマーシャル。その次は、近ごろ人気上昇中の格闘技の大会の宣伝だった。筋肉の塊のような巨漢の黒人選手が対戦相手を挑発している場面が映り、鮮血を連想させる赤いテロップが開催日時を予告する。

セーターを脱ぐ手を止めて、路子は画面に目をやった。巨漢は、右手の親指を立てて顎《あご》の下へ運び、左から右へゆっくり動かしてみせる。おまえの首をかき切ってやる。そう言いたげに。

あなたが親指ならあたしは人差し指だ。路子は巨漢と同じ表情を浮かべた。

黒いトレーナーに着替え、整理棚の上のスタンドミラーに向かい、黒いゴムで後ろ髪を束ねた。キッチンへ立って冷蔵庫の中身を確認する。食材は残り少ないが、工夫すれば今日の夕食はまかなえる。新たな買い物は必要ない。床の新聞を拾い上げて、パイプベッドに腰をかけた。ぎし、とスチールの脚が軋《きし》んだ。

トップ記事は、与党政治家の汚職事件だ。立場を利用して私腹を肥やしていたらしい。野党は色めき立ち、検察は捜査を開始し、善良な市民は怒り狂っている。路子にとってはどうでもいいことだ。

一枚めくると、どこかの国の内紛が報じられている。無差別攻撃で民間人約二百人が犠牲になったそうだ。これでまた、夢だの希望だの生き甲斐《がい》だのが二百個ほど消滅した。少しは涼しくなっただろうか。

社会面には黒地に白抜きの見出し。若い女の独り暮らしばかりを狙《ねら》う連続事件の続報だ。ここ半年あまりで四件め。手口が共通しているし、犯行場所も特定の地域に集中しているから、明らかに同一人物の犯行だというのが警察の見解らしい。最初は暴行犯だったのに、三人目の被害者に激しく抵抗された挙げ句、首を絞めて殺してしまった。晴れて殺人犯に昇格したわけだ。事件の性質上、大きく扱うことを避けてきた新聞も、鬱憤を晴らすかのように書き立てはじめた。ただ、おそらくそれは正義感などという立派なものではなく、単なる好奇心に過ぎない。

事件の発生地域は、路子の住まいにほど近い。この部屋も犯人にとっては狙い目だろう。アパートの玄関はオートロックになっていないし、雨樋《あまどい》を伝ってベランダから侵入するのも簡単だ。

もし、遭遇したら。路子は、ちょっとだけ想像してみた。

結果は見えている。あたしは、名も知らぬ犯人に向かって、指を差すだけでいいのだ。犯人は、何が起きたのかわからずに倒れるだろう。選んだ相手が悪かったのだと理解できないまま。

人はどうせ、遅かれ早かれ死ぬのだ。ましてや、悪行を働くしか能のないような男の死を数十年早めてやったところで、何の問題もないだろう。

笑いがこみ上げてきた。

新聞を畳んだ時、ガラステーブルの上で電話が鳴った。路子は受話器を取らずに、ただ眺め続けた。

ベルが三回鳴って、自動的に着信した。出来合いの留守番応答メッセージが流れる。留守にしております、ご用件をどうぞ、ピーッ。

『まだ戻ってないのか』

メッセージの終了を待つのももどかしげな、父親の声が聞こえてきた。

実家には携帯電話の番号を教えていないから、両親が路子に連絡を取りたければこちらにかけてくるしか方法がない。より正確には、常に二人からの電話を受けられる機器を身に纏《まと》うのが嫌で、そのためだけに滅多に使いもしない電話を部屋に引いている。いわば、ほとんど両親専用だった。もっとも、そのベルが鳴ることは年に数回でしかない。

父からの電話は、決まって「たまには連絡してこい」というただそれだけの、自家撞《じかどう》着《ちゃく》のような連絡だった。どうせまたその類《たぐい》だろう。路子は無視しようと決めた。

しかし、予想外の言葉が後に続いた。

『すぐ帰ってこい。危険な状態だそうだ。いいな。垣内山《かいとやま》病院だ』

思わずベッドから腰を浮かせたが、電話はすぐに切れた。

テーブルの前まで膝《ひざ》でにじり寄って、留守番電話の再生ボタンを押した。用件は二件です、一番目のメッセージ、午後四時五十分です、ピーッ。

帰宅前に残されていた録音は、やはり父の声だった。

『路子。俺だ。母さんが倒れた。脳卒中だ。垣内山病院にいる。すぐ帰ってこい』

公衆電話だったのだろう。わうん、と声が響いて聞こえる。早口だが、うろたえている雰囲気は感じられない。むしろ、怒っているような印象を受けた。ふだんから父は、およそ怒り以外の感情を発露させたことがない。

それにしても、思わぬ知らせだ。

（お母さんが倒れた？　危険な状態？）

受話器を摑《つか》み上げた。この部屋に住んで一年半、まだ両手で数えるほどの回数もかけたことのない実家の電話番号をプッシュする。

誰も出ない。考えてみれば当たり前だ。今の電話の内容を信じるなら、父と母は病院だし、二人を除けばあとは猫が一匹いるだけだ。

受話器を置き、路子は立ち上がった。

死なないで、お母さん。せめてあたしが行くまで。

ポーチの中から財布をほじくり出して所持金を確かめた。交通費には足りる。

小ぶりな旅行鞄《かばん》に手早く荷造りをする。

アルミサッシの施錠を点検し、カーテンを引く。

部屋を飛び出した。隣室に声をかけておこうか。いや、時間がもったいない。短い廊下と階段を駆け、玄関を出る。空はもう暗い。けど、急げば今夜中にはじゅうぶん着けるはずだ。自転車置き場へ走る。鍵を開けようとして、パンクを思い出す。肝心な時に使えない役立たず。後輪に蹴《け》りをくれてやった。

急げ。路子は駅に向かって駆け出した。躊躇《ちゅうちょ》している暇はない。

死なないで、お母さん。病気なんかで死なないでよ。

あなたは、あたしが殺すんだから。

左から右へ。爛《ただ》れた夜景が通り過ぎてゆく。

窓の中には、こちらをじっと見つめるもう一人の自分。十九年と七か月の間、つきあってきた顔がそこにある。吊《つ》り上がり気味の眼と長い睫毛《まつげ》は母の日出子《ひでこ》譲りだし、薄い唇と鋭角的な下顎は父の肇《はじめ》とそっくりだ。

路子は、この顔が嫌いだった。憎んでいると言ってもいい。両親と同じ遺伝子がこの身体の中に息づいているのかと思うと、胸焼けを起こしそうになる。こんなものは世の中から駆逐すべきだと思う。

街の灯りがまばらになってきた。

殺してやる。父も母も、あたしが殺してやる。それが叶《かな》わないのなら、せめて死の瞬間に立ち会って、思いっきり唾棄《だき》してやる。さもなければ、今まで生きてきた甲斐がない。

列車がスピードを上げる。もっと速く。もっと。もっと。

路子は右手の人差し指を左手で握り締める。

気が急《せ》いていたせいだろう、東京駅まで出る途中で乗り換えを間違えそうになった。そのため、予定していた列車に乗れなかった。わずかな時間のロスだが、それが原因でもし間に合わなかったらと思うと、額に汗がにじんだ。二度と取り返しのつかない失敗を犯してしまったのかもしれない。

あたしの人生は、いつもそうだ。

ガラスの中で頬《ほお》が歪《ゆが》んだ。ますます両親に似るように思えて、顔を背ける。

やがて、どこかの駅に着いた。黒い服を纏った数人の男女が乗り込んでくる。葬儀か法事に出席していたのだろう。

悪い予感が走る。

二十歳になったら、などと気取ったことを考えたのが間違いのもとだった。両親が健康そのものでいるうちに、さっさと殺してしまえばよかったのだ。

路子は唇を噛《か》んだ。

車体が小さく揺れ、夜景が動きはじめた。

晴美《はるみ》ママ。

路子はいつも、心の中でそう呼んでいた。口に出すときには、ちゃんと「晴美おばちゃん」と呼んでいたけれど、小学校に上がる前までの路子にとっては、肇の姉の晴美こそが母親だった。

晴美は、宝物のように路子を可愛《かわい》がってくれた。一人住まいをしていて、時おり訪ねてくるだけだったが、一緒に暮らしていた母の日出子よりも長い時間を共有していたような気がする。現実にはそんなはずはなかったが、ともに過ごす時間の充足感の深さを、長さと錯覚していたのだろう。

江藤の家に来ると、既に空き部屋になっているかつての自室でゆったりと過ごす。そこに路子を呼びつけては、いろいろな話を聞かせてくれた。晴美の部屋は、全体的に気詰まりな家の中で、路子にとって唯一の心休まる場所だった。

晴美は、若く美しかった。肇と二つ違いだったと後で知ったが、だとすれば日出子よりも四つ年上になる。それなのに、圧倒的に晴美のほうが若々しかった。子どももおらず、日出子のように所帯やつれをしていなかっただけなのだ、と今では理解できるが、その当時は、どうして晴美ママが本当のママじゃなかったのだろう、と自分の生い立ちを呪《のろ》ったものだ。

江藤の家の中で、晴美だけが路子の味方だった。祖父も、父も、母も、路子のことを大切にはしてくれなかったけれど、晴美だけは別だった。そして晴美もまた、父親からは蔑《さげす》まれ、弟からは疎まれ、義妹からは煙たがられ、路子だけが近しい存在だったらしい。

中でも、晴美に対する日出子の嫌悪は、子ども心にも肌があわ立つのを覚えるほどだった。晴美が家に来ると日出子は、表面上は従順を装いつつ、姿が見えない場所に来るとさんざんに罵《ののし》った。

穀潰《ごくつぶ》し。

人でなし。

来なければいいのに。

何様のつもりよ。

なぜ日出子がそこまで晴美を毛嫌いするのか、路子にはわからなかった。若くてきれいだから嫉妬《しっと》しているだけなのだろうと思っていた。そんな悪口雑言をいくら吐いたところで、晴美を貶《おとし》めることなどできはしない。そんなふうに、晴美は路子にとって誇りに思える存在だった。

肇や日出子にねだっても買ってもらえない玩具《がんぐ》を、晴美はこっそり買ってきてくれたりもした。あれは、テレビアニメの中で魔法使いの少女が変身する際に使うステッキだったろうか。晴美にそれをプレゼントされた日、路子は嬉《うれ》しさのあまり手に持ってポーズを取りながら家の中を駆け回ってしまった。苦々しい顔で見咎《みとが》める日出子の視線に気づいて、慌てて背中に隠した。

次の日、家中どこを捜してもステッキは見つからなかった。

午後になって晴美が来た。二日続けての来訪は珍しかった。晴美は日出子に見つからないように路子を呼び、紙袋を手渡した。中身は、少し汚れたステッキだった。

――パパとママに捨てられてしまっていたの。見つけたのがわたしで良かったわ。こっそり拾ってきて、一所懸命拭《ふ》いたんだけど、きれいにならなくてごめんなさいね。

路子の頬は真っ赤に染まった。悲しみと怒りとが綯《な》い混ぜになっていた。

ごめんなさいね、と晴美は何度も謝った。ママはわたしのことが嫌いなの。だから、わたしと仲良くしてくれる路子ちゃんにつらく当たるのよ。わたしのせいで、路子ちゃん、ごめんなさいね。涙をこぼさんばかりに晴美は言い、それから毅然《きぜん》とした表情を取り戻して、こう告げた。

――何があってもわたしが路子ちゃんを守ってあげるからね。

ぜったいだよ、と路子は訴え、小指を立てて右手を差し出した。晴美も小指を出して応じてくれようとしたが、長くしなやかな晴美の指と自分のそれとではあまりに不釣合いで、約束が成立しないのではないかと心配になった。

だから、小指を折って人差し指を立てた。そしてそれを晴美の小指に絡めて、ゆびきりげんまん、と歌った。晴美は路子の所作を興味深く見つめながら、

――これ、路子ちゃんとわたしだけの、秘密の指切りにしましょうね。

そう言ってにっこりと微笑んでくれた。その微笑みに癒されながら、路子は日出子を憎んだ。大切な玩具を捨てられたこと以上に、晴美を侮辱されたようで、赦《ゆる》せなかった。

日出子に対する路子の敵意が増すにつれ、晴美に対する日出子の敵意も増すようだった。

ある寒い冬の日、いつものようにやって来て自室に引き取った晴美のところへ、これもいつものように日出子は茶を入れて運んでいった。そして、台所に戻ってくるなり、憎々しげに吐き捨てた。

「死ねばいいのに。殺してやる」

路子は、それをはっきりと聞いた。

日出子が毒づくのは普段から聞かされているが、おそらく日出子は、誰にも聞かれていないと高を括《くく》っているはずだった。物陰でこそこそと口にしていたからだ。幼い路子が懸命に聞き耳を立て、しっかりと脳裏に刻みつけているなどとは思っていなかったろう。

だが、その時は違った。満天下に知られても構わないとばかりに、大きな声で言い立て

たのだ。

路子は、死ぬとか殺すとかいう言葉の意味を正確に理解していたわけではなかった。しかし、日出子が何をしようとしているかは、直感的に察知できた。ママが晴美ママに何か恐ろしいことをしようとしている。路子は本気で戦慄《せんりつ》した。

その日、路子はふだん以上に晴美にまとわりついた。日出子と晴美の間に何があったかはわからない。ただただ、日出子から晴美を守ろうとして必死だった。

晴美はそれを、路子が普段以上に甘えているのだと受け取ったのだろう。目を細めて路子を愛《め》で、頭を撫《な》でてくれた。

自分の意図を上手《うま》く伝えられないことがもどかしく、路子は強引に晴美の小指を捉《とら》えて人差し指を絡めた。路子なりの決意のつもりだった。

路子の努力の甲斐あってか、一日は何ごともなく暮れ、晴美は江藤の家を辞して帰っていった。路子は胸を撫で下ろした。

夜になって、再び晴美が家にやって来た。ただし、物言わぬ遺体となって。

「おばちゃん、どうしちゃったの？」

布団に横たえられたまま動かない晴美を不気味に思い、おそるおそる路子は尋ねた。日出子は、マネキンのように澄ました顔で答えた。

「おばちゃんはね、死んだの。もう帰って来ないの」

交通事故だった。江藤の家から帰る途中でトラックにはねられた。即死だったという。

それから日出子は、死ぬということがどういうことなのか、懇切丁寧に教えてくれた。

それまでに路子がテレビや漫画を通して漠然と把握していた死というものを、完全に理解したのはこの時だった。

その夜、路子は布団をかぶって一晩じゅう身体を震わせていた。

恐ろしかった。

日出子がやったのだ。はっきり宣言していたではないか。殺してやる、と。どういう方法かはわからないが、日出子が殺したのだ。

日出子は、手もふれずに他人を殺すことができるのだ。

——ママには逆らえない。

そう思い知った。

晴美の葬儀が営まれた。

二間つづきの和室には、見たこともないような段飾りが設《しつら》えられていて、路子の目を釘づけにした。回り灯籠《どうろう》の影が天井や障子に映って、まるでお祭りみたいだった。大勢の人が集まってきた。

来る人来る人、よく似た黒い服を着て、顔を伏せ、遠慮がちに席に着く。華やかな場にはそぐわない、落ち着いた薫りを含んだ煙が漂う。

路子はどうしていいかわからず、所在なげに部屋の中をうろうろしていた。

「おとなしく座っていなさい」

日出子に咎められた。しかたなく、畳の上で正座をした。足の痺《しび》れを感じはじめたころ、ものものしい衣装に身を包んだ僧侶《そうりょ》が入場してきて、ゆっくりと裾《すそ》を払い、段飾りの真正面に座った。

読経が始まると、部屋のそこかしこで密かにすすり泣く声が聞こえてきた。

——晴美ママ、死んじゃったんだ。

改めてそう実感した。涙があふれてきた。段の上の写真を見たら、もう涙が止まらなくなった。焼香の番が回ってきた時には、路子の顔は涙と鼻水でどろどろだった。その間、日出子は取り澄ました面持ちのまま、値踏みするような目つきで祭壇を睨《にら》んでいた。

そのうち、数人の男がきびきびした動作で飾りつけを撤去し、部屋の中ほどに棺《ひつぎ》を安置した。日出子は、棺を取り囲む参列者の群れから一歩さがると、路子の肩を肘《ひじ》で突いた。

そして小さな声で言った。

「なんでそんなにぼろぼろぼろぼろ泣くの。みっともないったら」

路子は、返事ができなかった。ただ、日出子の顔を見上げて、よりいっそう悲しそうな表情を作るのがせいいっぱいだった。

棺の蓋《ふた》が開けられ、一同の嗚咽《おえつ》が高まった。

路子はふと、自分を呼ぶ声を聞いた。誘われるままに、大人たちをかき分けて棺へ近づいた。

人垣を抜け、背伸びをして中を見た。晴美は、むせ返るような花の匂《にお》いに包まれて、静かに眼を閉じていた。首から下は花に埋もれて見えなかった。顔がきれいでよかったね、と何人かが呟《つぶや》いた。路子には、笑っているようにも見えた。

手を伸ばしてみた。

右手の人差し指で触れた頰は、路子の予想を裏切って、やけに冷たかった。

——なに、これ?

路子は疑問に思った。

しかし、同時に路子は一つの事実を了解した。これこそが「取り返しのつかないこと」なのだと。

また、涙が止まらなくなった。

自分は、晴美を守るという約束を果たせなかった。同時に、自分を守ってくれる人を失ってしまった。

——約束、したのに。晴美ママと指切りしたのに。

誰にも気取られないよう、花々の下をそっとまさぐって晴美の右手を捜し求め、なんとか小指に触れることができた。

不思議な感触が全身を満たしたのは、この時だった。遺体の冷たさが指先から手へ伝播《でんぱ》し、そこから腕へ、肩へ、胸へ腹へ下半身へ、首へ頭へ、いっせいに突き抜けたのだ。

——あ。晴美ママが入ってきた。

路子にはそう思えた。わたしがついてるから大丈夫よ、と晴美が囁《ささや》きかけてくれたような気がした。

涙が止まった。

再び人垣の中を泳ぎ渡って、日出子のそばに戻った。差し出されたハンカチを奪うように母の手からもぎ取り、顔を拭《ぬぐ》った。

家の外には霊柩車《れいきゅうしゃ》が停まっていた。男たちが棺を担いで車の中に押し込んだ。参列者たちは黒塗りのハイヤーに分乗した。

車の中で日出子が、ふと路子を見下ろした。祭壇を見ていたときと同じ目つきだった。娘の顔から悲しげな表情が消え失せているのを確認すると、満足げに頷《うなず》いた。

——泣くもんか。

路子は心に堅く決めていた。

この時から今に至るまで、路子は一度も泣いたことがない。

列車の窓に亀裂《きれつ》が入った。路子は、ガラスに押し当てていた額を離した。

雨滴だった。

左上から右下へ、三十度ほどの角度で細い線を描いている。さらに二本、三本と亀裂が増え、やがて本格的な雨となった。

ほぼ一週間ぶりの雨だ。路子は頭上の棚を見上げた。傘は持って来なかった。ため息が出た。とは言え、この時間なら、どのみち駅から病院まではタクシーだ。降るなら降れ。好きなだけ。

それより、あの犬はどうしたろう。雨に濡《ぬ》れているだろうか。あの女の子が親に頼んで埋葬でもしてやっただろうか。

路子は犬が好きだ。日出子が猫好きなのとは裏腹に。いや、だからこそ、と言うべきか。考えてみれば、猫そのものに対しては別に含むものはない。日出子の趣味に合わせるのはごめんだ。単にそれだけのような気もする。

ただ、犬は路子の人生を変えた。少なくとも、いま歩んでいる方向へ踏み出すためのきっかけを与えてくれた。そのことだけは間違いなく感謝している。

路子は思い出す。初めて指を差した日のことを。

ぶち模様の中型犬が左の後ろ足を引きずっていた。車にでも轢《ひ》かれたのか、折れているようだった。尻尾《しっぽ》の毛はほとんど剝《は》がれて地肌が見えていたし、顔は泥だらけで右眼はふさがっていた。

それでも歩いていた。片足跳びの要領で、弱々しく、しかしそれでも苦痛に耐えながら懸命に前へ進んでいた。跳ぶたび、力なく左足が揺れ、ぽつりぽつりと血が滴り落ちて路面に斑点《はんてん》を残した。

舌を垂らし、荒い呼吸を繰り返していたが、死の訪れまではまだ相当の時間を要するように思われた。それだけに却《かえ》って痛ましかった。

路子は、下校の途中だった。まだ真新しいランドセルを背負い、いつもなら右手に持って歩く紺袋――体操服や絵画の道具を入れて持ち歩く手提げ鞄をこう呼んでいた――を肩にかけていた。晴美の葬式に参列して以来、冷たい違和感が消えない右手の人差し指を、左手で握り締めていたのだ。

横断歩道橋の階段を昇ろうとしたところで、その犬が目にとまった。

——ひどい。

眉《まゆ》をひそめた。

犬が振り向いた。

指が疼《うず》いた。

脊髄《せきずい》反射よりも俊敏な反応で路子は悟った。あたしの指には、力が宿っている。それは、いま使うべきものなのだと。

スローモーションのように路子の右手は上がった。

犬に向かって人差し指を突き出した。

冷たかった指が熱く痺れた。

(死ぬの。死んだほうがいいのよ)

路子が強く念じると、犬は足を止め、敵を威嚇《いかく》する猫のように背を曲げて四肢を硬直させると、自分の肩の高さぐらいまで跳ね上がった。それは、生命力の減衰とは全くそぐわない、異質の動作だった。

犬はその場に倒れた。あと数時間をかけて使い果たすはずだった力を、一瞬の跳躍ですべて放出したかのように。

路子は駆け寄った。犬は前足をぴくりぴくりと小刻みに動かしていた。

それも間もなく止《や》んだ。

（よかった……）

何がどう良かったのかわからないが、安堵《あんど》感が路子の全身を浸していた。

潮が引くように指の熱は冷めた。

路子は犬の死骸《しがい》を見つめつづけた。家に帰ってから時計を見て、三十分あまりもその場に佇《たたず》んでいたことを知った。

その日の夜、布団の中で、路子は冷たい指を丁寧にさすった。消えなかった違和感は、いつのまにか心地よい感触に変わっていた。

これで、日出子と対等になれたと思った。しかし、それは誤解だった。それに気づくまでには三年を要した。


乗換駅に着き、路子は列車を降りた。

豪雨と呼んでも差し支えなかった。ホームの中ほどにまで飛沫《ひまつ》が侵入してくる。

目的の駅までは、まだここからたっぷり一時間はかかるだろう。それからタクシーだ。

濡れずにすむぎりぎりの位置まで足を踏み出してみる。庇《ひさし》をかすめて空を見上げれば、闇《やみ》が染み込んだようなどす黒い雨が倦《う》まず降り続いている。蛍光灯のそばを通り過ぎる時にだけ白く透明に輝く雨。それが本来の色なのに、しらじらしくて嘘《うそ》っぽい。

あの日も、こんな雨だった。

路子は春休みが嫌いだった。

夏や冬と違って、春休みは友だちとの関係が希薄になる。一年生でもなく二年生でもない。あるいは、二年生でもなく三年生でもない。あるいは——そんな中途半端な立場が、クラスメートとの間を疎遠にさせる。

さらに悪いことには、路子の誕生日はその春休みの真っ最中、三月二十八日だった。この誕生日も、路子は嫌いだった。幼稚園の頃はずいぶん不利益を被った。五歳かそこらの幼児にとって、発育の遅い三月生まれはそれだけで充分なハンディキャップとなった。

小学校に上がると心身の発達の差違は目立たなくなってきたが、今度は別の問題が生じた。誕生日が来ても路子は、ほかの子と同じように友だちを家に招いて「お誕生日会」を開くことができなかった。春休みに突入してしまっては、クラスメートを集めるのは難しかった。それに第一、日出子はそんなことに気を回してくれなかった。

そして、三年生でもなく四年生でもない春の日。路子にとって最悪の誕生日だった。

四年生になったら進学塾へ通いなさい、と日出子に命じられていた。塾にも入学試験があり、合格発表が三月二十八日だったのだ。

多くの子どもたちがそうであるように、路子も勉強は好きではなかった。我がことのように眼を血走らせる日出子に急き立てられて受験をしてはみたものの、受ける前から結果はわかりきっていた。わかっていなかったのは日出子だけだったろう。

その日、傘をさしても意味がないほどの大雨が早朝から降り続いていた。世界中の雨という雨が自分の頭の上にだけ降り注いでいるように感じられた。

結果を見届けた帰り道、日出子は何も言わず、何か重大な決意でも秘めているかのように早足で歩いた。路子は小走りでつき従った。

赤い傘の縁をかすめて母の背を目で追うのに必死だった。だから、足もとまで注意を払う余裕はなかった。舗道の敷石がめくれあがっていることなど、まるで気づかなかった。足を取られた。むかし見た幼児向けテレビに出ていたハンドパペットさながらの大袈裟《おおげさ》な動きで、路子はみごとに転倒した。

路面にわだかまっていた雨水は大きな音を立てて生き物のように躍り上がり、日出子のレインコートの裾に襲いかかった。

日出子の足が止まった。秘めていた決意をいよいよ実行に移すかのようにきっぱりと。

路子がよろよろと立ち上がるのを待って、日出子は言った。

「あなたなんか、生まれてこなければよかったのよ」

怒りにまかせての感情的な絶叫なら、まだ耐えられただろう。考えに考え抜いた挙げ句の結論を告げるような冷たい目、冷たい声、冷たい雨。

膝に付着した泥汚れの下から染み出してきた赤い血を手で庇《かば》いながら、路子は体を震わせていた。

晴美のことを思い出した。日出子は、特別な力で人を死に追いやることができる。三年前に自分が得た力と同じように。

日出子と戦って勝てるとはとても思えなかった。

――殺される。逃げなくちゃ。

動物として本能的に内包している生命への執着をたぎらせる片方で、路子は死に憧《あこが》れてもいた。脚の痛みが、生き残るための最後の逃走を放棄することを正当化してくれた。ずぶ濡れの路子は、母が自分に向かって指を突き出すのを待った。

しかし、その瞬間は訪れなかった。

既に死んだ者のように身体を硬くしてうずくまっている路子に、さらなる一瞥《いちべつ》をくれると、日出子は再び歩き出した。路子が立ち上がらずにいるのに気づくと、

「何してるの。さっさと来なさい」

振り向いていまいましげに言い捨てた。

ママ、と呼びかけた。口は動いたが声は出なかった。

確かめたい。

確かめないほうがいい。確かめないほうが。

でも、確かめたい。

唇の動きを見ただけで日出子は返事をした。

「なによ」

「生まれてこなかったほうがよかったって言った」

やっと声が出た。

「それがなによ」

片頬を持ち上げて睨みつける。便器を洗っている時によく見せる顔だ。

「殺さないの？」

「は？」

「殺さないの？　路子のこと」

雨音でよく聞き取れなかったが、日出子は舌打ちをした。

そして、言った。

「それができるもんなら、そうしたいわよ」

言い捨てると、少し離れたところに転がっている赤い傘の石突きを乱暴に摑み、路子の顔の前に柄を突きつけて二、三度揺らした。

路子が柄を握ると、背を向けて歩き出した。それきり、家に着くまで口を利かなかった。

風呂《ふ ろ》場の脱衣籠《かご》の前で頭からバスタオルを被《かぶ》り、我が身を隠すように身体を小さくしながら、路子は唇を震わせていた。

殺されると、思っていた。

自分の人差し指に宿っている力は、日出子にも備わっていると信じていた。かつて日出子が晴美を葬り去ったのも、その不思議な力によるものだと。

――ママにはその力がない。

右手の人差し指を握り締めた。

――もしかしたら、あたしだけ？

遠くで救急車のサイレンが聞こえた。

――言わなくてよかった。

灯りも点けずに路子は、狂ったように回り続ける乾燥機のランプを眺めていた。

最初に瀕死《ひんし》の犬を指差した時から、路子は日出子に対していくばくかの親近感を覚えるようになっていた。同じ力を持つ者どうしとしての連帯意識と言ってもいい。この不思議な力について相談できる相手がいるとしたら、日出子だけだ。そう思っていた。

言わなくてよかった。

この力のことは、秘密にしておこう。ママにも、他の誰にも知られないように。

ご飯よ、と日出子が台所から呼んだ。はぁい、と路子は大きな声で答えた。

それから、どうしたろう。

そうだ、六年生の時だ。絶対に得られないであろう両親の愛情の代わりとして、晴美が前もってこの指を授けてくれたのだ、と自分の中で結論づけたのは。

それから――

回想の途中で北園末《きたそのずえ》駅に着いた。路子は電車を降りた。

雨の音が耳に痛い。ホームの床面に点在する水たまりを千鳥足のようにして避けながら、跨線橋《こせんきょう》の階段へ向かう。

小さな、寂れた駅。こんな夜更けでなければ、快速電車が停車する二つ手前の園末駅からバスに乗っただろう。しかしこの時間帯なら、垣内山病院にほど近いここからタクシーに乗るのがいちばん早いはずだ。

久しぶりの故郷だった。大学に入ってから一度も帰っていない。ましてや、こんな事情で帰る日がくるとは予想だにしていなかった。

病気なんかで死なせはしない。絶対に。

改札を出た。おあつらえ向きにタクシーが一台だけ停まっている。黒い車体は葬式のハイヤーを連想させるが、今はそれを厭《いと》っている場合ではない。

左手に鞄を持ち、右手で頭を軽く押さえて、路子は豪雨の中へ駆け出した。

2

夜更けの雨で視界は最悪だが、ワイパーの向こう側に見覚えのある景色が漂ってきた。

垣内山町は園末市の北東の端にあって、いわゆる旧市街のさらに周縁部にあたり、公共施設や交通の便の面では恵まれていない地域だった。

垣内山病院はこのあたりではほとんど唯一と言っていい総合病院で、自宅の近くに信頼できる開業医がいないため、肇も日出子も病気といえばこの病院を利用していた。

ただ、見舞客として訪れるのは、路子は初めてだった。それも、自分の母親の見舞いなど、想像もしていなかった。

「どなたが……？」

最初の信号で停車した時、ぼそりと運転手が口を開いた。深夜、駅、豪雨、若い女、病院、誰が見たって何らかの不幸を連想するにちがいない。部外者が尋ねる筋合いのものでもないだろうが、路子の表情があまりにも暗く硬いのを案じたのかもしれない。

「母が……」

路子は小さく答えた。安物のテレビドラマみたい、と少し可笑《おか》しくなった。

「そうですか」

運転手はごく当たり前の返事を寄越した。

信号が変わり、車は走り出した。さっきまでより心もちスピードが上がった気がした。

住宅街を走り抜ける。細切れのような家並みに混じって、ところどころ百坪程度の敷地に大きな家が建っているのは、空き家になった隣家を地所ごと買い取り、土地を広げて新築したものだろう。路子の実家がそうであるように。

最後の信号を左折すると垣内山病院が見えた。身体の奥底で痛みが渦巻いて、喉《のど》までせり上がってきた。沸騰した湯が鍋《なべ》の外へ逃げ出そうとのたうち回っているような感覚だ。

門を入った。

垣内山病院の建物はL字型の五階建てだ。Lの長辺の最も角に近い部分に正面玄関がある。運転手は出入口の前の車寄せに車を横づけした。頭上の雨音が止んだ。

料金を支払い、礼を言って車を降りた。鞄の持ち手を左肩にかけて足を踏み出す。

出入口は二重の自動ドアだ。前に立つ。開かない。路子を拒むかのように堅く閉ざされたままだ。見ると、「午後十時以降は夜間通用口へお回り下さい」と貼り紙されている。

扉に手をかけた。引く。動かない。

諦《あきら》めて建物の裏へ回る。せっかく乾いていた髪が再び濡れる。スチール製の通用口の扉を開け、中に入った。

ロビーは照明が落ちていた。縦横に並べられた長椅子《ながいす》が仕掛けられた罠《わな》のように静まり返っている。

左手から光が漏れてくる。総合受付がそちらにあるのだ。路子は駆け寄り、ただ明るいだけで人影のない受付に向かって叫んだ。

「すみません」嫌みなほど声が響く。「誰かいませんか」

ややあって、受付の奥の事務室からぺたぺたと足音が聞こえてきた。現れたのは丈の短い白衣を着た若い男だった。

「何か？」

「江藤日出子の家族の者ですが……今日、入院した……」

適当に言葉を濁すと、男は二階病棟の看護師詰所へ行ってくださいと指示した。

二階の看護師詰所は、L字の内角の位置にあった。ロビーと同じように暗い空間の中で、皎々《こうこう》とした灯りと人の気配が浮き上がっている。

廊下に面したガラスの小窓を開けて、声をかけようとした。

が、その必要はなかった。

「路子」

声がした。左を振り向くと、幽霊のようにぼんやりと父の肇が座っていた。神経質そうな細い顎をした顔がこちらを見ている。

路子は深呼吸をした。思いっきり吸って、思いっきり吐いた。却《かえ》って息苦しくなった。

それから、ゆっくりと歩み寄った。

「調子は？」

「よくない」

路子は短く問い、肇も短く答えた。故障した洗濯機についての問答みたいだった。

肇は小さな丸椅子に腰かけていた。そこは、詰所の灯りの勢力範囲内で、廊下の奥のほうよりはやや明るいはずなのに、まるで黒いスポットライトが当たっているように路子には感じられた。

さらに歩み寄ると、肇が幽霊のように見えたのはその暗さのせいであって、彼自身は別に少しも憔悴《しょうすい》していないことが見て取れた。

路子はむしろ安心した。この男にそんな殊勝なところがあるわけがない。長年連れ添った妻が倒れた——それがどうした？　その程度の認識しかないに違いない。

暗さに眼も慣れてきた。廊下の突き当たりには、非常口を示す緑色のランプ。ふだん何の関心も払ったことのないそれが、実は意外に明るいものだということに路子は気がついた。おかげで、廊下の様子はよく見て取れる。

肇はいつもどおりの背広姿だ。と言うより、それ以外の格好をほとんど見た記憶がない。

廊下の両側にはいくつもの扉が並んでいる。いちばん近いのは、肇が背を向けている壁のすぐ隣の、大きな金属製の取っ手がついた引き戸。その真向かいの開け放しの扉は洗面所らしい。廊下の壁に沿って、折り畳まれた車椅子、搬送台、成人用の歩行器、点滴台などが佇んでいた。

路子は鞄を床に下ろした。ばすん、と音がした。肇の前を横切って、引き戸の前に立つ。

「ここ？」

言いながら顔だけを肇に向けた。

「ああ」

「見てもいいの？」

「構わないそうだ」

取っ手というよりは手すりに近い大仰な金属棒を握った。ひやりとした触感が掌《てのひら》を刺した。ぐい、と横へ引く。重い。動きは滑らかだが、やたら重い。

病室の中は廊下よりも明るかった。看護師詰所と隣接しており、その境界は腰の高さより上が総ガラス張りになっていて、ガラス越しに射し込んでくる詰所の灯りが部屋の半ばを占領している。

路子は扉を閉めた。閉じ切る瞬間、どん、と小さな衝撃が伝わってきた。あわてて内側の取っ手を握り締めた。

衝撃を腕で吸収し終えて、部屋の中を見回した。

ベッドが四つ。かなり間隔を空け、余裕を持たせて並べられている。手前の左は空きベッドのようだ。他の三つは、いずれも頭の高さぐらいに取り付けられたカーテンレールのようなものから点滴が吊り下げられていて、輸液のパックが詰所の灯りをちらちらと反射している。

手前右側のベッドのあたりから、しゅこーっ、しゅこーっ、と規則正しい音が聞こえてくる。

背後で扉が開く音がした。

「母さんだ」

肇が押し殺した声で囁いた。

路子はベッドに近づいた。顔全体に灯りが射していて、表情までよく見える。

眠っているのだと思った。

瞼《まぶた》を閉じているし、胸のあたりの掛け布団が上下する他には身体の動きもないし、これは睡眠中以外の何ものでもないと思った——人工呼吸器を除いては。

口を交点とする白い×印が、べったりと顔にへばりついている。絆創膏《ばんそうこう》だ。交点は、おしゃぶりのような嵌口具《かんこうぐ》を日出子に咥《くわ》えさせ、押さえつけていた。

嵌口具の横からは指の太さぐらいの透明なチューブが伸びており、左のベッドサイドに置かれたワゴンのような機械に繋《つな》がれている。機械の側面には十個以上の丸いツマミ、針が振れるタイプの扇形のインジケーター、赤いデジタル数字が灯る四角い表示窓。七・五という数値が何を意味しているのかはわからないが、日出子の生命を維持するために必要な数字であることだけは直感できた。

胸もとから這《は》い出している点滴の管も、鼻から這い出してベッドの右側へと伸びている何か別の管も、病院特有の臭気に包まれたこの部屋では、さほどの異様さは感じなかった。が、呼吸器だけは別だった。チューブはおそらく喉の奥のほうまで差し込まれているのだろう。あんなものが入っていても平気な顔で寝ていられるなんて、どうかしている。

路子は左手の人差し指を自分の口の中に差し入れてみた。上顎の奥の柔らかい部分に指先が触れただけで酸っぱい嘔吐《おうと》感が湧《わ》き上がってきた。そういえば夕食を食べていなかったな、と場違いなことを考えながら、肇のほうを振り返った。

その動作を質問だと解釈したのだろう。肇が呟いた。

「意識がない。倒れてからずっとだ」

路子は再び日出子のほうを向いた。

「死ぬの？　この人」

「わからん」

背中で父の答えを聞きながら、路子は内なる衝動を抑えるのに懸命だった。叩《たた》き起こしてやりたい。胸ぐらを摑み上げてベッドから引きずり下ろし、頰のひとつも張り倒して、罵声《ばせい》を浴びせかけてやりたい。

そんなにまでして。そんなにまでして、あなたはあたしを苦しめたいのか。あなたは卑《ひ》怯《きょう》だ。最後の最後に逃げようというのか。今まであたしにしてきた仕打ちを清算することなく、あたしの復讐《ふくしゅう》を受けることなく、こんな当たり前の死に方をするなんて、絶対に許さない。

あなたは、あたしによって、殺されなくてはならないのだ。

また扉が開いた。女性の看護師だった。

「江藤さん?」

「あ、すみません」肇が応答した。「娘が参りましたので」

「今は一応、落ち着いた状態です」

扉を開けたままの状態で保持して、看護師は言葉を継いだ。若くて媚《こ》びたような声だ。

路子は無性に腹立たしくなった。肇のそばをすり抜けて、看護師に詰め寄った。

「助かりますか?」

「お父さんには、先生のほうからひととおり説明させていただいてますけど」

「この人とは」すぐ後ろにいる肇を肩越しにちらりと見やった。「話したくないから」

看護師は首を傾《かし》げた。路子も、今のひとことだけではあたしたち親子の歴史は理解できないだろうな、と思った。

「回復するかどうかだけ教えてください」

声が自然と高くなった。相手の声も、それに呼応して高くなった。

「明日、先生に聞いてください」

言い終えてから、大声になったことを反省したのだろう。ここはＩＣＵ（集中治療室）ですので、と言い訳がましく告げると、路子と肇を廊下へ誘《いざな》うように体を開いた。路子はその場を動かず、軽い抵抗の意図を示したが、看護師は扉の取っ手を握ったまま待っている。

路子は数秒で根負けして、廊下へ出た。肇も続く。看護師は勝ち誇ったように扉を閉めた。

「先生……は、何時ごろ来られますか？」

路子は言いよどんだ。会ったこともなく名前も年格好もわからない人間のことを「先生」などと呼ぶのは馬鹿馬鹿しかった。ましてや相手は医者だ。医者は、嫌いだ。

「馬淵《まぶち》さん」

詰所で声がした。別の看護師が小窓から丸い顔を突き出して呼んでいる。

「江藤さんのご家族？　鷺森《さぎもり》先生、まだいらっしゃるわよ。呼ぼうか？」

「呼んでください」

馬淵と呼ばれた若い看護師を無視して、路子は詰所に向かって叫んだ。

詰所の看護師が首を引っ込めた。馬淵看護師は不承不承といった態度で、「どうぞ」と先に立って路子を誘導した。

看護師詰所の中は白い光に満ちあふれていた。馬淵看護師は路子を伴って入室すると、すぐに中央のテーブルに就いて書き物を始めた。代わって、詰所にいたほうの看護師が、「いま、お呼びしました。すぐに来られると思いますので、こちらで」と声をかけてきた。四十歳手前ぐらいに見える。名札は「岩橋《いわはし》」と読めた。

岩橋看護師は、雑多な医療器具が整理された棚の間を泳ぐように歩いて路子を案内した。つき従おうとして路子がふと振り返ると、肇の姿はなかった。まだＩＣＵの前の丸椅子で頑張っているのだろうか。

案内された先は、詰所の隅の、粗末な白いカーテンで仕切られた手狭なスペースだった。肘掛け椅子と丸椅子。デスクマットを敷いた机と、バックライトのついた掲示板のような物。レントゲン写真などを見るための読影器だ。壁際には、中学生でも足がはみ出しそうな、小さくて質素な寝台。外来の診察室の小型版といった印象だ。

路子は、立ったまま待った。

医者という人種は、こんなところで「まことに残念ですが」だの「手は尽くしたんですが」だのといった念仏を唱えるのだろうか。詰所にいる看護師たちに丸聞こえだ。ことによると、薄っぺらなカーテン越しに顔の表情まで透けて見えるかもしれない。

　だから、医者は嫌いだ。

「お待たせしました」

　不意に頭の上から大きな声がのしかかってきた。路子が振り仰ぐと、頭ひとつ高いところに面長で鼻筋のがっしりした男の顔があった。路子も女としては決して背の低いほうではない。とすると、相手は少なくとも百八十センチは超えているだろう。

「脳外科の鷺森です」

　路子は素早く相手の全身を観察する。白衣に綿のシャツ、ノーネクタイ、折り目のないスラックスにサンダル、手にしているのは大きな茶封筒と、カルテを挿んだクリアファイル。どこから見ても立派な医者だ。

「ま、おかけになってください」

　鷺森と名乗った男は、丸椅子を手で指し示した。背も高いが腕も長い。手も大きい。足も頭も、総じて身体の末端部分が大ぶりだ。

　路子が座ると、鷺森は寝台の下から別の丸椅子を引っぱり出してきて、それを路子の正面に置いて腰かけた。

「ええっと……お嬢さん、ですね？　江藤さんの」

路子は頷いた。声や話し方から推察して、鷺森医師は三十代前半ぐらいだろう。ただ、顔は年齢不詳だ。四十歳と言われればそうかと思うだろうし、まだ二十歳そこそこですと聞かされればそれも納得できる。

「確か、路子さん？」

「はい」

名前は肇が教えたのだろう。不愉快になった。

「お母さんの状態について、お父さんに一応の説明はしました。同じ説明になりますが、構いませんか？」

「結論だけ、言ってください。あの人は助かるんですか？」

路子が睨みつけると、鷺森は心底困ったような顔で腕組みをした。

「うーん、結論だけですか」

眉根に皺《しわ》を寄せる。

「それは、何とも言えないですね」

「ずいぶん、いい加減ね」

少し首を傾けて、見下すような視線を投げた。しかし相手の表情は変わらなかった。

「おっしゃるとおりです。医療というものに失望なさるかもしれませんが、それが現実です。僕が自信を持って断言できるのは、過去の経過と現在の処置だけです」

揚げ足を取るつもりか、と路子は気色ばんだ。が、鷺森の口調があまりに冷静で謙虚なので、揚げ足を取り返しそこねてしまった。

会話が途切れた。路子が最も苦手とする種類の沈黙だった。

「お嫌でなければ」

言葉を再開したのは鷺森だった。

「断言できることだけでも聞いていただけませんか」

しかたなく路子は「どうぞ」と促した。

鷺森の説明は、次のとおりだった。

今日の午後四時過ぎ、自宅の台所で倒れている日出子を肇が発見した。この時、既に意識はなかったという。肇はすぐに救急車を呼んだ。日出子がここ二年ほど高血圧を気にしていたことを知っていた肇は、素人考えながら脳卒中を疑ったらしい。それは大筋としては正解だった。

垣内山病院に搬送されてきたのは四時四十分。救急隊員からの連絡を受けて、病院では脳外科の鷺森が待機していた。

「とにかく、呼吸の確保が最優先でした」

鷺森は当たり前のように言った。

「もう、息はしてなかったんですか?」

「少しだけ。チェーンストークスと言って、微弱な呼吸と荒い呼吸が周期的に繰り返される状態でした。あと、人間、意識がなくなると、舌が喉の中に落ち込んで、気道を塞《ふさ》いでしまうんですね。息ができなくなってしまう。だから」

即座に日出子は人工呼吸器に繋がれた。

意識レベルは三〇〇、つまり痛み刺激を加えても全く反応がない昏睡《こんすい》状態だった。血圧は上が二三〇、下が一三〇。血圧降下剤を使い、その後ただちにCTスキャンの撮影が行われた。四肢の硬直、縮瞳《しゅくどう》、呼吸の状態などから、脳出血だろうと予測はついていた。

「脳卒中だとあの人が言ってましたけど。違うんですか」

路子は口を挿んだ。

「いえ、同じですよ。脳卒中というのは、脳の血管障害で意識不明になることです。広い意味ですね。そのうちで、血管が詰まって脳が駄目になってしまうのを脳梗塞《こうそく》、出血して駄目になるのを脳出血といいます。お母さんは後者です。そして」

鷺森は読影器の電灯を点けた。それから、机の上に置いてあった茶封筒から、ばさばさと何枚かのフィルムを取り出した。

「これが、お母さんのＣＴの写真です」

フィルムを読影器に挟み込む。

頭部を水平に切った断面図だった。実物を見るのは路子も初めてだ。ややいびつな長円形。外側を取りまいている白い部分は骨だろう。フィルムの上が前頭部になっていて、眼球に相当する箇所は一見してそれとわかる黒い丸を形づくっている。水泳選手のゴーグルみたいにも見える。脳も黒っぽく写っていた。

「ここです」鷺森がボールペンで脳の中心部を指し示した。「わかります？」

つい、路子は身を乗り出していた。ペン先が、小さく不鮮明な白い点を押さえている。

「白いのが出血しているところです」

ＣＴスキャンの原理は、物質の性質によってＸ線を吸収する度合いが異なるという点にある。脳の実質は灰色に写り、比較的新しい出血は白く写るらしい。

「出血したのは橋《きょう》という部位です。脳幹の一部にあたります。延髄の少し上ですね」

鷺森がペンを机に戻した。

延髄なら路子も聞いたことがある。生命現象の根幹を司《つかさど》っていて、そこをやられたら命がないというほどの重要な部分だったはずだ。

「現在は、降圧剤と止血剤を持続的に使用しています。とにかく、脳のダメージを最小限に食い止めることが肝心ですから」

「その……」

質問しようとして路子は戸惑った。出血痕だと説明された部分を見失ってしまったのだ。

「これですか」

鷺森が再びペンを持ってフィルムを指した。

「そんな小さい出血で、死んじゃうんですか」

「まだ亡くなっていません」

鷺森は強く言い返した。

「確かに、難しい状況です。でも今、お母さんは必死に闘っているんです」

かっこつけないでよ、と路子は腹の底で毒づいた。しかし、すぐに思い直した。きれいごとでもなんでもいい。助けてほしい。

「手術は」

「しません。一般に、脳幹部は手術しません。できないんです。治癒の見込みより、危険が大きすぎる」

「助けてください」

路子は声を絞り出した。両手で自分の膝頭を摑んだ。力いっぱい摑んだ。

「絶対、死なせないでください。お願い」

「精いっぱい努力します」

　鷺森が怯《ひる》んだように答えた。

「努力じゃ困ります。絶対、死なせないでほしいんです。せめて成人式まで。その日、一日だけでもいいから、起きて話せるようにして。お願いします」

　背骨が折れるほど頭を下げた。鷺森が了解するまでは上げないつもりだった。

「顔を上げてください」

　鷺森が言う。路子は顔を伏せたまま「お願いします」と繰り返した。鷺森は大きく息をついた。

「路子さん」

　虚を衝《つ》かれた。名前を呼ばれるとは思ってもみなかった。反射的に路子は顔を上げてしまっていた。

「病気に打ち克《か》つのは、結局は患者さん自身の力です。医療行為というのは、患者さんが充分に力を発揮できるよう、お膳立《ぜんだ》てを整えることでしかありません」

　路子はあっけにとられて鷺森を眺めた。この男は、どうしてこんなくそ真面目《まじめ》なことしか言わないのだろう。きっと、右眼に「真」、左眼に「摯」という漢字を貼りつけていて、世の中すべてをそのフィルター経由で見ているのにちがいない。

「それは医師や看護師の専売特許ではなくて、ご家族にも可能なんです。むしろ、ご家族のほうがより大きな助けになるかもしれない」

鷺森は立ち上がった。山脈が隆起したみたいだった。

「一緒に頑張りましょう。お母さんのために」

真っ正面から路子を見据えてくる。怒りの表情にも似ていた。困難に立ち向かうことを決意した人間に特有の、使命感に充ち満ちた精悍《せいかん》な顔だ。路子もつられて腰を上げた。

「よろしくお願いします」

言ってしまってから後悔した。なんというしおらしい、月並みな台詞《せりふ》。

鷺森は、「こちらこそ」などと輪をかけて月並みな台詞を吐き、それから、

「今は状況も安定しています。今夜は、家に帰られたほうがいい」

「帰れ……って」

路子は戸惑った。帰っている間に死なれでもしたら、取り返しがつかない。

「でも」

「おそらく、長い勝負になります。お気持ちはわかりますが、出だしから根を詰めないほうがいいですよ」

もちろん、容態に変化があればすぐにお知らせします、とつけ加えた。

「明日、病院に来られたら、すぐに僕を呼んでください。時間はいつでも構いません。それまでに検査結果を細かく見て、今後の方針を立てておきますから」

鷺森は自分の丸椅子を寝台の下に戻すと、路子の斜め後ろに立って、詰所の入口へ向かって送り出すように——触れることはしなかったが——背中に手を回した。

まず路子が廊下へ出た。続いて鷺森が出ようとしたところへ、先ほどの馬淵看護師が声をかけてきた。

「先生、今日は早帰りじゃなかったの？」

鼻づまりでも起こしているのか、妙に抜けの悪い声だ。

「予定は未定ですからねえ」

鷺森が愛想よく答えた。

「一緒に出ません？　もうすぐ深夜の人が来るし、来たら申し送りしてすぐ出れるから」

声と同様、水分の多い表情で馬淵は言った。しかし鷺森は、

「お誘いいただいて光栄。でも、まだすることあるから。お疲れさん」

と返し、路子に素早く「それじゃ、おやすみなさい」と告げると、詰所の前の階段を飄々《ひょうひょう》とした足どりで降りていった。

詰所の中から粘っこい視線が浴びせられているのに路子は気づいた。肩を回してそれを振り払い、後ろを見ずに肇の側へ戻った。

「家の鍵は持っているか」

肇が聞いた。

「帰らないの？」

「先に帰れ」

路子は躊躇していた。鷺森はああ言ったが、日出子は今すぐにでも死んでしまうかもしれない。たとえ今夜は持ちこたえても、路子の復讐を受けるに相応《ふさわ》しい状態にまで回復する可能性は高くないような気がする。

だとしたら、機械のお情けで生かされている惨めな姿を一秒でも長く目に焼き付けることで、復讐の頓挫《とんざ》による喪失感を死にゆく者に対する優越感へと変換するほうが賢明ではないか。

「そっちは、どうするの？」

「今夜はここにいる。おまえは帰って、台所を片づけておいてくれ」

「それは命令？　依頼？」

「うるさい」肇は厳しい声で答えた。「言うとおりにしろ」

肇は輸入食品の商社で営業部長の職に就いている。部下に対してもこうやって頭ごなしに怒鳴るんだろうな、と路子はうんざりした。

しかし、それもあと二か月半、成人の日に指を差すまでの命だ。それを考えると、逆らう気も失せた。路子は黙って背を向けた。

「タクシー代はあるのか」

義務的な口調で肇が聞いた。

「いい。自分で出す」

ロビーに降り、病院と契約しているタクシー会社への直通専用電話で配車を依頼した。待つこと五分で車寄せに空車が来た。

雨は降り続いていた。今度の運転手は不必要なほどの安全運転だった。十五分ほどの道のりの間、路子も運転手も、ひとことも口を利かなかった。

一年半ぶりの自宅は、他人の家みたいに感じられた。もっとも、住んでいた頃から自分の身の置き場とは思えなかった。建坪二百平方メートル弱、町内でも目立って大きな注文建築は、親子三人の暮らしにはいささか寒々とし過ぎていた。そして江藤家には、人口密度の希薄な空間を埋めるだけの情愛や敬意や慈しみといった種類のものは皆無だった。

家の中に入り、灯りを点けた。靴を脱いだ。靴下が濡れて変色していた。べらべらと足にへばりついて気持ちが悪い。すぐに脱いで洗面室の洗濯機に放り込んだ。乾燥機が駆動し続けていて、洗面室には奇妙な熱気が充満していた。表示を確認すると連続運転モードになっている。日出子が脳出血で倒れた午後四時より前から動き続けていたのだろう。路子はスイッチを切った。

猫は、姿を見せない。路子を警戒して、どこかで様子を窺っているのだろう。

台所へ入る。フローリングの床は冷たく、足の裏にしっとりと慕い寄ってくる。スリッパを履いた。

ガスコンロの周囲には香ばしい匂いが漂っていた。鍋の蓋を取ると、煮物として夜の食卓に並ぶはずだったろう大根と豚バラ肉らしきものが、こげ茶色の塊になって鍋底にしがみついている。コンロの火を消しただけでも、肇としては上出来だ。路子は煮物の残骸《ざんがい》を取り除き、磨き粉とスチールウールで鍋を洗った。破片となって散乱している食器も手早く片づけた。

今日は夕食抜きだったが、空腹は既に苦にならなくなっていた。それでも、つい冷蔵庫に手が伸びた。中をあらためる。イトヨリ、白葱《しろねぎ》、春菊、他に何種類かの野菜、鶏のモモ肉、木綿豆腐、筍《たけのこ》、その他。日出子が何を計画していたかはともかく、自分と肇の二人なら明日一日はこれでまかなえる。冷凍食品もいくつかあるようだし、工夫すれば二日はもつ。

うんうんと頷いて、路子ははっと我に返った。あたし、いったい何を真剣に考えているんだろう。もう寝よう。

鞄をぶら下げて二階の自室へ行った。ドアを開けると、時間が巻き戻されたような錯覚が頭をよぎった。ベッドも定位置に置かれたままだし、布団が四つに畳んである以外には東京へ向けて発《た》った朝と全く変わったところはなかった。

パジャマに着替えてベッドにもぐり込んだ。

けっこう、疲れた。それは自覚していた。

しかし、眠れなかった。

ＩＣＵで眠っていた日出子を思い出す。

口の中に指を入れてみた。喉の奥に触れる。吐き気がする。ごほっ、と咳《せ》き込み、上半身が二、三度上下した。

枕棚《まくらだな》のティッシュペーパーで指を拭き、布団を被りなおした。

自分の身体の開口部すべてに透明な管が差し込まれているありさまを想像しながら、鷺森の説明を反芻《はんすう》してみた。

医者は、嫌いだ。

路子は強く念じた。それは決して、医学を修めた者への嫉妬ではない。生まれた瞬間から死に向かって行進する宿命を持つ人間の命を救おうなどと、辛気臭いきれいごとを標《ひょう》榜《ぼう》してはばからないことへの嫌悪感だ。

しかし今はそのきれいごとを頼みとするほかはない。

病死などさせてやるものか。そんな当たり前の死に様を日出子に経験させてなるものか。

（そういえば……）

鷺森の説明を聞きながら、ひとつ引っかかることがあった。ただ、何が引っかかるのかを明確に把握する前に、それはてきぱきとした鷺森の言葉に流されてしまっていた。

（何だったろう？）

路子の思考はその一点に集中した。それが却ってよかったのか、間もなく眠りに落ちた。

「気管切開の必要があります」

硬い表情で鷺森が告げた。

一夜明けて翌日の午後、垣内山病院の一階。人気のない外来の診察室で、肇と路子を等分に見ながら、鷺森が日出子の今後の見通しを説明していた。昨夜から今朝にかけては急変もなく安定した状態だったと聞かされ、路子が安堵のため息をついた、その矢先の発言だった。

キカンセッカイ。咄嗟《とっさ》には字面が思い浮かばなかった。それを察したのか、鷺森が喉仏の辺りに手を添えて言葉を重ねた。

「気管です。喉を切って、人工呼吸器のチューブをそこから入れます」

呼吸器のチューブは、感染症防止の観点から少なくとも週一回の交換が必須だが、口から挿管したままだと交換のたびに窒息したり喉を傷つけたりする危険性があるらしい。

路子は手で喉をつまんでみた。ごりごりと蛇腹のホースのような生々しい手触りがある。

ここを、切る。

理屈では鷺森の言うことが正しいのだろうが、既に瀕死《ひんし》の状態にある人間をさらに傷つけるのは、路子の常識的な直感からは大きく逸脱していた。

「先生におまかせします」

路子の戸惑いをよそに、肇は早々と頭を垂れた。鷺森は「ありがとうございます」と言ってやはり頭を下げ、説明を続けた。

日出子が重篤な状態であることは間違いないが、発見が早く、舌根沈下による窒息死という最悪の事態は避けられた。回復の可能性もゼロではない。今後の方針としては、再度の出血の予防、安定した血圧の維持、脳の浮腫《ふしゅ》の抑制を継続し、回復を待つことになる。

「昨日も申しましたが、病気を克服するのは根本的には患者さん自身の力です。ご家族や僕たちがすべきことは、そうですね……遠方へ出かけた日出子さんが、いつ戻ってきてもいいように、家の中を清潔に、居心地よく保つ。喩《たと》えて言えば、そんな感じです。意識が戻りやすいように、身体の状態を少しでも良好に保っておいてあげるんです」

熱心に語る鷺森を、肇は憧れの混じった目で見ている。昨夜はほとんど眠っていないようだ。額にも頬にも脂っぽいねらねらしたものが浮いているし、尖《とが》った顎はますます細くなったように思える。眼だけが青年のようだ。

そのあと肇は、気管切開処置の承諾書にサインをした。鷺森が、「今夜ひと晩様子を見て、できれば個室に移したいのですが」と遠慮がちに言い、それにも肇は了承を与えた。

路子が口を挿《はさ》む余地はなかった。

「他に何かお聞きになりたいことがあれば……」

鷺森が言いかけた時、大きな音とともに診察室の扉が乱暴に開かれ、続いてせわしない足音がパタパタと侵入してきた。路子が思わず振り返ると、甲高い声が聞こえた。

「岩橋さんいる？」

小学校低学年とおぼしきパジャマ姿の男の子が、腕をぶんぶん振り回しながら無遠慮に走り込んできたのだった。

「こらっ」路子の肩越しに鷺森が窘《たしな》めた。「走るな、って言ったでしょう」

「岩橋さんはぁ？」

男の子は、鷺森の注意などどこ吹く風といった顔で尋ねた。

「昨日が夜勤だったから今日はお休み。さ、部屋に帰った帰った」

鷺森は答えたが、男の子は「えー」と口をへの字に曲げる。その表情を見た鷺森は、

「ああ、今日は水曜か」と思い出したように呟くと、椅子から腰を浮かせた。

「あとで先生が行くから。おとなしく待ってるんですよ」

「はあい」

男の子は納得したらしく、頷いて診察室を出て行った。入ってきた時と同じく、慌しい駆け足。背中から被せるように鷺森が「走るなって」と言ったが、耳に届いたのかどうか。

一瞬の嵐《あらし》が過ぎ去ると、恥ずかしいような沈黙が訪れた。それを誤魔化《ごまか》すように空咳をして、肇が問いかけた。

「先生の受け持ちのお子さんですか」

「いえ」鷺森は腰を降ろし、笑顔を浮かべて否定した。「小児科の患者さんですよ。慢性の腎炎《じんえん》だったかな。もう入院が長くて、すっかり顔なじみになってしまいましたが」

路子は、嵐が去った戸口をもう一度振り返った。ただ顔を知っている、というだけの間

柄ではないような気がしていた。

その疑問が路子の顔に浮かんだのを見て取ったのだろう、鷺森は説明を追加した。

「子どもばかりの大部屋にいるんですが、なかなかの甘えん坊さんでしてね。毎日、お母さんが面会に来てくれるんですが、水曜日だけは仕事の都合で夜にしか来られないんですよ」

他の子どもたちのところに母親や祖父母が来ている間、その様子を見ているのが寂しくて、病室にも面会室にもいたくないと駄々をこねるのだそうだ。それを見かねて、いつの頃からか手の空いた看護師がそれとなく相手をしてやったりしているのだという。

「とは言え、ナースも忙しいですからね。自然と、僕なんかも駆り出されるようになったわけです」

余分な仕事です、と言いたげな口ぶりだが、その仕事を楽しんでいる様子も察せられた。

「もっとも、それもあと少しで終わる予定ですけどね」

「どういう意味ですか？」

思わず路子は口を挿んだ。まさか鷺森は近々、他の病院への異動を控えているとでも言うのだろうか。そんな無責任なことでは困る。なんとしても、日出子を回復させてもらわないと。

「今度の検査で異常がなければ、退院して通院加療になるんですよ、あの子。ここ二回ほどの検査結果を見る限り、まず大丈夫でしょう」

鷺森は眼を細めた。路子は、わけもなく癪《しゃく》に障った。

「専門以外の患者なのに、ずいぶん詳しいんですね」

「うちぐらいの小さな規模の病院だと、ある程度、『何でも屋』にならざるを得ないんですよ。特に僕は、ここじゃいちばんの若造ですから」

「失礼ですが、おいくつですか」

肇が尋ねた。

「三十一です」

「まだ、おひとりで？」

こんな直接的な質問が嫌みに聞こえないのは、営業畑を歩き続ける中で肇が培ってきた、赤の他人と接する際の丁寧な物腰の為《な》せるわざだろう。いつもながら、外面だけは一流だ。

「子どもには人気あるんですけどねえ。年ごろの女性からはさっぱりです」

鷺森も屈託なく笑う。昨夜、詰所の前で見た馬淵看護師の態度を思い出して、路子は苛《いら》立《だ》ちを覚えた。

「またご謙遜《けんそん》を」肇はやんわりと返した。「それにしても、子どもさんがお好きでいらっしゃる」

「ええ。子どもが元気になって退院していくのを見ると、こっちまで元気になります。それに、子どもは何かにつけ反応がストレートで診療も遣《や》り甲斐がある、と小児科医は言いますね」

「だったら、先生も小児科になればよかったのに」

木で鼻をくくったような口調で路子は言った。横で肇が苦々しい表情を見せたが、鷺森は笑顔のまま「そうですね」と相槌《あいづち》を打った。

しかし彼は、すぐに言葉を継いだ。

「でも、つらいとか、苦しいとか、言いたくても言えない、反応したくてもできない患者さんの力になることも、医者にとって大切な務めです。そして、それが今の僕の仕事です」

笑いが消えた。日出子のことを指しているのだろう。

「さっき、『何でも屋』などと言いましたが、もちろん僕の専門は脳外科です。わからないことや疑問に感じられたことがあれば、遠慮なく尋ねてください」

「ありがとうございます。よろしくお願いします」

肇がかしこまって言い、それが合図となって話は終わった。

診察室を出て、路子と肇は二階のＩＣＵへ戻ることにした。

「気持ちのいい先生だな」

階段の踊り場で、肇がふともらした。

「若いが、しっかりしている。母さんはいい医者に当たった」

路子が、返事はおろか顔を向けもしないのに、肇は構わず独りごとのように続けた。

「そう」

同意でも問い返しでもなく、路子は曖昧《あいまい》に答えた。そんなに気に入ったのなら、あの先生を養子にでもしろ。そして、あたしのことは勘当でもなんでもすればいい。

正直に白状してやれば、鷺森はどんな顔を見せてくれるだろう。

――母を助けてください。死なせないでください。でないと、あたしが母を殺す楽しみがなくなってしまう。あたしが殺すために、母を生かしておいてください。

死刑を待つ囚人が病気になっても、やはり医者は彼または彼女を治療するのだろうか。死ぬとわかっていても。いま自分が命を救っても結局は無駄に終わるのだと知っていても。いや、しょせん人間の死亡率は百パーセントなのだ。その死を多少先延ばしにしたところで、どうだと言うのだろう。

ＩＣＵでは、看護師が日出子の点滴の輸液パックを交換していた。茶褐色の、お世辞にもいい色とは言えない液体だった。

点滴のチューブは腕ではなく、胸もとに入り込んでいる。同じく胸もとから、心電図計測のコードが何本か伸びていて、ベッド脇のモニターに接続されていた。ただ、モニターは点灯されていない。足もとからも透明な管が顔を覗かせていて、ベッドの柵《さく》に吊られたビニールパックに繋がれている。パックの中身はたぶん尿だ。

入れるのも出すのもすべて管のお世話かと思うと、路子は母が哀れでさえあった。あたしを蔑んできた罰だ。少しだけ、いい気分になれた。

長い勝負になる、と鷺森は言った。日出子には意識がないらしいが、もし意識があれば、今の己の姿をどう見るだろうか。

いや、例えば、本当は意識はあるのにそれを表明する機能だけが失われているのだとしたら、どんなふうに感じるだろうか。

お母さん、あたしが楽にしてあげようか。

つい、微笑みを浮かべてしまった。

肇はどう考えているだろう。あなたの娘は誰にも知られずに他人の命を奪うことができるのだと明かしたら、さっさとこの女を片づけてくれと頼むのではないだろうか。そうすれば俺は身軽になれるのだと。

あたしが指を差すだけで、みんな幸せになれる——

胸の中に温かいものが流れ出してきた。善意だとか良心だとかいうやつが自分にもあったのかと思うと、大笑いしたい気分だった。

その気分を、どうにか抑えつけた。

何をバカな。あたしの復讐は、そんなものでは終わらない。江藤の家のすべてを終わらせるまでは。

夕方までここにいると肇が言うので、路子は先に帰宅した。ICUだからベッドサイドで付き添うことはできないが、少しでも近くにいると言う。ワイシャツの襟が、足で踏みつけたみたいにくたびれていた。「いい夫」のポーズを見せたいだけだと苦々しく思った。

家に帰っても、することは何もなかった。帰省してまだ十数時間しか経っていないのに、もう日にちの感覚がない。

台所に隣接して造られた小さな家事室から、日出子の猫がおどおどと顔を出した。路子はパントリーからペットフードを出して、餌の皿に入れてやった。パッケージの英語標記を見て、今日は水曜日で今ごろは英文学概論の講義のはずだったな、とようやく思い出した。

自然に路子の足は冷蔵庫の前に立っていた。イトヨリの蒸し物の下ごしらえをするつもりだった。まな板の上で鱗《うろこ》を落とし、鰓《えら》と内臓を外す。洗って水気を取り、塩と酒で下味をつける。あとは中火で蒸せばいい。蒸し汁ができたら片栗粉で野菜あんをつくって、あんかけにしよう。春菊は味噌《みそ》汁に散らす。確か筍《たけのこ》があったはずだ。それでもう一品。

アパートの、申し訳程度に作られた貧弱なキッチンでは楽しめない作業を、路子は満喫した。どんなに上手に仕上げても誰も評価してくれないことは百も承知だったが、料理をしている間だけは他のことを考えずにすんだ。

日が暮れて肇が帰宅した。ろくに口も開かず、路子が用意した夕食をそれが義務であるかのように短時間で食べ終わると、「様子を見てくる」と言い残して病院へ戻って行った。

食卓を片づけながら、当分こんなことが続くのだろうかと空虚な気持ちになった。さりとて、強いて東京に戻る気にもなれないであろうことも、予測がついていた。

3

江藤路子。三月二十八日生まれ。十九歳。女子大の国際文化学部二回生。

父親の予定では、路子は男で、四月二日以降に生まれるはずだった。

母親の計画では、路子は今ごろ、医学部か法学部に籍を置いているはずだった。

江藤という苗字は、垣内山近辺ではもっとも古くから続いている、それなりに由緒のある家系だった。かつては、本家を中心にいくつもの分家が枝葉のように一族を成していたらしい。

もっとも、それも昔の話だ。本家以外のすべての江藤家が途絶えてから、既に数十年が経つという。

唯一残された江藤の家が、路子の生家だった。

無論、本家だの分家だの、あるいは家の存続だのといった旧世代の常識は、路子には関係のないことだった。父の肇にしても立派な戦後生まれであり、本来ならばそのような束縛とは無縁なはずだった。

だが、肇の父親は骨の髄まで旧世代の人間だった。家と墓を守り、継いでゆくのが長男の責任だと公言し続けていたらしい。直接聞いたことはないが、肇の言動を見れば容易に察しはつく。肇は、江藤の家が途絶えることを病的なほどに怖れていた。

近年は一人っ子が多い。そして、一人しか子どもをつくらないなら、男の子より女の子がいい——最近の雑誌の取材記事や新聞の意識調査報告でそんな記述に触れるたび、路子はやりきれない思いに苛《さいな》まれた。江藤の家では、娘の存在価値は皆無に等しかったのだ。

高校の同級生に、日出子が路子を出産した産院の助産師の娘がいた。彼女が教えてくれた。

——ママに聞いたの。路子が生まれた時、路子のパパさん、バカヤローってママさん怒鳴りつけて、赤ちゃんの顔も見ずにぷいっと帰っちゃったんだって。親の敵《かたき》みたいな眼で睨んでさ。大変なお産だったんだよ。ママさん、死ぬかもしれなかったんだって。それなのに、だよ。度肝抜かれたって。

そのくせ妊娠中には、胎児の性別を気にかけていた肇に「エコーでわかるからお教えしましょうか」と申し出た医師に対して、「女を産むようなだらしない妻だとは思っておりません」と言い放ったとも聞いた。男児を産むのは妻の責任だと考えていたらしかった。

出産日にしても、四月上旬を狙った計画出産だった。結果的には路子自身が経験することになった如く、早生まれは幼児期にハンディキャップを背負う。逆に四月生まれは有利だ。我が子が何に関しても優越していてほしいという親の欲目だったのだろう。しかし、初産は予定日より遅れがちになるという通例を裏切って、路子は半月近くも先走って世に出てきてしまった。それも日出子の努力不足だと肇は言いつのった。

肇は、赤ん坊を一度も抱かなかったという。

路子と命名したのは肇だった。文字どおり、道路を意味していた。江藤家の歴史は、第二子として男児が生まれることで初めて継続が保証される。女児は、その節目に至るまでの途中経過、寄り道に過ぎない。それが肇の意図だったのだろう。来るべき長男を万全に迎えるための、育児の練習台ぐらいに考えていたのかもしれない。

最終的に、江藤家に授かった子どもは、路子ひとりだった。

路子の古い記憶の中の日出子は、いつも肩をすくめるようにして小さくなっている。旧世代に属する舅《しゅうと》が、うちの嫁は女腹だと口汚く罵るのはしかたないとしても、夫の肇までもが嵩《かさ》にかかってそれをあげつらうのは、いたたまれない思いだったろう。

祖父は、路子が学習塾の入試に失敗してから間もなく死んだ。最期まで江藤の家の存続を案じ、身をよじらせて日出子を責め、路子を責めた。自分が入る墓は誰が守ってくれるのか、と繰り返し繰り返し訴えていた。滅びゆく肉体にこれほどの執念が宿るものか、と子どもながらに路子は感心し、恐怖した。

幼児時代の路子が、まるで甘えさせてくれない母に対して首の皮一枚の思慕をどうにか保ち得たのは、虐げられた者どうしの同情というほかはない。

しかしそれにも限界はあった。ことあるごとに「あなたが生まれたばかりに」とか、「あんなに苦しい思いをして産んだのに」とか、「あなたが男の子だったら」とか、朝夕の挨拶《あいさつ》のように言われ続けているうちに、どす黒い劣等感が路子の内面を腐食させていった。

それを払拭《ふっしょく》してくれていたのは伯母《おば》の晴美だったが、彼女が死んでしまってからは、路子は孤立無援になった。

男の子になりたかった。それさえ叶えば、夕立が止むように、すべての不幸が終わりを告げるのだと思われた。図書館で子ども向けの性教育の本を盗み読んで、男の子が女の子になるには余分なものを切断しさえすればあとは何とか格好がつきそうなのに、逆の場合は新たな器官を付加しなければならないと気づき、その作業は素人目にも難しそうで、暗《あん》澹《たん》たる気持ちになったこともある。今思えば、あまりに滑稽《こっけい》で、そして悲しい。

小学校の高学年になって、女性差別とか、女性蔑視とかいう言葉の意味を知ってからは、自分に対する肇の態度を説明する語句があらかじめ世の中に存在していたという事実が、ほんのわずかながら路子の心を安んじてくれた。腑《ふ》に落ちた、と言ってもよい。

ただ、だとしたら同じ性に属する日出子がなぜ自分をないがしろにするのか、という疑問は、解けたわけではなかった。

日出子が路子を押し込もうとした学習塾は、当時まだ四年生のクラスの定員が少なく、生徒の募集は年度の初めにしか行われていなかった。偏差値の高い私立中学への合格実績がよいということで、日出子は他の塾のことは考えていなかったようだ。

翌年の再挑戦のため、日出子が路子の家庭教師を務めることになった。

日出子の計画した一連の教育方針に関して、肇は何も容喙《ようかい》しなかった。より正確には、路子に対しては何の関心も払っていなかった。特に、路子が三年生の時、日出子が身ごもっていた第二子を流産し、もうお子さんは諦めてくださいと宣告されてからは、家庭人としての肇は江藤家から消滅したも同然だった。

毎晩二時間ほど厳しくしごかれながら、路子は日出子の意外な一面に気づかざるを得なかった。

──ママは、頭がいい。

たかが小学校の勉強だから、大人である日出子に理解できないわけはない。それは当然なのだが、それ以上に、説明の巧みさや論旨の明解さ、知識範囲の広さに、舌を巻くことがしばしばだった。学校の教師よりよほど優秀だと思った。

──ママなら、いくらでもパパに勝てるのに。

そうも思った。腕力を除いて、日出子が肇に劣っている要素は一つもないように思えた。

そして肇は、どれほど無情で酷薄な態度を纏ってはいても、決して暴力をふるうことはない男だった。姑《しゅうとめ》はとうに亡くなっており、舅もいなくなった江藤家において、なぜ日出子が肇の下風に甘んじているのか、路子には理解できなかった。

同級生にも、親が離婚した子どもは幾人かいた。突然転校していった子もいたし、朝礼の際に担任が「誰それさんは、今日から苗字が変わりました」と説明する傍らで、きまり悪そうに顔を伏せていた子もいた。父親側に非がある場合、離婚しても毎月お金を払ってもらえるのだとも聞いた。

日出子もそうすべきだと路子は思った。江藤の家から自分を連れ出してくれないだろうかと思った。虐げられ、存在価値を塗りつぶされた者どうしで、一から親子の関係をやり直せるのではないか。そんな期待を抱いた。

その期待には、淡い根拠があった。肇の父の葬儀が終わってからの数日間、肇と日出子が毎晩遅く何やら言い合っていたのを、路子は記憶していた。明らかに路子には聞かれないようにと配慮された会話だった。路子が二階の自室で床に就いたのを見計らうようにして始められていたからだ。

いくら聞き耳を立てても内容は聞き取れなかったけれど、あれは日出子が今後の身の振り方を考え、肇に対して何らかの要求を突きつけていたのだろう。もしかしたら、江藤家に何か大きな変化が生ずる前兆かもしれない。それが期待の根拠だった。

しかし日出子は家を出ようという気配を見せなかった。

それればかりではない。路子の成績が思うように伸びないでいると、日出子の路子に対する扱いは、肇にも増して冷淡になっていった。ともすれば憎しみすら帯びることもあった。あなたのように頭の悪い子は、断じてわたしの子ではない。そう罵ることが多くなった。

そんなに勉強ばかりして、いったいどうなるのかと尋ねたことがある。日出子は明確に答えた。

「いい学校へ行きなさい。うんと勉強して、いい大学へ行って、お医者さんとか弁護士さんとか、そういう専門的な仕事に就きなさい」

できるわけがない。路子は自覚していた。あたしは、ママのように頭がよくない。

「そういうママは？　お医者さんなの？　弁護士さんなの？」

むきになって路子は問いを重ねた。

「ママはね」

日出子は即座に口を開き、そして食べ物を喉に詰めたみたいに続きの言葉を押し止めた。それきり、なんの説明も与えてくれなかった。

あとでわかったのだが、日出子は普通に企業就職をし、普通に結婚して、普通に退職していた。

——ママにできなかったことが、あたしにできるわけないじゃない。

路子は腹の底で常にそう思っていたし、何度かは口に出して訴えもした。日出子は聞き入れなかった。

それでも一年後、志望していた塾に入学できた時は、路子も単純に嬉しくなった。もしかしたら、ママの期待に応えられるかもしれない。そうすれば、親子の関係も好転するかもしれない。高揚した気分が、既に見失っていたはずの幻想を掘り起こした。私が、幻想は、幻想に過ぎなかった。そこまでが路子にとってはせいいっぱいだった。私立中学の入試には失敗した。あとは可もなく不可もなく、ありきたりの成績を取り続けた。

路子の中に、何かが芽生えはじめた。

それが殺意であると気づいたのは、高校受験を目前に控えた頃だった。

同時に、忘れようと懸命に努力してきた人差し指の違和感が、どうしようもないほどの存在感を伴って甦《よみがえ》ってきた。

——そうだ。あたしには、この指がある。

小学校の低学年の頃、路子は何度か指の力を試してみたことがあった。ただ、大っぴらに使うものではないということは直感的に察していたから、こっそりと使った。

瀕死の犬の次は、魚だった。場所は、日出子に連れられて園末駅前のデパートへ買い物に行ったおりに立ち寄った、地下の食料品売り場の鮮魚店に陳列されていたガラスの生け簀《す》だ。いちばん活きのよさそうなシマアジが相手だった。

小魚を蹴散らして我が物顔で泳いでいたその魚は、路子が強く念じて指を差すと、三度ばかり背中を大きく波打たせて鰓をばくばくとせわしなく動かし、そのまま生け簀の内壁に激突した。背鰭《せびれ》と尾鰭が、しばらくの間はてんでばらばらの動きを見せて生命の残りかすを燃やしていたが、それも長くは続かなかった。

魚の体が横に倒れるのを見届けて、路子は逃げ出すようにその場を離れた。達成感と恐怖心が身体の中をどくどくと駆け巡っていた。そのくせ、あのお魚お客さんに売れるのかな、と真剣に考えてもいた。

猫にもお世話になった。まるまると肥った野良猫だった。この時は、明確な目的をもった実験だった。対象と距離を隔てても力は有効なのかどうか知りたかった。結果は、相手が路子の目の届く範囲にいれば、という条件さえ満たせばいいらしいと判明した。

さすがに、対象に対して申し訳ないという意識が生じたが、力を誤りなく使うための準備だからしかたがないと自分を納得させた。面白半分にカタツムリを踏み潰したり、蟻《あり》を虫眼鏡で焼いたり、カエルを壁に叩きつけたりするクラスの男の子たちよりよほど人道的
――という言葉はまだ知らなかったが――だと思っていた。

学校の遠足で動物園に行ったのは二年生の秋だった。それまで路子は、動物園に行った

ことがなかった。

圧倒された。テレビや本で見るのとは違う、実際に生きている動物たちの巨大さ、俊敏さ、獰猛《どうもう》さ、優雅さ。あらゆる動物が、何かしら人間を超越する能力を備えている。だからこそ、どうしても試したかった。

しかし、象を選んだのは失敗だった。

長い鼻を揺らしながら悠然と闊歩《かっぽ》していたアジア象は、楠《くすのき》の木の陰から路子が指を差すと、恐ろしい叫び声を上げた。今まで聞いたことのない叫び。いや、地球上に実在する言語の持つ発音や文字にとって、まったく範疇《はんちゅう》外の叫びだったと言うべきだろう。敢《あ》えて言うならば、大型トレーラーの急ブレーキの音に近かったろうか。

引き続いて轟《とどろ》いた地響きは、それとは対照的にわかりやすい音だった。ずしん、でもいいし、どごおん、でもいいだろう。

園内は蜂《はち》の巣をつついたような騒ぎになった。飼育係や警備員が右へ左へと走り回った。見物客は檻《おり》を遠巻きにして眺めていた。人垣の後ろにいる者は近くで見ようとして押し、前列にいる者は、いわく近寄りがたいものを感じたのか逆にじりじりと後退した。人垣は崩れ、園内の混乱に拍車をかけた。

遠足は途中で切り上げとなった。もっとも、あと三十分ほどで解散というタイミングだったから、大きな影響はなかった。

翌日の新聞に、「象のカンタロウの死因は急性の心不全と考えられる」という獣医のコメントが載った。路子は、死因よりも象に名前がつけられていたことが心に残った。担当の飼育係がうなだれている写真も掲載されていた。カンタロウはあたしより大切にされていたんだろうな、と思った。

こんなことをしていては駄目だ。ちゃんと使い方を学ばなくちゃ。

それを頼めるのはママしかいない。

今日、学校から帰ったら思いきって相談してみよう。そう決心して帰宅すると、日出子は不在だった。

しばらく待つと、いつになく高揚した表情で日出子が帰ってきた。機嫌がよさそうだ。

これはチャンスだ。路子は必死に甘えた声をつくった。日出子の腰に抱きついて顔を見上げ、「あのね、ママ」と呼びかけた。

日出子は路子を見下ろし、頭を撫でた。そしてこう告げた。

あなたに弟ができるのよ。

殺《や》るか、殺られるか。

下卑た言葉を使えば、それが路子の置かれた状況だった。

「今度は間違いないみたい」

ダイニングのテーブルをはさんで、肇と向かい合った日出子が歌うように言った。

「あなたには黙ってたけど、エコーで見てもらったから」

「そうか。これで親父も安心するだろう」

肇が頷いた。

路子は日出子の横に座っていた。夫婦の会話に割り込めないでいた。話し手が代わるたびに身を乗り出して口を挿もうとするのだが、魔法にかかったように声が出ない。弟ができたら。路子は戦慄した。もはやあたしのいる場所はどこにもない。処分される。

しかし反面、これは逆転のチャンスでもあった。両親は男の子を渇望している。もしそれが実現を見なければ、いよいよ諦めるのではないだろうか。もう自分たちには路子しかいない、と考えを改めてくれるのではないだろうか。

心なしか膨らみはじめた腹部を、日出子は毎日のようにいとおしげな仕種でさすっていた。その中では、許し難いものが密かに育まれているのだ。

路子に対する日出子の態度はいくらか和らいでいた。反動が恐ろしかった。童話の中で子どもを太らせてから食べるためにせっせとお菓子を与え続けた魔物の姿が、母の後ろに見え隠れした。

再び性教育の本を開いてみた。

胎児。

あたしの力は届くだろうか。子宮という名の壁に守られ、母親の愛情と期待に包まれている、直接は見ることも触れることもできない、まだ見ぬ弟に。

それだけではない。自分が弟に対する殺意を抱いていることを悟られてはならない。首尾よく成功を収めたとしても、それが路子の仕業だと露見すれば、報復を受けることは疑いない。この頃の路子はまだ、自分と同じ力を日出子も持っていると考えていた。日出子の力は自分よりも強いはずだ。おそらく、勝てない。

路子は日出子にまとわりついた。決死の笑顔を装いながら、

「赤ちゃん、いつ来るの？」

「どんな子かなあ」

などと、いかにも新たな来訪者を歓迎しているような態度を取り繕った。日出子の身体に負担がかからないようにと積極的に家事も手伝った。

悟られてはならない。決して。

その一方で路子は、自らの念を強める訓練をした。とはいえ、手当たり次第に動物を殺すわけにもいかない。まして人間で試すことはできない。路子にできたのは、机とか、自転車とか、壁とか、無生物に向かって一心に念じ続けることだった。内容は何でもよかった。「動け」でもいいし、「飛べ」でもいい。心の中で力をこめる。便秘の時に排便しようとしてふんばるのに似ていた。

やがて時は来た。

路子はいつものように台所の片づけを手伝い、日出子の身体を気遣う台詞を口にし、優美な丸みを帯びた腹に手を添え、「元気にしてる?」などと問いかけ、そして二階の自室へと引き取り――その途中で階段の陰から指を差した。眼や耳や喉から血が迸《ほとばし》り出るかと思うほど、強く念じた。

その日の深夜、肇が帰宅して間もなく、日出子の絶叫が家の中に響きわたった。肇が急いでどこかに電話をかけ、すぐさま車に乗って二人は慌ただしく外出した。

路子は布団の中で身を硬くしてそれを聞いていた。全身を耳にして聞いていた。

次の日から、肇は日出子とほとんど会話を持たなくなった。江藤夫婦の最後の蜜月は、あっけなく終わった。

しかし、事態は路子が期待したようには進まなかった。むしろ悪化した。

学校の勉強に関して日出子が口うるさく監督するようになったのは、それから間もなくだった。虐げられた者どうしの微《かす》かな連帯感は消失し、日出子は虐げる側に回った。これは報復なのだろうか。路子は恐怖にうちふるえた。やはり大人を欺くことはできなかったのだろうか。じわじわと責め苛み、最後には命を奪われるのだろうか。毎日、そればかりを考えていた。

そして雨の誕生日、学習塾の合格発表の日を迎えたのだった。

この力が自分だけに与えられたものであり、日出子にも、他の誰にも存在しないのだと理解した時、二度と使うことはあるまいと路子は思った。自分だけの絶対の秘密として記憶の奥底にしまい込み、忘れるつもりだった。

自分だけが持つ能力で他人と争うのは不公平だ、という正義感もあった。ただ、もっとも強い規範は、自分が江藤家の唯一の子どもであることが確定した以上、なんとか両親の期待に応え、関係を修復したいという本能的な欲求だったかもしれない。

男の子にはなれない。だったらせめて、日出子の望むとおり、勉強ができる子になろう。

その試みも、ほどなく終わりを告げた。日出子の罵りに精神を脅かされつつも、「あなたは、とてもわたしの娘だとは思えないわ」という台詞だけには、深い共感を覚えざるを得なかった。日出子の聡明《そうめい》さの一割ほども自分は持ちあわせていないと痛感していた。医者だの、弁護士だの、普通の人の五倍も十倍も勉強しなければ到達できない職業は、自分には無縁の世界だと思った。

決定的な挫折は、六年生の夏に訪れた。

その朝、路子はいつになく早くに目覚めた。下腹の奥深いところがしくしくと疼いていた。自分の胴回りなどたかが数十センチのはずなのに、三メートルの深さからにじみ出てきたような痛みだった。下着の中に気味の悪い冷たさがあった。唐突に、晴美の遺体に触れた時の感触を思い出した。

初潮だった。

路子は息を呑《の》んだ。何から手をつけてよいかわからず、上半身だけを起こした姿勢で、両手を顔の前で堅く組み合わせて息を吹きかけながら、片方の親指をもう片方の親指の上に乗せるという動作を交互に繰り返していた。

ベッドから降りるまでには、十五分を要した。日出子の寝室へ向かった。階段の踊り場の窓から、既に日が射していた。

予備知識は路子にもあった。出血が何を意味しているのか理解していた。吹けば飛ぶような身体の中に、新しい生命を生み出す力が備わったのだと。そんな大事な瞬間を眠っている間に迎えてしまったことに、いわれのない申し訳なさを感じていた。それを、日出子に払拭してほしかった。女性としての先輩である母親は、もしかしたらこの瞬間の訪れを何か特殊な感覚で察知していて、路子がまだ報告しないうちに「おめでとう」などと言ってくれるのではないか。

日出子は当然のように眠っていた。路子が揺り起こすと迷惑そうに眼を擦《こす》ってあくびをした。雨戸がまだ閉まっていて、暗かった。

恥じ入りながら、怯えながら、自分の身に起きたことを路子は説明した。

背を向けて雨戸を開けながら日出子は聞いていた。路子が言い終えると同時に日出子は振り向いた。日の光が日出子の後ろから射していた。逆光のはずなのに、日出子の両眼の底が鮮やかな光を反射したように見えた。

そして返事をした。

「そう」

それだけだった。

頬が片方だけ歪んでいた。あの表情だ。雨の誕生日。あのとき見せたのと同じ顔だ。汚いものを見下げるような眼だ。

一歩、日出子に近づけたと思っていた。同じ性を持つ者として、同じ世界を共有できると思っていた。

しかし今こそ、修復できない溝が掘られたのを認めないわけにはいかなかった。

――あたしは、ママが望むような人間には、決してなれない。ましてや、パパが望んだ男の子には。

洗濯機の渦を力なく眺めながら、路子は幻想を完全に捨て去った。こんな朝早くから洗濯機など回すな。うるさいぞ。肇が日出子に文句を言っているのがリビングから聞こえた。

遅まきながら、路子の反抗期が始まった。あたしは、あたしだ。他の誰でもない。江藤路子だ。江藤肇の失敗作でも、江藤日出子の欠陥品でもない。言葉で、態度で、そう叫んだ。叫ぼうとした。

それなのに、劣等感が心の底まで染みついていた。だったらおまえは何者なのかと正面切って問われたら、何も答えられずに押し黙ってしまうだろうと気づいていた。無実のはずの容疑者が、厳しい取り調べの果てに犯してもいない罪を自白してしまうというのは、こういう心境かな。そんなふうにも考えてみた。

ただ一つの拠り所は、指だった。その気になれば、いつでも肇と日出子の命を奪うことができる。その場面を想像することで、心の平衡を保つことができた。

例えば、買いたい物があって貯蓄をする。目標額が貯まってしまうと、えてして買う気が失せる。いつでも買えるという状態を保っているだけで、ある程度の満足を得られる。それに似ていた。

両親以外にも、世の中に許せないことはいくらでもあった。手当たり次第に指を差してやったら胸がすくだろうな、といつでも思っていた。それなのに、いざ力に訴えようとすると、馬鹿馬鹿しさが先に立った。

——あたしは、取るに足りない人間だ。でも、他の人間は？　あたしがその気になれば、苦もなく命を奪うことができる。世の中の人間どもは、あたしごときにすら敵《かな》わない、ちっぽけな存在なんだ。

劣等感と優越感が綯《な》い混ぜになり、冷笑となって路子の口もとに漂うようになった。

——人間なんて、殺すにも値しない。

中学校では、いじめに遭った。気弱そうで、常に許しを乞うような物腰で他人に接するくせに、どこか相手を小馬鹿にする部分がほの見えたのだろう。気に入らない奴、と周囲から目の敵にされた。椅子の脚が壊されていたり、下駄箱に生ごみがあふれ返っていたり、体操服が洗面所に捨てられていたり、そんなことは日常茶飯事だった。

路子は、笑って耐えた。仕返しはいつでもできるのだと。あなたたちは、あたしのお情けで生かしてやっているのだと。

何の反応も見せない路子を薄気味悪く感じたのか、いじめも次第に下火になった。

このことは、路子にとって一つの支えとなったと言える。切り札は、相手に見せなくても機能するのだと学習した。

路子の中にようやく姿を現しはじめたアイデンティティに、しかし両親は無頓着《むとんちゃく》だった。

高校受験が近づき、日出子の無い物ねだりが再燃した。路子の偏差値とは十ポイント近く開きのあるレベルの高校へ行けと口やかましく指示した。路子は首を縦に振らなかった。高校なんて義務教育じゃないんだから、レベルなんかどうでもよかった。大学へ行きたいという意志もなかった。そもそも、この先どうやって生きていくのか、考えていなかった。そんなことで将来どうするのかと食い下がる日出子と、あなたなんかに心配してもらわなくてもいいと言い張る路子との諍《いさか》いは、どこまでも平行線だった。

「ほっといてよ。何しようと勝手じゃない」

吐き捨てて椅子から立ち上がり、ダイニングを出ようとした時、肇が入ってきた。いつもどおりの深夜の帰宅だった。

口論の最後の部分が聞こえていたのだろう。肇は強く咎める目で路子を見た。路子はドアの前で立ちはだかる肇に向かって毒づいた。

「どいてよ」

肇の反応は素早かった。通勤鞄を右手から左手に持ち替えると、空いた右手で路子の頬を張った。

親から肉体的な制裁を加えられたのは初めてだった。路子はよろめき、床に尻《しり》もちをついた。見上げると、父親の姿はふだんの二倍ぐらいの大きさに見えた。

「子どもの分際で偉そうに理屈を言うな。子どもは大人の言うとおりにすればいいんだ」

肇はそう言った。

大人であるという事実が、どれほど偉いというのだろう。そう言い返したかったのに、痛みで口が動かなかった。

いかなる形であれ肇が日出子の味方についたことも、路子にはショックだった。三人が互いにいがみ合うのが江藤家の構図なのに、大人であるというただそれだけで両親の意見が一致したら、路子は完璧に孤立してしまう。

言い返せなかった代わりに、路子は行動で示すことを決意した。

——大人になったら、あたしの好きなようにさせてもらう。あたしが今まで、どう考え、どう感じてきたか。それを実力行使でわからせてあげる。

そのあとは?

そう、死んでみるのも悪くないかもしれない。江藤の家は、文字どおり消滅だ。

高校には結局、実力よりもほんの少しレベルの高いところを受けた。三年間、家と学校とをただ往復した。とにかく大学には行けと肇が命じたのは、将来婿取りでもさせるつもりで、釣書《つりがき》に書く最終学歴に箔《はく》をつけたかったのかもしれない。路子はそれに従った。逆らう気はなかった。そんな細かいことで反抗しても意味がない。大人になるのが楽しみだった。

日出子は、路子が東京へ発つ当日の朝まで、私立の医科大学ならなんとか潜り込めたはずだと繰り言をやめなかった。肇はかなりの高給取りだったから、寄付金の要求にも応じることができる、というのがその根拠だった。

意外にも肇は毎月、学費以外にも多額の仕送りを路子の口座に振り込んできた。もっとも、路子はほとんど手をつけなかった。家賃の安い部屋を探し、生活費のほぼ全額をアルバイトで賄った。残高はどんどん増えていった。増えれば増えるほど使う気が失せた。このお金は、あたしの葬式代になるのかもしれない。誰が出すのかはわからないけれど。そんなことを考えるのも楽しかった。

あとは、大人になるのを待つだけだった。大人になりさえすれば、何でも自分の好きなようにしてもよいのだ。

あてつけがましく敬老の日に自殺する独居老人がニュースで報じられることがある。その気持ちが、路子にはよく理解できた。路子にとってのそれは、成人の日だった。

その日、大人になった路子は、生まれて初めて自分の好きなように行動するのだ。

そのはずだった。

4

路子が園末《そのずえ》に帰省してから、十日ほどが過ぎた。

日出子は眠っている。変わったことと言えば、個室に移されたことと気管切開の処置が施されたことだけだ。

首にはガーゼがあてられている。その隙間《すきま》から透明のチューブが出て、人工呼吸器へと繋《つな》がれている。切開した部分は直接は見えないが、それだけに却《かえ》って想像力をかきたてられた。日出子を見るたび、自分の喉《のど》が切り裂かれる場面を路子は想像する。背中があわ立つ。喉を切るのは本来、生かすためよりむしろ殺すための行為であるはずだ。巨漢の格闘技選手が首をかき切る仕種で敵を挑発していたように。

　気管が切り裂かれた代わりに、顔はきれいになった。嵌口具《かんこう》は取り除かれ、絆創膏《ばんそうこう》もはがされている。だが、息はしていない。

　点滴も続いている。輸液は、栄養ドリンクのような黄色いものに変えられていた。管は胸もとへと忍び込んでいる。鎖骨の下の静脈に刺さっているらしい。ＩＶＨ（中心静脈栄養）だと鷺森に説明を受けた。必要な養分をすべて点滴で注入するのだ。普通に物を飲み食いして胃腸で消化しなくても、理論的にはＩＶＨだけで人間は生き続けることができる。

　つまり今、呼吸をする、栄養を摂る、人間が生きるために不可欠なこの二つの作業に、日出子の鼻と口はまったく関与していない。平常を取り戻した日出子の顔は、その実、生命の維持には無縁なものになってしまったのだ。

　日出子の顔は死んでいる。

　胴体のほうも、奇妙といえば奇妙だった。規則的な胸の上下動。それは一見、生者の証明にも見える。しかし、眠っていても、呼吸は適度に不規則なものだ。荒くなったり静かになったり、咳《せ》き込んだり、あくびをしたり、唾《つば》を飲み込んだりもする。日出子には何もない。日出子の呼吸は、一分あたり十五回に設定された、正確な機械の呼吸だ。

　症状は安定していると鷺森は言うのだが、こういうのは果たして「安定」と形容してよいのだろうか。

肇は、熱心だった。二日に一度は出勤前に病院へ立ち寄っていた。退社後には必ず、家に寄らずに直接顔を出した。

そして路子は、やはり毎日のように病院へ通っていた。

「人間、死ぬ過程でも、最後まで残っている感覚は聴覚だという報告もあります」

鷺森が真顔で言った。

「日出子さんに話しかけてあげてください。脳を刺激することで、自己治癒力の活性化が期待できますから」

肇はその言葉を疑わず、自らそれを実践するばかりでなく路子にも強制した。日に一度は病院へ行き、日出子と話せと言うのだ。

路子も、実家にいる間はできる限り足を運ぶつもりではいた。日出子の死の瞬間を見逃すわけにはいかない。幸い、大学に戻ろうという積極的な意志はなかった。長期にわたって欠席したからといってすぐに除籍されることはないだろうし、されても別に構わなかった。

だが、病院通いは予想以上に苦痛だった。

肇の指示に従うというだけでも癪《しゃく》に障る。それに路子には、母親に話すようなことは何もなかった。ましてや、相手が何の反応も見せないのだ。

コンクリートで囲われた密室で二人きりにされたら、相手が誰であっても、ある程度の圧迫感に襲われるだろう。しかも日出子は、生者でも死者でもない中途半端な状態だ。路子が話そうが話すまいが、規則正しい呼吸器の作動音だけが耳に返ってくる。

空気が重い。

発作的に、ベッドもろとも日出子の身体を窓から放り出してやりたくなる。冷たい右手の人差し指を左手で握り締めて温め、ようやく自分を抑える。

病棟を出て、外の空気を吸い、再び病室に戻る。

ベッド脇の丸椅子《まるいす》に腰かけて日出子を観察する。瞼《まぶた》がかすかに動くことがある。鷺森に聞くと、橋《きょう》の出血の場合、特徴的な垂直方向の眼球運動――急速に下へ動き、ゆっくりと上へ戻る――が生ずる場合があるらしい。

ぴくり、と瞼が揺れる。

しゅこーっ、と呼吸器の音。

しゅこーっ。

しゅこーっ。

瞼は、動かない。

まさか、さっきの「ぴくり」が最後の一回だったのでは。路子は不安になる。

しゅこーっ。

やがて、瞼が揺れる。路子は胸を撫《な》で下ろす。生きている限り、回復するチャンスはある。回復すれば、復讐《ふくしゅう》の楽しみが残る。「逃げ得」は許さない。

思わず、路子は話しかける。話しかけることで日出子が回復するというのなら、そのとおりにしてやる。

お母さん、早くよくなってね。そして、大人になったあたしがあなたに何をするか、身をもって体験するといい。

背後でドアが開く音がした。振り向くと鷺森だった。

「おじゃまします。毎日、来てるんですね」

「ノックぐらい、してください」

「しましたよ」鷺森は鼻の頭を掻《か》いた。「話すのに夢中でお耳に届かなかったのでは」

彼の指摘のとおりだった。

(聞かれただろうか?)

路子は鷺森の顔色を窺《うかが》った。しかし鷺森は微笑混じりの顔で、

「家族の方が患者さんのことを真剣に思っていてくれると、僕も張り合いが出ます」

と、及第点の台詞《せりふ》を吐いただけだった。

「何か用ですか」

路子はぶっきらぼうに尋ねた。点滴はまだ半分も減っていないし、蓄尿のパックも中身を排出したばかりだ。心電図は看護師詰所の遠隔モニターで監視できるので、病室のモニターは消されたままだが、素人目にも異常は感じられない。呼吸器も規則正しく作動している。医者が容態を見に来る理由は何もない――はずだ。

「用がなければ、来ちゃいけませんか？」

不思議そうに鷺森が答えた。

「そうは言ってませんけど」

この男の熱意だとか善意だとかは、根本的にあたしの感覚とかみ合わないようにできているらしい。路子はそれ以上言うのをやめて、ベッドのほうへ向き直った。それでも鷺森の視線の気配が背中から去らないので、じっとしていられなくなり、日出子の頭のそばの抜け毛が目についたのを幸いに、埃《ほこり》をはたいたり、枕の形を直したり、頬《ほお》にかかっていた点滴の管を横へ動かしたりした。

「お母さん思いなんですね」

よく通る声が後頭部にぶつけられた。

「あたしが、ですか」

「はい」

彼の目にそう見えるなら、このまま誤解させておこう。路子は起立し、鷺森に対して丁寧に頭を下げた。

「先生、どうか母をよろしくお願いします」

「全力を尽くします」

真面目くさって鷺森は答え、大きな背中を見せて病室を出ていった。

路子は荒っぽい動作で椅子に腰を降ろした。

どっと疲れた。

あの医者は、言葉どおり全力を尽くすだろう。持てる知識と技術と経験を総動員して、血の滲《にじ》むような努力の末に、みごと母を回復させるかもしれない。

そしてその母の命を、指のひと振りであたしは奪うのだ。ざまあみろだ。

少しだけ、鷺森が哀れに思えた。

病棟でよくすれ違う女がいた。

日出子の個室は、L字の短辺がわにある。長辺がわにある洗面所や、その隣の給湯室へ行くと、そこで出くわしたり、入れ替わりになったり、廊下で行き会ったりする。すれ違ったあと何気なく目で追うと、相手は長辺の中ほどにある六人部屋へ入ってゆく。寝間着姿ではないから入院患者ではない。いつも、生地が柔らかく動きやすそうな服装で、その上にエプロンを着ている。

年は三十代の半ばぐらい。ごく一般的な家庭の主婦のようだが、あまり楽な暮らしをしているようには見えない。痩《や》せぎすで、頬骨が張っている。目つきが鋭い。周囲に注意を払いながら足早に歩く姿は、尾行を警戒する被疑者のようでもある。

路子がこの病棟に通うようになって五日目ぐらいから、どちらからともなく軽い会釈を交わすようになっていた。

その日も、給湯室の前で会った。

廊下の左右から歩いてきて、ほとんど同時に戸口に到達した。流し台はひとつで、水道の蛇口は二つあるが片方は故障している。路子の荷物は布巾《ふきん》が一枚、相手の女は薬缶《やかん》だった。

路子は黙って戸口を譲った。こういうことには寛容だった。いや、執着心がなかった。どうせ人間、最期に行き着くところは同じだ。あくせくしてもしかたがない。

「すみません」

女は礼を言った。被疑者じみた物腰とは逆に、声の響きは検察官のように力強い。

頭を下げて給湯室に入ると、女は湯沸かし器から薬缶に湯を汲《く》み、ガスコンロにかけた。それを見届けてから路子も流し台に立ち、布巾を洗った。

「ずいぶんお悪いの？」

布巾を絞る路子に、女は声をかけてきた。

「ええ、まあ」

路子は言葉を濁した。

「どちらが？」

女は問いを重ねてきた。路子には、その質問が患者を聞いているのか患部を聞いているのか判断できなかった。だから両方を答えた。

「母が……脳出血で」

「失礼ですけど、おいくつ？」

「十九です」

「あなたじゃなくて、お母さん」

路子は、相手の女との距離を取りかねていた。親の世代と自分の世代のちょうど中間に位置する人間を目の前にして、過去に経験したどんな人間関係に擬して接すればよいのか、摑《つか》み切れずにいた。

「四十……七だったと思います」

「まだお若いのに。大変ね」

女はため息をついた。そんなこと、あなたなんかに心配してもらわなくても結構よ。路子は心の中で舌打ちした。妙に活き活きとした相手の眼の輝きも鬱陶《うっとう》しかった。

布巾は絞り終えた。もうこの場所に用はない。

しかし女は、路子が立ち去ることを歓迎しない雰囲気を身に纏《まと》っていた。さっさと廊下に出てしまったら、会話を続けながら後をつけてくるのではないか。そんな予感さえあった。この女の神経質そうな部分は、尾行を警戒する被疑者ではなく、尾行相手を見失うことを危惧《きぐ》する捜査官になぞらえられるべきものかもしれない。

「だったら、担当は鷺森先生」

今度は質問ではなく断定の口調で女は言った。路子が頷《うなず》くと、女は「そう」と相槌《あいづち》を打ち、急場しのぎで他人から借り受けてきたみたいに座りの悪い笑いを見せた。

「いい先生なんだけど、諦《あきら》めが早くて」

聞き棄ててならない発言だった。路子は初めて感情を込めた応答をした。

「どういう意味でしょうか」

「先生に、『患者を治すのは医者じゃなくて、本人と家族の力です』というようなこと、言われなかったかしら」

「あ、はい」確かに似たようなことは言われた気がする。「言われました」

「若いけど腕は確か、というのが、もっぱらの評判。でも、確実に治せる患者だけを真剣に相手していたら、当然の結果だと思わない？」

「そう……言われても……」

かこん、と音がした。薬缶の蓋《ふた》が持ち上がっていた。女は水屋からどくだみ茶のティーバッグを出して薬缶に入れた。蓋はいったん大人しくなったが、またすぐに上下しはじめた。しゅわしゅわと湯が泣き声をあげる。

女はティーバッグの箱を片づけた。湯気で火傷《やけど》しないように注意しながら薬缶の柄を横へ倒す。路子は黙ってそれを見ていた。女に翻弄《ほんろう》されているような気がした。

「ええ……っと」

呼びかけようとして、迷った。

「あ。ごめんなさい、君塚《きみづか》です。君塚佳枝《よしえ》」

「江藤です」路子も名乗った。「やっぱり、担当は鷺森先生なんですか？」

相手の名前を聞かされても、その固有名詞をすぐにすんなりと口にできるほど濃密な関係が構築されているわけではなかったから、路子は結局、呼びかけを省略した。

「副主治医といったところかしら。主治医は柴山《しばやま》先生。小児科の」

「じゃあ、お子さんですか」

「娘。まだ三年生なのよ」

水屋の扉が勝手に開いた。立てつけが緩んでいるらしい。佳枝は閉めた。閉まっても、取っ手を握ったまましばらく離さなかった。

「お加減、悪いんですか」

外交辞令として路子は聞いた。佳枝は口を歪めた。

「痛みが、少し」

「大変ですね」

路子は外交辞令を続けた。佳枝は反応せず、コンロの火を緩めた。薬缶の蓋が、また少しおとなしくなった。路子は、たたんだ布巾を右手から左手に持ち替え、また左から右に持ち替え、それを繰り返していた。

「骨肉腫《こつにくしゅ》って、ご存じかしら」

ようやく佳枝がそっけなく言って寄越した。名前だけは聞いたことがあったので、路子は首を縦に振った。

「それとよく似た病気よ」

「骨の病気ですか」

「癌《がん》」

すとん、と答えが返ってきた。折れ曲がっていた水道のゴムホースが蛇口をひねると同時に真っ直ぐになって、待ちかねたように水が噴き出す。そんな口調だった。

路子は、その水を頭から被《かぶ》せられた思いだった。

癌といえば告知の問題がついてまわる。それを行き会ったばかりの赤の他人に明かすという神経が理解できなかった。

「あ、いいのよ」

佳枝が急いで言い添えた。

「本人も知っていることだから。驚かせたわね」

「いえ……それで、お加減のほうは」

さっきも同じようなことを言ったが、他に適当な台詞を思いつけない。

「必ずよくなるわ」

佳枝は確信に満ちた表情で即答した。

「鷺森先生は難しいって言ってるけど」

「そうですか」

鷺森は諦めが早い、という言葉を路子は反芻《はんすう》していた。

佳枝がガスコンロの火を消した。薬缶の蓋はなおも二、三回持ち上がったが、それきり動かなくなった。佳枝は、立てかけてあった金属製の盥《たらい》を流し台に置き、その中へ薬缶を降ろすと、蛇口の水を小出しにして薬缶にかかるようにした。

「引き留めてごめんなさいね」

佳枝が笑顔を見せた。借り物ではなく、彼女自身の自然な表情に見えた。笑うと、内面に染み込んで拭《ぬぐ》えない生活の疲れが溢《あふ》れ出た。どんよりした顔の中で眼だけが二つの島のように浮かんでいる。

「毎日お見かけするから、熱心なお嬢さんだなって思っていたの。学生さん？」

路子は頷いた。

「御奈山《みなやま》大学？」

佳枝は、園末市内にある総合大学の名前を挙げた。路子は首を横に振った。

「東京のほうです」

「お母さんのために戻ってらしたのね。感心だわ」

鋭かった佳枝の眼がいっそう輝きを帯びた。路子は、相手に気取られない程度に視線を逸《そ》らした。

「あなたのお母さんも、早くよくなるといいわね。お互い、がんばりましょう」

「あ、はい」

「それじゃ、またね」

佳枝は軽く頭を下げ、水を出しっぱなしにして給湯室を出ていった。路子は佳枝よりもやや深い会釈で見送った。

日出子の病室に戻るまで、路子は努めて何も考えないようにした。考えたいことはいくつかあったが、短い廊下を歩く間に中途半端な思考をするのは嫌だった。落ち着いてじっくりと考えたかった。

病室に入り、ベッドサイドの床頭台のタオル掛けに布巾を垂らした。

丸椅子に座って、頬杖《ほおづえ》をついた。

鷺森のことを考えていた。

彼は、佳枝には「全力を尽くす」という得意の台詞を吐かなかったのだろうか。

あるいは、日出子には回復の見込みが充分にあって、諦めの早い彼にもやる気を起こさせるほど良好な状態なのだろうか。

(もしそうなら、嬉《うれ》しい)

つい、口もとが綻《ほころ》ぶ。

日出子を見る。眠っている。

路子は自分の考えを打ち消す。

（でも、そんなことはありえない）

誰がどう見たって、日出子は重体だ。佳枝の言う「確実に治せる患者」に該当するとは考えにくい。

とすれば、佳枝の娘は、日出子よりもまだ深刻な状態だということになる。

骨の癌だと言っていた。痛みで苦しんでいるとも。そして医者が諦めている。

――末期症状。

そこに思い至った時、素晴らしいアイデアが芽生えた。それはたちまちのうちに大きく膨らんで、癌というのは一般的には成人病ではないのかとか、骨の病気になぜ脳外科の鷺森が携わっているのかとか、路子が給湯室から注意深く運んできた思考の内容を、景気よく吹き飛ばしてしまった。

（死なせてあげようか）

末期癌の痛みは激しいと聞く。安楽死だの尊厳死だのが議論の的となるゆえんだ。医者や家族が正面きって患者に死を施すことは、現在の社会では認められない。

（まさに、あたしの出番ではないか？）

思えば、路子が初めて指を使ったのは、瀕死《ひんし》の犬に対してだった。あれは安楽死だったとは言えまいか。

路子は、ほとんど苦しめることなく他人を死なせることができる。加えて、処罰されることを怖れてもいない。いずれ親殺しの汚名を——路子自身は汚名とは思っていないが——着ることになるのだから。だいいち、処罰の対象にすらならないかもしれない。路子がその患者に死を施したことを、誰が証明できるだろう？

それだけではない。ことによると、楽にしてくれてありがとう、と感謝されるかもしれない。喜ばれるかもしれない。役に立つかもしれないのだ。

（役に立つ。役に立つ、か）

忍び笑いが漏れた。

「お母さん」

路子ははっきり声に出した。

「あたし、人の役に立つかもしれない」

日出子は答えない。路子は、その沈黙は肯定を意味しているのだと勝手に解釈することにした。そして続けた。

「でも、あなたは別。体がよくなって、さあこれからっていう時に殺してあげるから」

今度も、日出子は答えなかった。

次の日の昼前、二〇六号病室を覗《のぞ》いてみた。佳枝がいつも出入りしている六人部屋だ。六床のベッドはすべて埋まっているが、どんな患者が横たわっているかは、戸口からは確認できない。

部屋の奥から、クッ、クッ、と笑いを堪《こら》えるような声が聞こえる。少しだけ気味悪さを感じながら、路子は足音を立てないように入室した。

午前中であるためか、見舞客の姿はない。個室の患者は別として、面会時間は原則として午後二時からと定められているのだ。佳枝の姿も見当たらない。好都合だ。

ひとわたり見回したところ、小学校三年生という年齢に合致しそうなのは、戸口から見て右列の窓際のベッドだけだった。路子はゆっくりと歩み寄った。

窓の下の壁に沿うようにして、くたびれた車椅子が置かれている。背もたれに「二階病棟」と黒マジックで書かれていた。ベッドの柵には、日出子と同じように蓄尿のパックがつり下げられている。そのそばに立って、路子は横たわっている少女を見下ろした。

奇妙な声の源は、少女だった。横臥《おうが》の姿勢で、体をくの字に曲げ、折りたたんだ両腕を胸と太股《ふともも》の間に挟み込んでおり、首を守るように肩をすくめ、頭を小刻みに震わせ、汗をかき、眼を硬く閉じ、唇を結んでいた。奇妙な声は、その唇の隙間から発せられている。

君塚彩乃《あやの》。枕もとに掲げられた氏名札にはそう記されていた。

路子の心に、突如として愛情のようなものが湧き上がった。彩乃というこの少女が、必死になって自分を待っていてくれたような気がした。今すぐ胸にかき抱いて、思いっきり優しく殺してやりたいと思った。

一歩近づいて、さらに観察する。身体は痩せ気味だ。やや大きめのパジャマを通してもそれがわかる。もともと細かったのではなく、肉がついていたところから削《そ》げ落ちたのが見て取れる類《たぐい》の痩せ方だ。そのわりに顔色は良好だが、これは痛みに耐えるために全身に力を込めているためなのかもしれない。

横向きになっているので、顔は敷き布団にめり込んでいて目鼻立ちは半分しかわからないが、少なくとも美少女の部類ではない。ただ、愛嬌《あいきょう》のありそうな顔だとは言えた。悪戯をしたり口答えをしたりしても、憎たらしいのにどこか憎めなくて、強くは叱《しか》られない。そんなタイプに見える。

簡単に言えば、あたしとは正反対の子どもだ。路子はそう判断した。湧き上がった愛情が、三割がた萎《しぼ》んだ。

頭髪は、やや薄い。癌を治すための薬は、副作用で髪が抜けることがあるという。おそらくそれだろう。ただし、目に見えて薄いというほどでもない。

いつから入院しているのだろう。路子が再び氏名札に目をやり、ほぼ三か月前からだと知った時、彩乃がうっすらと瞼を開けた。

「ママ……？」

甘えた声だった。

「残念でした」

路子は答え、鼻で笑った。笑いながら、ちょっとしたジョークを思いついた。今日の自分は黒いセーターに黒いジーンズ姿。このジョークには相応《ふさわ》しい出で立ちだ。

「あたしはね」

いざとなると照れたが、思い切って言った。

「死神、とでも自己紹介しておこうか」

彩乃は横臥姿勢のまま、視線だけで路子を見上げた。路子は、テレビで見かけた巨漢の格闘技選手を真似《まね》て、親指を首の前で動かした。

「なに、それ」

彩乃は尋ねながら、路子と同じように首をかき切る仕種をした。痩せこけて骨ばった手だった。

「そうそう。そうやって人の命を刈り取るのが仕事」

さっきより、さらに少し照れた。それを押し隠して、尊大な口調で続けた。

「どう？　苦しい？　ひと思いに、楽にしてあげようか」

「いらない」

弱々しく、しかし即座に答え、そのまま眼を閉じた。

こんなはずはない。

路子は狼狽《ろうばい》した。喜ばれるはずだ。あなたを待っていたのだと歓迎されるはずだ。

「痛いでしょ。苦しいでしょ。それを取ってあげようって言ってるの。どう？」

「死んだら、ママに会えなくなる」

声がしっかりしてきた。痛みにも周期があって、強い時と弱い時とがあるのだろう。路子の中の愛情が、さらに萎んだ。

「ママ、彩乃はつよい子だ、もっともっとがんばれるって言ったもん。だから、がんばる」

「そう」

路子は逆らわなかった。

この世には死ぬよりつらいことがいくらでもある。それらと比べれば、死はむしろ容易で、かつ甘美なものですらある。この子はそれを知らないでいるのだ。

それにしても、仮に鷺森が諦めの早い医者だったにせよ、匙《さじ》を投げるほど重い症状だとは路子には思えなかった。

「おねえちゃん、だあれ」

彩乃が今度ははっきりと両眼を開いた。顔も起こす。ベッドの向きと垂直になってベッドの横柵からはみ出しそうになっていた上半身も、定位置に戻した。

ただ、下半身はうまく動かないらしく、両手を腰の下に入れて、他人の身体を運ぶように持ち上げて仰向けにした。反射的に路子は車椅子に目を向けた。骨の病気だという。脚の骨が侵されているのだろうか。

「あなたのママの知り合い」

視線を彩乃に戻して、路子はごくふつうに答えた。

「お姉ちゃんのママもここに入院しているの」

自分のことを「お姉ちゃん」などと呼ぶのは初めてだった。気恥ずかしくて、早く言い終えてしまいたくて、舌を嚙みそうになった。

「ママかと思った」

彩乃は床頭台の上のミッキーマウスの置き時計を見た。

「まだこんな時間だ」

　小さなあくびをする。口に当てた手が、所帯やつれした中年女のようだ。

「痛まない？」

「今は、だいじょうぶだよ。でも、ときどき」

「さっきみたいになるの？」彩乃が頷く。「痛み止めの薬とかは？」

「あるよ。でもがまんする。知ってる？　がまんする子には、きっとごほうびがあるよ。ママがそう言ってた。だから、彩乃がまんするの」

「ご褒美？　誰がくれるの？　ママ？」

「ちがうよ。神さまとか、そういうえらい人だよ」

　えらい人、か。路子は噴き出しそうになった。この子は、神さまと人間の区別もついていないのか。そんな子に、神さまを引き合いに出して闘病を励ますなんて、佳枝もずいぶん姑息《こそく》な手を使うものだ。

「どんなご褒美かな」

「病気がなおるの。きっと」

　路子は辟易《へきえき》した。詭弁《きべん》ですらない、ただのまやかしだ。病気になると身体が痛む。それは結果であって原因ではない。痛みに耐えたがゆえに病気が快方に向かう、ということはあり得ない。耳を塞《ふさ》いだからといって騒音が鳴り止むわけではないのと同じだ。

「ほんとにそう思う?」

「ママがそう言ったもん」

「ママが、ね」

母親が言うことには何でも従うのか。非難するつもりだったが、咄嗟《とっさ》に質問を変えた。

「パパはなんて言ってるの」

「いないよ」

彩乃は、腹までしか被っていなかった掛け布団を胸まで引き上げた。

「パパはいないよ」

はきはきと答える。それで気がついたが、痛みはひいているらしいのに顔色は良好なまだ。まさに瀕死の状態を想像して見に来た路子には物足りなかった。

次の痛みの周期が早く訪れればいいのに。

「しばらく、ここにいていいかな」

路子が苦しまぎれに尋ねると、彩乃は「うん」と答えて嬉しそうに笑った。

きっと、今に音を上げるにちがいない。痛みが激しくなれば、この痛みから逃れられるのならばどんなことでも甘受できる、という気持ちになるにちがいない。それは次の周期かもしれないのだ。

（ときどき、見に来てやろう。どうせ毎日来ているんだし）

路子は密《ひそ》かに計画をたて、ようやく満足を得ることができた。

丸椅子に座って、彩乃をぼんやりと眺めた。

病室の中は静かだ。廊下を行き交う看護師の足音が往来するぐらいで、他に音らしい音はない。ただ、耳を澄ますと、隣のベッドの老女が見ているテレビの音声がイヤホンから漏れ出てくるのが聞こえる。天気予報だ。

路子は窓から空を見た。晴れている。病室の窓は西向きで、この時間帯だとまだ直射日光は入ってこない。暑くもなく寒くもない、絶妙の室温が保たれていた。

そのまま、何分間かが経過した。

「おねえちゃんのママは？　そばにいてあげなくていいの？」

彩乃が口を開いた。

「お姉ちゃんのママはね、意識がないの。意識ってわかる？」

「寝ちゃってるんでしょ」

「そう。目が覚めないの。もうずっと」

「そばにいてあげなくていいの？」首だけを路子のほうに向けた。「さびしがるよ」

「そうね」

路子は否定しなかった。好きに解釈させておけばいい。

また廊下で足音がした。看護師のサンダルの音ではなく、やや硬質な靴音だった。

足音の主は佳枝だった。路子の姿を認めると、あら、と眼を見開いた。路子は起立した。

「おじゃましてます」

「何かあったの？」

ベッドと路子を等分に見て、不安げに佳枝が聞いた。

「いえ……」

路子が言いよどむと、彩乃が「あのね、ママ」と口を出した。両手をついて上体を起こそうとする。

「おねえちゃんが遊びに来てくれたの」

「まあ」

佳枝は路子に向かい、深ぶかと頭を下げた。大袈裟《おおげさ》な、と思っていると、そのまま床にしゃがみ込み、ベッドの足もとの下部に取り付けられているハンドルを回しはじめた。ベッドの上半身がわがせり上がった。

同時に、廊下からがしゃがしゃと金属音が響いてきた。昼食のワゴンが到着したらしい。

ハンドルを回し終えて、佳枝はあらためて路子に向き直った。

「お母さんは？」

「変わりありません」

おかしな言い草だ。

「君塚さん、声をかけてくださったから、あたしもちょっとご挨拶をと思って」

どんどん言い訳がましくなる。が、佳枝は気にとめる様子もなかった。

「気を遣ってもらってごめんなさいね。お昼はもう召し上がった？」

「いえ、まだ」

「よければ、ご一緒しない？　ご迷惑かしら」

佳枝は提案すると、路子が否とも応とも答えないうちに、「この子が済むまで待っててね」とひとり合点で言い添えて、廊下へ出ていってしまった。

同室の患者たちは、おのおのベッドから降りて廊下から昼食のトレーを運び入れてきた。

彩乃の隣の老女にだけは、うすいブルーのエプロンを着た女が持ってきてやっていた。

彩乃は床頭台の上の箸箱《はしばこ》や湯飲みを手に取り、ベッドの足もと付近に被せられている細長いテーブルにそれを置いて母親を待った。上半身は問題なく動かせるようなのに、わざわざ母親の介助が必要なのだろうか。トレーは配膳係にでも持ってきてもらえばいいのだから。

佳枝が戻ってきた。路子は丸椅子を譲ったが、佳枝はベッドの端に腰を降ろした。疑問はすぐに解けた。佳枝は介助に来ているのではなく、監視に来ているのだった。お世辞にも美味《おい》しそうには見えない病院食を、彩乃が残さずに食べるかどうかを。

彩乃の食べ方を見ていると、野菜全般が嫌いなことが一目瞭然《りょうぜん》だった。箸が野菜の上で迷うたび、佳枝はその鋭い眼光を容赦なく娘に突き刺した。彩乃は母親の顔を窺い、そして食べた。佳枝が追い討ちをかける。

「いつも言ってるでしょう。好き嫌いしちゃ駄目。治るものも治らなくなるわよ」

彩乃は眼を閉じて食べる。路子は去るに去れず、椅子に座って二人を見つめながら、昔の自分を連想していた。

食事が終わるのには二十分余りを要した。キャベツの千切り一本、ニンジンの短冊一切れも残さずに彩乃は食べた。

「えらかったね！」

佳枝はベッドの上に登り、彩乃を抱きしめて顔が歪むほど頬ずりをした。

「夜も残さずに食べましょうね。たくさん食べて、病気を追い出すのよ！　病気が治ったら、お家に帰れるからね。頑張るのよ」

うん、うん、と頷く彩乃に笑顔が戻った。病気が治ることよりも、母親に褒められたのが嬉しい。そんなふうに見えた。

路子は窓の外に目をやった。いい天気だ。

「それじゃ、ママもお昼に行ってくるわね」

佳枝は娘に告げ、ベッドから降りた。それからベッドを元に戻し、「行きましょうか」と路子を誘った。

「おねえちゃん、行っちゃうんだ」

彩乃が唇を尖らせた。佳枝がたしなめる。

「わがまま言わないの。お姉ちゃんだって忙しいのよ」

「ふうん」

不満気に言い、仰向けのままバンザイをした。手の甲がベッドの柵にぶつかり、彩乃は「いたっ」と声を上げた。

「もう少し、いましょうか？」

路子は申し出た。もう一度、痛みの周期が巡ってくるのではないかと期待していた。彩乃が苦しめば苦しむほど、自尊心がすくすくと成長してゆく予感があった。

「しょうがない子ね。じゃ、しばらくだけよ」

そう言うと佳枝は、彩乃のベッドと隣の老女のベッドとの間に置かれていた丸椅子を窓際に運び、路子の横に腰かけた。

「ごめんなさいね」

「いえ」

会話が一往復した後は、誰も口を開かなかった。行くなと頼んだ彩乃自身でさえ、ひとことも喋《しゃべ》らず、窓の外を見たり、佳枝と路子の顔を楽しそうに眺めたりするだけだった。そのまま、何の抵抗もなく眠りに入った。

「今日は調子がいいみたい」

佳枝が言った。微笑《ほほえ》みを浮かべているが、眼だけは効果音が聞こえそうなほどに鋭い。

「失礼なんですが」

路子は遠慮がちに問いかけた。

「先生が諦めるほどお悪いようには見えないんですけど」

言い終えるか終えないうちに、佳枝がものすごい勢いで路子のほうを向いた。

「でしょう？　でしょう？」

それから佳枝は、彩乃の病気の経過について語りはじめた。

最初におかしいと気づいたのは、一年生の夏休み前だった。彩乃が、両肩の後ろがわに

「ぼんやりした痛み」があると訴えた。

成長痛かとも思った。子どもの身体は、自分の急速な成長に自分自身が追いつけず、引っ張られるような痛みを覚えることがある。しかし、医学書などで調べてみても、彩乃の症状とは一致しない。成長痛はひととおり身体を動かした後、つまり一日のうちで夕方以降に発生するのが普通で、朝方には消失しているものだ。

彩乃の痛みは違った。一日じゅう継続して痛む。腫《は》れぼったくて熱を帯びているのも気になるし、それに成長どころか、彩乃の身体は心なしか縮んでいくようにさえ見えた。

実際には、縮んでいたわけではない。しかし、病によって生気を失いはじめた身体が、どことなくはかなげに見えたのは事実だった。

垣内山《かいとやま》病院の小児科を受診したのは夏休みの終わりごろ。柴山という四十がらみの女医が診察してくれた。小児科の副部長だということは後で知った。

レントゲン撮影があり、そのあと柴山医師はすぐに佳枝を看護師詰所に呼んだ。彩乃は、外来の待合室で夫と絵本を読ませておいた。

悪性腫瘍《しゅよう》の疑いが濃い、と告げられた。肩甲骨が病巣だが、肺にも疑わしい影があると。

即座に入院となった。

彩乃に入院を納得させるのは難事業だった。嫌だ嫌だと泣きわめく娘に対し、佳枝はその倍以上の大声を張り上げて、どうしてママの言うことが聞けないの、と泣き叫んだ。

入院してすぐ、化学療法と放射線療法の併用による治療がはじまった。

毎日、複数の抗癌剤を調合した薬液を点滴で注入した。垣内山病院には放射線の照射装置がなく、週に五日、園末駅近くの市立病院まで佳枝が送り迎えをした。

治療は恐ろしかった。

佳枝も夫も、もちろん彩乃も、それまで大した病気をしたことがなく、点滴など初めての経験だった。輸液は、薬というよりは毒蛇の体色に近いオレンジ色だった。メトトレキサートとアドリアマイシンの色だと医者が説明してくれたが、その薬品名も毒薬としか思えなかった。

市立病院では、彩乃はいかめしい機械が設置された放射線療法室のベッドに横たわらされ、そのまま動かないように固定された。怯《おび》える彩乃を見た若い男の放射線技師が、だいじょうぶちっとも怖くないからねと繰り返し言い聞かせてくれたが、繰り返されるごとに彩乃はますます怯えた。

不安に思った佳枝が操作室の様子を窺うと、対向二門放射だの照射量は二グレイだの意味不明の言葉が漏れ聞こえてきた。佳枝の姿に気づいた技師が、今から治療を始めますので外でお待ちくださいと少し慌てた様子で告げた。

ぶ厚い扉に記された「関係者以外立入禁止」の文字が佳枝を廊下へ閉め出した。母親は関係者ではないと言うのか。

娘が何かの実験台に使われている場面を空想しながら佳枝は待った。果てしなく待った。入室前と同じ姿で彩乃が出てきた時、安堵のあまり腰が抜けた。時計を見たら、十五分しか経っていなかった。

だが、治療の効果は劇的だった。開始後約二週間で腫瘍は消退しはじめ、二か月余りで一時退院となった。

それからは週二回の通院となった。やがて週一回となり、二週に一度となり、二年生の夏からは月に一度となった。内容も、治療よりは経過観察のための検査に変わっていった。

――一応、現段階では治ったと見てよいと思います。

主治医の柴山が言った。

――ただ、再発を警戒する必要があります。定期的な通院はもちろん、体調の変化や痛みの訴えなどにも気を配っていてください。

その懸念が現実のものとなったのは、三年生の夏だった。腫瘍の再発。まもなく再度の入院となった。

「癌は、再発したら、もう駄目。本なんかを読んでも、確かにそう書いてあるわ」

憎しみをこめて佳枝が言った。

「でも、絶対、治る。わたしが治してみせる。諦めたりしない。一度治った病気が、二度治らないはずがないわ。彩乃だけがこんな病気で死ぬなんて、おかしいもの。でしょう?」

路子には答えられなかった。佳枝も返事を期待していたわけではないようだった。

「本当はね、すごく痛がっているの。見た目よりも悪いのよ、この子。けど、必死で頑張っているんだもの、きっとよくなるわ。報われないわけがない」

喋り疲れたらしく、佳枝は大きく息をついた。路子も疲れていた。佳枝の言葉の圧力に押しつぶされそうだった。そして虚しかった。

この母親も内心では、早く死んでくれたらいいのに、と思っているにちがいない。

その考えが拭い去れない。

二年以上にわたる闘病生活の効果は、彩乃よりもむしろ佳枝の顔に色濃く現れている。罹病《りびょう》した、治癒した、再発した、悪化した。もう勘弁してくれ。それが自然な感情だ。肇と同じだ。この女も、いい母親のポーズを取り続けているだけなのだ。

「昨日、おっしゃってましたけど」

しばらくぶりに路子は口を開いた。

「お子さん、病気のこと知ってるって」

「話してあるわ」

佳枝は当然だと言わんばかりだ。

「どんな災難が来るかわかってなければ、避けようにも避けられないから」

「骨肉腫……？」

路子が聞くと、佳枝は首を横に振り、決まり文句のように淡々と答えた。

「ユーイング肉腫。ご存じないでしょ」

うーん、と声が発せられた。彩乃だった。手の甲で瞼を擦《こす》っている。いましがた目覚めたようだった。

佳枝が何かを言おうとした直前、彩乃が先に口を開いた。

「おねえちゃん、まだいてくれたんだ」

そして泣き顔のような笑顔を見せた。泣き笑いではなく、純然たる笑顔なのに、不思議と泣き顔に見える。そんな表情だった。

「あら」佳枝が口に手を当てた。「お昼に行くんだったわね」

路子は首を横に振った。食欲を失っていた。

「すっかり長話になってしまってごめんなさいね。お母さんのところに戻ってあげて」

潮時――と呼ぶには遅すぎたが――だと判断して、路子は腰を上げた。会釈をして背を見せると、彩乃が「おねえちゃん」と呼びかけてきた。首だけを回してベッドを見ると、彩乃が続けた。

「ありがと。また来てね。待ってるね」

路子は何の反応も見せることができず、そのまま足早に病室を出た。

ありがとう、だって。馬鹿な子。

そんなことで礼を言われる必要はない。見舞いに来るなど誰にでもできることだ。あたしは、他の誰も真似できないような方法で、あの子を助けてやることができる。その時にこそ、謹んで感謝の言葉を受けるとしよう。

彩乃。あなたがあたしに「救い」を求める日を、あたしは心から待っている。

5

十一月も下旬に入り、街には冬の兆しが訪れていた。今年の冬は平年より早く、そして厳しいというのが長期予報の見通しだ。

三週間を経過しても日出子の容態は変わらなかった。

入院当初は見舞客も頻繁に訪れていたが、ここ一週間はほとんど見られなかった。とりあえず一度は義務的に面会に来るものの、痛ましい日出子の姿を直視できないのか、あるいは何の反応も示さない患者相手では偽善者意識が満足できないのか、二度足を運ぶ人は皆無だった。専業主婦である日出子の世界の狭さを象徴していたとも言える。

もっと露骨なのは日出子の実家で、申し訳程度に見舞いの品を宅配便で送りつけてきて、それっきりだった。

日出子は、実家とはすっかり絶縁状態になっていた。日出子自身がそうであったように、実家もまた江藤の家とは反りが合わなかった。何度も「戻って来い」と呼びかけたらしいが、日出子が聞き入れないでいると、そのうちに何の音沙汰《おとさた》もなくなってしまったそうだ。今は両親も他界して日出子の兄に代替わりしている。住居もずいぶん遠方になっていた。

結局のところ、日出子の個室に毎日現れるのは、路子と、肇と、そして鷺森だけだった。

「少し、休んだほうがいいですよ」

会うたび、鷺森は心配げな顔を見せた。

「病人の看病には、全力を尽くしてはいけません。可能な範囲でいいんです。一緒に頑張りましょうと言った僕本人が言うのも変ですが」

「そばにいちゃいけませんか」

「そうですね、いけなくはありませんが……。路子さんには大学もあるでしょうし」

路子は、自分の私的な事情については鷺森にほとんど明かしていない。肇が喋ったのだろう。迷惑な男だ。

「大学よりも大切なことですから」

澄まし顔で答えてやった。

それでも、帰省して四度目の土曜日の夜、路子は東京に戻った。冬物の洋服を取りに帰るのと、肇との二人暮らしから逃れるためだった。病室で日出子と過ごす時間と同様、実家で肇と過ごす時間も苦痛だった。

アパート近くの駅の掲示板は、クリスマス商戦の広告で満艦飾だった。気の早いことだ。焼鳥屋の店先には「都合により当分の間休業させて戴《いただ》きます」と貼り紙されていた。

アパートの前の自転車置き場は、以前にも増して雑然としていた。路子の自転車は屋根の下から放り出されている。チェーンやスポークは錆《さ》び放題だし、後輪のタイヤは白っぽく変色してひび割れだらけだ。

集合ポストには色とりどりの紙片が無造作に突っ込まれている。公共料金の領収書。英会話学校のダイレクトメール。不動産仲介や宅配ピザの投げ込みビラ。けれど、何かが足りない。何だろうと思いつつ、ビラなどをひとまとめに丸めて片手で掴む。もう片方の手で鞄《かばん》をまさぐり、鍵を取り出しながら階段を昇る。

　部屋の中は冷え切っていた。

　留守番電話が点滅している。録音内容を聞くと、アルバイト先からの電話だった。垣内山病院の公衆電話から「辞めさせてください」と一方的に伝えたきりだ。実家の連絡先は教えなかったし、携帯電話は電源を切っている時間が多い。やむなく、こちらに連絡してきたのだろう。未払いのアルバイト代を取りに来いという内容だった。

　テレビを点けようとして、新聞がないことに気がついた。そうだ。配達中止の申し入れをするのを忘れていた。どうして集合ポストに新聞が溜まっていなかったんだろう。

　新聞販売店に電話をかけて事情を尋ねた。隣室の住人が「よくわかんないけどずっといないから止めといたら」と提案してくれたのだそうだ。不在を詫《わ》び、正式に中止を依頼した。

　隣の部屋を訪ねてみた。販売店が言うには若い女だったそうだが、留守だった。どんな人物だったろうか。よく思い出せない。

　自室に戻り、冷蔵庫を開けた。すべて腐っていた。ハンカチで鼻と口を被《おお》って始末をし、庫内を洗い、電源を切った。

　コンビニエンスストアへ行き、弁当と缶入り日本茶を買った。不味《まず》い弁当だったが、今の自分には妙に似合っているようでもあった。

夜は寝つかれなかった。日出子の容態が気がかりというより、実家のベッドに身体が馴《な》れてしまったせいだと思った。

翌朝、早々に荷物を作り、部屋を出た。

迷った末、隣室の呼び鈴を押した。不在を予測させるに充分な長さの無音の後、ようやく足音がしてドアが開けられた。

壊れた化粧と不機嫌そうな表情をぶら下げて、二十代後半ぐらいの女が顔を突き出した。寝入りばなを起こされたといった感じだ。

「ああ、あんた」

かさかさの声で言い、眩《まぶ》しそうに眼を細めた。見かけほどには不機嫌ではないようだ。

「新聞、すみませんでした」

「あんたさあ」大きなあくびで言葉が途切れた。「長いこと空けるんなら、気をつけたほうがいいよ」

「何に……ですか」

「泥棒。郵便とか、新聞とか、溜めとくとさ。留守がモロバレじゃん。狙《ねら》われるよ。その道の人ってのは、ちゃあんと見てるからね」

盗まれて困るようなものは何もありませんから、と正直な気持ちを言おうとして、思いとどまった。深い関係でもない人間といちいち事を構えるのも面倒だ。

「気をつけます」

「あたしが取り置きしといてやろうか？」

「いえ。これからは、たまに帰るつもりです」

あっそ、と答えて女は引っ込んだ。施錠の音がした。

電車を乗り継いで園末に戻り、直接病院へ向かった。

日出子のそばには肇が座っていた。土曜と日曜は、彼はほとんど終日ここにいる。

「早かったな」

それだけ言うと、すぐ日出子に注意を戻した。背中に手を差し入れて、予備の毛布を畳んだものをあてがっている。褥創《じょくそう》、つまり床ずれの予防のためだ。

寝たきり患者にとって最大の敵のひとつが褥創だった。長時間、同じ姿勢で横たわっていると、体重による圧迫で血液の流れが阻害され、細胞の壊死《えし》を招く。骨が突き出た箇所が危ない。仙骨――背中から見て尻が割れはじめているあたり――や踵《かかと》は特に要注意だ。

血流が二時間停止すれば壊死が始まるという。褥創を防ぐには、体重がかかる部分をこまめに変え、負荷の分散を図るしかない。患者の身体を動かしてやったり、背中や尻の下に枕やタオルを敷いてやったり、作業自体はいたって簡単だ。しかしそれを延々と、確実に、適切に、徹底して続けることは、口で言うほど易《やす》くはない。

その難題に肇は挑戦し、現在のところ成功していた。むろん、看護に携わる時間だけをみれば路子のほうが長い。だが、肇には会社がある。営業部長としての職責がある。それを果たす一方で、それ以外に使える時間のほぼ全てを日出子に費やしていた。褥創予防の的確な手法を調べたり、看護師に尋ねたりしているのも肇で、路子はそれを模倣《もほう》しているに過ぎなかった。

結局のところ、肇が自宅にいる時間は、路子の子ども時代と少しも変わっていない。外出先として病院が加わっただけだ。

肇は、残業や休日出社をしなくなった。常に定時退社して、垣内山病院へ直接立ち寄り、路子と交替する。あるいは、休日のほとんどの時間を日出子の病室で過ごす。仕事で使う会議資料などを持ち込んではいるものの、身を入れて読んだりチェックしたり部下に指示を伝えたり、というようなことは、まず殆《ほとん》どない。まるでそれは、日出子に対して「ちゃんと仕事もやっているから心配するな」と言い訳をするためだけの儀式のようにも見える。

平日の夕方、路子が病院から帰宅し、夕食の支度をしていると、毎日のように肇の会社から電話が入る。

「父は病院ですが」

判でついたように路子は答える。連絡取れませんか、と相手は半泣きになって食い下がる。たいていは若い男の声だ。どうしても部長の裁可を仰がなくてはならない事項が山積みらしい。肇は携帯電話を持っているが、病院内にいる間は律義に電源を切っている。路子はしかたなく、二階病棟の詰所に電話をし、肇を呼び出してもらう。

肇が仕事をやりかけにして退社するなど、以前は考えられないことだった。

いい夫の演技にしては念入りすぎる。しかし、肇と日出子が愛情で結ばれているとは思えなかった。路子も含めた三人の間で成立する三つの人間関係の中では確かにもっとも良好だったが、それも二つの親子関係と比較しての話であり、世間並みに見れば充分に険悪だった。

肇が誰の目を意識しているのかはわからないが、鮮やかな豹変《ひょうへん》ぶりには感心させられる。

だが、今に馬脚を現すはずだ。

路子は荷物を床に置き、病室を出た。彩乃に会いに行くつもりだった。

あのあと三度ほど彩乃を訪れ、長い時間ではないものの、話し相手になってやった。そのうち一度は、彩乃が襲い来る痛みと格闘中で、まともに会話ができなかった。小さな身体を震わせて懸命に耐えている姿に、路子は心の底から腹が立った。耐える娘を誇らしげに見つめて励ます佳枝に対しても同様だった。

佳枝の化けの皮はもう剝《は》がれただろうか。そろそろ彩乃が救いを求めてくる頃ではないだろうか。

二〇六号室に行き、ドアに身を隠して中を窺った。が、佳枝に見つけられてしまった。彼女は彩乃のベッドサイドの丸椅子から会釈を寄越した。

見られてしまってはしかたがない。路子は堂々と入室し、佳枝に近づいた。

「お加減はいかがですか」

お愛想を言いながらベッドを見ると、彩乃は眠っていた。

「ごめんなさい、寝ついたばかりなの。せっかく来てもらったのにね」

「いえ」

痛みで悶絶《もんぜつ》するようになればいいのに。路子は彩乃の寝顔を睨《にら》みつけた。そうすれば佳枝も本音を吐くようになるだろうし、彩乃も楽になりたくて路子にすがりつくはずだ。

「今日はお父さんが来てらっしゃるのね」

不意に佳枝が言った。彩乃に対する愛情に満ちた害意を見透かされたような気がして、路子は「あ、はい」とどもりながら答えた。

「たまの日曜日なのに、大変ね。気が休まることがないでしょう?」

「ええ、まあ」

——それだ。

生返事をしながら、路子は捜していた物を発見した。鷺森から初めて日出子の症状の説明を受けた時、心に引っかかって取れなかった疑問があった。それが何なのか今まで摑みそこねていたが、いまわかった。

どうして、救急車を呼んだのがあの人だったんだろう?

日出子が自宅で倒れているのが発見されたのは午後四時過ぎだったと聞かされた。あの日は火曜だった。なぜ平日のそんな時間に、肇は自宅に居合わせたのだろう。発見が早かったため、最悪の事態は避けられたと鷺森は言った。つまり、肇の手柄ということになる。

夜、病院の廊下で会った肇は、スーツ姿だった。おそらく、会社から自宅へ戻って、そこで日出子を発見したのだ。なぜだろう。早退でもしたのだろうか。

しかし、それは考えにくかった。路子の知る限り、肇は滅多なことでは早退などしない男だった。一度、風邪で高熱があると言って早く帰ってきたことがあったが、その時も「仕事に穴を空けてしまった」とずいぶん悔しそうだった。

よほど体の具合が悪い時にだけ、申し訳程度に遅刻したり、有給休暇を取ったりする。自分以外の家族が臥《ふ》せっていてもお構いなしだ。お蔭《かげ》で、会社からの覚えはめでたかったらしいし、肇もそれを誇りとしていたようだが、その彼がどうしてあんな夕方に会社から帰っていたのだろう。

まさか、虫の知らせだの予感だのという根も葉もない理由で、肇が職場から自宅へ駆けつけたわけではあるまい。そんな神秘的な心の繋がりがあの二人の間にあったなどとは考えられないし、考えたくもない。

佳枝に「また来ます」と告げ、路子は日出子の病室へ戻った。

肇は戸口に背を向けたまま座っている。

「帰る」

路子が短く言うと、肇は「ああ」と短く答えた。それから、思い出したように尋ねた。

「高科《たかしな》という奴から電話はなかったか?」

「会社の人?」

「ああ」

「日曜日なのに?」

「仕事に平日も土日も関係ない」

そんなに職場のことが気になるなら、さっさと日出子の看護を放り出して会社へ行けばいいのに。そう思ったが、毒づくのも面倒だったから、簡単に答えた。

「あたし、家に寄らずに来たから」

肇がようやく路子を振り返った。

「他の奴からの電話は、もう俺に取り次がなくていい。高科に相談しろ、と指示しておけ」

「あたしが?」

電話の取り次ぎだけでも閉口しているのに、采配の代行までやらされたのではたまったものではない。しかし肇は、路子の不満顔には構わず、

「高科が電話してきた時だけ、俺を呼べ」

そう続けると、それが当たり前みたいに背を向けた。

相変わらず、自分の都合しか考えない男だ。

「ねえ」

床の鞄を拾い上げながら声をかけた。肇が再び振り向いた。

「いい。なんでもない」

路子はそのまま病室を辞した。

った。

——どうしてそんな時間に家にいたの？

もし、「なんだか母さんに呼ばれたような気がしてな」などという答えが返ろうものなら、きっとあたしは発作的に指を差してしまうにちがいない。そう思うと、口にできなかった。

病院への往復には路線バスを使う。本数が少なくて不便だが、路子は運転免許を持っていないから、徒歩を除けば他に方法はない。

自宅近くのバス停は、市立図書館の垣内山分館の前にある。その日、路子はそこに立ち寄った。

階段を昇り、事典や辞書が並べられたコーナーへと向かった。

確か「ユーイング肉腫」と佳枝は言った。聞きなれない病名だった。

『医学大辞典』と銘打たれた、漬け物石のように重くて大きな本を書架から引き出し、手近な机に座を占めた。

『ユーイング肉腫【Ewing Sarcoma】　比較的に稀な骨腫瘍。二〇歳未満の若年者に好発し、男女比は二対一で男性に多い。骨盤・大腿《だいたい》骨・上腕骨・脛《けい》骨の順に好発し、初期症状は疼痛《とうつう》と腫脹《しゅちょう》で、発熱や白血球増多などの全身症状を合併する。予後は極めて不良で、四肢発生例は早期に切断・離断術を施す。根治手術が困難な部位に発生したものや遠隔転移例には放射線照射を行う』

漢字が多く読みづらいが、意味はわかる。

二度、読み返した。本を閉じた。もう一度開いて、もう一度読んだ。

書かれている内容を、頭の中で繰り返した。

(予後は極めて不良)

(早期に切断・離断術を施す)

胸が高鳴っていた。

唐突に路子は、テレビの台風情報を想起した。台風の接近がニュースで報じられる時、恐怖心や、逸れてほしいという願いに混じって、抑えがたい期待感が頭をもたげる。怖いもの見たさや単なる好奇心ではなく、危険そのものを心待ちにする破滅的な期待。それと同じものが、路子の中を駆け巡っていた。

図書館を出ても、バスに乗っても、高揚感は去らなかった。

病院に着き、日出子の病室へ行くと、岩橋看護師が点滴のパックを交換していた。

「お世話になります」

路子が言うと、相手は「毎日、ご苦労さま」と返しながら、注入速度を調節するツマミを微調整した。路子は尋ねた。

「今日、鷺森先生、いらっしゃいますか」

「いらっしゃるけど。何かご用?」

用というほどのものでもなかったから、路子は首を横に振った。相手はそれでも、

「しばらく、ここにいるでしょう? 寄ってもらうよう、先生に伝えておきます」

と言い、銀色のカートを押して出て行った。

五分と経たないうちに、ノックがあった。鷺森だった。

「こんにちは」

鷺森は当たり前の挨拶をした。当たり前の挨拶なのに、路子は腹立たしく感じる。

「何かご相談が、ということでしたが」

「別に相談というほどのことはありません」

「そうですか」

鷺森は逆らわず、自然な動作でベッドに近寄ると、呼吸器のツマミを回してデジタル表示を切り替えてみたり、尿の色を点検したり、日出子の額や頬に触れたりした。それが終わると、窓際に立って駐車場を見下ろし、「いい天気ですね」などと独り言のように呟《つぶや》く。

「先生」

路子はやむなく口を開いた。鷺森は顔だけを路子に向けた。

「はい？」

「脳外科ですよね」

「そうですよ」

「骨の病気も診るんですか」

「骨の病気、とは？」

「ユーイング肉腫」

「あ。よく知ってますね、そんな珍しい病気」

誰を話題にしようとしているのか見当がついているはずなのに、鷺森は守秘義務とやらを盾《たて》に取って惚《とぼ》けるつもりなのだろうか。路子は立ち上がった。

「二〇六号室の女の子。先生の担当でしょ」

「君塚彩乃ちゃんですか。それが？」

鷺森が落ち着いて答える。路子は歩み寄る。

「その子のお母さんに聞いた。再発だって。先生が匙を投げてるって」

「聞いたんですか」

鷺森はため息をついた。路子にとって、初めて見る鷺森の重い表情だった。

「どんな病気？」

「骨原発性の悪性腫瘍の一種ですね」

ようやく窓に背を向け、全身で路子と向き合った。大きな手を腰の後ろで組む。

「その中でも、症例が少なくて、しかも厄介なものです。原因も解明されていません」

「癌、じゃないの」

骨原発性の悪性腫瘍、という持って回った表現が鬱陶しかった。

「そうですね。そう思ってもいいですよ。発生する部位によって癌と呼んだり肉腫と呼んだりしますが、本質は同じです」

「どうして脳外科で診てるの？」

「主治医は小児科の柴山先生ですが、再発してからは僕も共同で診ています。僕が担当するのは主に神経ですが」

鷺森が言うには、骨の腫瘍は本来なら整形外科医が担当する。しかし、垣内山病院の整形外科には腫瘍を専門分野とする勤務医がおらず、他方、柴山医師が化学療法に関する経験が豊富だったこともあり、初診時から引き続いて小児科が担当していた。

彩乃の腫瘍の原発巣は肩甲骨だったが、再発後は腰椎《ようつい》にも転移していた。癌や肉腫は、それ自体が害悪をなすと同時に、膨張した患部が周囲の健常な部分を圧迫することによっても悪影響を与える。よく言われる末期癌の疼痛も、その多くは腫瘍が神経を圧迫する痛みだ。彩乃の腰椎に転移した肉腫も、脊髄《せきずい》を圧迫していた。その神経症状の緩和に関して小児科から脳外科に相談があり、結果、鷺森がついたのだった。

「脳も脊髄も、同じ中枢神経ですからね。それに、僕はほら、『何でも屋』ですから」

整形外科と聞いて路子は、医学辞典の記述を頭の中で諳《そら》んじた。早期に切断術を施す。

「手術はしないの？」

「根治的手術ならね」

鷺森は低い声で答えた。

「医者だって、好き好んで人の体を切り取ったりしたくはないんですよ。病気と同じく、手術だって人体への侵襲に変わりはありません。確実に治癒する成算があってこそ、手術は価値を持つんです」

幸い、彩乃には抗癌剤と放射線がよく効いた。腫瘍は嘘のように消えた。

通院に切り替えてから何か月かが過ぎ、医師も、家族も、再発という言葉をほとんど口にしなくなった頃、彩乃が「腰が痛い」と訴えた。その時、柴山医師は「目の前が真っ暗になった」そうだ。

腫瘍の有無を調べる、シンチグラムという検査が実施された。全身に反応があった。急いで入院の手続きが取られた。支度をして病院へ来た時、彩乃は歩けなくなっていた。

「歩けない？」

「ええ。今もですよ。彩乃ちゃんは下半身麻痺《まひ》の状態です。腰から下は全く動かせないし、感覚もありません。腰椎の腫瘍が脊髄を遮断してしまったんです。そこから先は、神経が通っていないのと同じです」

身体を仰向けにする時、彩乃が他人の身体を扱っているようなおかしな動きをしていたのを思い出した。

「痛みだしてから麻痺するまで、普通はかなり時間がかかるものなんですけどね。あの子は我慢強くて。なかなか『痛い』と言わなかったんです。今だってそうとう痛いはずですが、滅多なことでは口にしません。それに」

「治せるの？」

路子は鷺森の言葉を遮った。

鷺森は沈黙した。

路子は口の端を少し持ち上げて、からかい気味に続けた。

「全力を尽くすって言わないの？」

鷺森は後ろに組んでいた手をほどいた。

しゅこーっ。

呼吸器の音がした。いや、ずっと動いてはいるのだが、誰も口を開かなくなると、作動音が耳につくようになったのだ。

答えが返るまでには、さらにいくばくかの時間を要した。

「尽くしますよ」

ようやく聞こえた返事は、やや歯切れが悪かった。

「鷺森亮一《りょういち》としての全力を尽くすつもりです」

路子は、おかしな答えだなと思いつつ、口では別の質問を投げかけていた。

「諦めが早いって君塚さんが言ってた」

「治療内容が初発時より軽いから、僕が病気に対して真剣に立ち向かっていないとお思いなんでしょう」

口調が戻った。

「なぜ？」

「ご存じでしょうけれど、癌は再発すると予後が極めて厳しくなります」

だったら、なおのこと濃厚な治療が求められるのではないのか。路子がそれを言うと、鷺森は首を横に振った。

「治療も、投薬も、人体にとっては侵襲です。癌の治療はその最たるものなんです。放射線も、化学療法も、もちろん手術も、無制限に使えるものではありません」

癌の再発が絶望的だと言われるのは、その多くが多発性転移によるからだ。初発時に根絶してしまえなければ、次に腫瘍が姿を現すときには図ったように複数の部位が侵されている。

「その全てを手術で除去できますか？　身体が穴だらけになってしまう。抗癌剤にも副作用があるし、使えば使うほど身体は弱ってしまいます。放射線など、それ自体に発癌性があります。一生の間に照射できる総量は限られているんです。全身に転移した腫瘍に照射すれば、それだけで患者はぼろぼろです。今回だって、決して手を拱《こまぬ》いていたわけではありません。抗癌剤も変えてみたし、放射線も少しは使いました。腫瘍の根絶は難しくても、疼痛の除去が期待できますからね。でも、効果はありませんでした。今は、必要最小限の化学療法だけを続けている状態です」

一気に喋り終えた。彼には珍しく早口だった。路子は、少し疲れた。

「結論だけ教えて。治らないの？」

「希望は捨てていません。でも、濃密な治療を施すことだけが求められているわけではありません。腫瘍の進行を抑えながら巧くつき合っていくのも、ひとつの方法です」

「治らないのね？」

路子は問いを重ねた。

「難しいと思います」

「痛みも激しくなる？」

「たぶん」

「死なせてあげたら？」

しゅこーっ。

「誰をです？」

「あの子。彩乃」

しゅこーっ。

しゅこーっ。

「どうせ治らないんでしょ？　楽にしてあげたほうが本人のためじゃない？　家族のためにもなるし」

「路子さん」

「なに？」

しゅこーっ。

「本気ですか」

「本気でなきゃ言えないでしょ。こんなこと」

「たとえ本気でも」鷺森が色をなした。「言ってはいけないことがある」

くすっ、と笑いが漏れた。路子だった。続けてくすくすと笑った。止まらなくなった。止める気もなかった。

「何かおかしいですか」

鷺森の唇が歪んでいる。今日の彼はサービス満点だ。実に多彩な表情を見せてくれる。

「だって、治らないって言ったじゃない。死ぬんでしょ、どうせ。だったら、何したって無駄なことでしょ？　それを全力とか尽くすとか言うからおかしくって。お医者さんって、独りよがりですね」

痒《かゆ》いところを思う存分に掻きむしる快感が全身に充ち満ちていた。鷺森が戸惑っているのをいいことに、路子はかさにかかって喋り続けた。

「それともナルシスト？　いいところ見せたいだけよね。明日、死刑になるって人が、今日、病気になったら、治療する？」

「するでしょうね」

鷺森が即答した。その答えを待っていた。

「馬鹿みたい。そんなの、マスターベーションじゃない。自分の力を試したいだけでしょ」

勢いにまかせて喋れば喋るほど、心は落ち着いてきた。鷺森と話すたびに感じていた苛立ちが、煙のように消えてゆく。路子は自分の言葉の余韻を楽しみながら、ことさらゆっくりと椅子に腰かけた。

「そんなふうにお考えとは、意外です」

ぐびり、と唾を飲み込む音をさせてから、鷺森が言った。声が震えている。今度は怒りを必死で抑えている顔だ。反対に、自分のほうが表情を固定させはじめていることに路子は気づいていた。涼しそうな澄まし顔に。

「こんなに懸命にお母さんの看病を続けている路子さんが、どうしてそんな酷《ひど》いことを言えるんですか？　僕にだって、訴えかけてくれたじゃないですか。お母さんを助けてほしいと」

ほらほら、今度は泣きそうな顔だ。

「あたしの仕返しが終わるまで、この人には死んでもらっちゃ困るから」

路子は脚を組み、胸を反らせて、品物を選ぶように日出子を左手で指差した。きっと今、あたしけっこう絵になってる。路子は自分の足首に目をやって頷く。

「この人、助けてみせてよ、先生。全力でね。かっこいいところ、見せてよ。あたしが台無しにしてあげる」

「台無しとはどういう意味ですか」

しゅこーっ。

路子は、呼吸器の音を存分に楽しんだ。こんなに心地よい音だと感じたことはかつてなかった。音の律動に合わせてインジケーターの針が振れる。振れるたびに鷺森の焦燥感が募ってくるのがわかる。生真面目で冷静なのが売り物のこの医者を焦らすことができただけでも、今日ここへ来た甲斐があった。

「鷺森先生」

王様の耳はロバの耳。言いたくて言いたくてたまらない。

「誰にも知られないで人を殺せるとしたら、どうします？」

「それは」睨みつけてくる。「僕たち医療従事者のことを非難しているんですか？」

そう言えば、そうだった。

にわかに鷺森への親近感が芽生えた。路子が右手の人差し指で行うのと同じことを、この男は専門的な知識や技術でやってのけられる。患者を安楽死させた医者が訴えられた裁判があったが、秘密にしておこうという気にさえなれば、決してばれずに患者を死なせることなど朝飯前なのだろう。

でも、あたしの能力はそれ以上だ。

「そうじゃなくて……こうやって」

路子は左手の人差し指を顔の前に戻し、それをあらためて日出子に向かって突き出した。

右手を使わなかったのは、念のためだ。

「指を差すだけで相手を殺せるとしたら？」

「悪い冗談はよしなさい」

鷺森が、一気に平静を取り戻した。

「誰が、そんなことをできると言うんです？」

うっすらと笑いすら浮かべている。

失敗した。路子は臍《ほぞ》を噛んだ。

先を急ぎ過ぎた。せっかく鷺森の神経をせっせと逆撫でしてきたのに、最後の部分は彼にとってあまりにも常識からかけ離れていて、むしろ心を落ち着かせてしまったらしい。

引っ張って伸ばしていたゴム紐《ひも》が、引っ張り過ぎて手からすり抜けてしまい、瞬時にして元の長さに戻ったようなものだ。

「あたしです」

気負い込んで言った。叫び声になった。失地を回復しようと躍起になっていた。

しゅこーっ。

呼吸器があざ笑っているように聞こえた。

「路子さん。冷静に話しましょう」

「じゅうぶん冷静です」

「テレビや漫画の話ならわかりますが？」

路子はまた起立した。頭っから馬鹿にして。この男も、肇や日出子と同じだ。あたしを認めようとしない。

「まさか、路子さんが本当に人を死なせたわけでもないでしょう？」

そこまで疑うなら、言ってやる。

「犬や猫だったら何度でも。人間は一度。弟」

もう止まらなかった。堰《せき》を切ったように喋った。車に轢《ひ》かれた犬から生まれてこなかった弟に至るまで、全て語った。息をする間も惜しかった。語りながら、鷺森の表情がみるみる変化してゆくのでは、と期待していた。

しかし、鷺森は適度に相槌を打つのみで、いたって平然と聞いていた。路子は不安になった。最後の弟のくだりだけには何らかの反応があると思ったが、話がそこへ及ぶと鷺森はますます大きく頷き、納得した表情を見せた。

路子が語り終えると、鷺森は椅子に座るよう促し、自分も部屋の隅に置いてあった別の丸椅子を持ってきて腰かけた。そして言った。

「動物の件は別に解釈を与えるとして、弟さんはお気の毒でした。流産だったんでしょう」

鷺森は日出子を見た。そしてまた頷く。何か、自分ひとりで納得している。

「流早産は決して珍しい話ではありません」

「だって、あたしがやったのよ？　あたしが指を差したから、死んだのよ？」

「偶然でしょう」

どうしてこの男は、こんな教科書に書いてあるようなことしか言わないのだろう。

「子どもというのは往々にして、願望と行為の区別がつかないものです。夢の中と同じで、どんな不可能なことでも不条理なことでも、念じれば実現すると思い込んでしまう」

「あたしが、それだって言うんですか」

「路子さんはきっと、弟さんなど生まれないほうがいいと思っていた。お母さんを赤ちゃんに奪われるからですね。そうしたら、お母さんが本当に流産してしまった。君はそれを、自分の責任だと気に病んで、罪悪感にとらわれてしまった。それがトラウマになった」

鷺森はもつれた毛糸を解きほぐすように言い、最後につけ加えた。

「よくある話です。わかりますよ」

よくある話？

よくある話ですって？

路子は立ち上がって喚《わめ》いた。

「何がわかるって言うんですか！」

「あたしの、いったい何がわかるって言うんですか。よくある話？ ほんとにそう思う？ あたしがどんな気持ちでいたか、知りもしないくせに。あたしの力、知りもしないくせに。流産？ 偶然、流産したって言うの？」

路子の語気に圧されながらも、鷺森は冷静な物腰を崩さない。

「念じるだけで人を殺せるというよりは、よほど現実的だと思いますが」

「信じないのね？ 信じないのね？」

「信じられませんね」

「そう」

路子は顎《あご》を反らせた。座っていてもその長身が際立つ鷺森を睥睨《へいげい》するには、これぐらいやらないと有効な態度にならない。

「じゃ、せいぜい全力を尽くしてね。それで、この人も、彩乃も、救い出してあげるといいわ。おみごと、って言ってあげるから。そのあと、片っ端から台無しにしてあげるわね。止められるものなら止めてみなさいよ」

「疲れてますね」鷺森は取り合わない。「ゆっくり休息を取ったほうがいいですよ」

こいつ、いったいどこまで……。

「先生も死んでみる？」

路子は右の拳《こぶし》を握り、人差し指を立て、手首に左手を添えた。そして、拳銃で撃つ格好で勢いよく鷺森へ突き出した。

「ほらっ」

鷺森の反応は俊敏だった。首をすくめ、両手を顔の前に出した。

二人は静止画のように硬直した。

しゅこーっ。

しゅこーっ。

先に手を下ろしたのは路子だった。

「冗談よ」

我に返って見上げる鷺森に、路子は乾いた笑いを投げかけた。

「そこで寝てる女の人を生かしておいてもらわなくちゃならない、大切な人だもの。先生は殺さないわ」

鷺森はのろのろと腰を上げた。路子は体を開き、戸口へ向かって細い顎をしゃくった。

「どうぞ、先生」

鷺森は深呼吸をした。「失礼します」と会釈をし、おぼつかなげな足取りで退出した。

勝った。

命を救うなどという偉そうなお題目を唱え続ける偽善者に、あたしは勝ったのだ。

路子は口の中に唾液《だえき》が広がるのを覚えた。

6

石油ファンヒーターの火が燃えている。その前に座り込んで、路子は猫を膝《ひざ》に抱いていた。帰省して一か月半、ようやく馴れてきた日出子の猫だ。

実家のリビングルームのファンヒーターは、部屋に造りつけの大きなものだ。北欧製をわざわざ取り寄せたのだと聞いている。一般家庭では、こんな大きな拵《こしら》えのヒーターは滅多に見かけない。肇の趣味だ。値段だって馬鹿にならなかったろう。

冬場、この家の中は、どうかすると夏よりも暑いぐらいだった。日出子の猫は寒がりで外に出ようとせず、一日の大半をヒーターの前で過ごしている。今も、路子がカーペットの上で横座りになって雑誌を読んでいると、首を斜めに曲げて甘えながら近寄ってきて当然のように膝の上に登った。

路子が家を出る前から飼われていたが、今までついぞ可愛がったことなどなかった。肇も同様だ。唯一の庇護者《ひご》である日出子がいなくなると、少しでも与し易《くみやす》そうな路子に対して媚《こ》びを売る。その計算高さが好きになれない。

路子が読んでいるのは下世話な女性週刊誌だ。日出子のそばにただ座っているのも退屈で、病院のロビー脇の売店へ行ってみたのだが、手軽に読めそうなものが他になかったのでしかたなく買った。病室に置いておくのがはばかられて持ち帰ってきた。

とにかく広告が多い。美容、痩身、健康食品、幸運の石、その他もろもろ。記事も、人気女優の離婚騒動とか、ＯＬの忘年会武勇伝とか、読んでも読まなくても世の中には何の影響もないようなものばかりだ。

ただ、一つだけ目を引いたページがあった。女子大生の自殺。記事によれば路子と同い年だ。ぼかして書かれてはいるが、住まいも路子のアパートからそれほど遠くはない。そして連続暴行事件の被害者だった。あれからも、何件か発生していたらしい。

被害に遭ったあと、思い悩んだ挙げ句、警察に届けを出した。あたかも自分が悪いことをしたかのように事情聴取をされた。誰が聞いていたというのだろう、彼女と警察官の会話まで採録されている。

『無理やり押さえつけられて、そういうことをされて……』

『そういうことって、何？　具体的に説明しないと。裁判所に行くのは嫌だろう？』

セカンドレイプ、と誌面は非難している。肉体を蹂躙《じゅうりん》されたあと、本来なら味方についてくれるはずの世の中から、こんどは精神を蹂躙される。

ああ、馬鹿な人だな。路子は冷たくそう思った。あとで死ぬのなら、どうしてその場で徹底的に抵抗しなかったんだろう。犯人と遭遇した瞬間、わかったはずだ。いま問題の連続事件が、自分のところに巡ってきたのだと。殺されるかもしれないと。

それを生き延びた以上、あとで自ら命を絶つなど、大いなる無駄だ。

もっとも、路子に言わせれば、どっちにしても大差はない。

ご丁寧にも、記事は犯人の手口まで解説してくれている。

おそらく駅前やコンビニエンスストアで、彼は獲物を物色する。尾行して、住まいと生活パターンを把握する。無論、狙うのは独り暮らしだけだ。

ターゲットが決まれば、彼女が帰宅する前に部屋へ侵入する。外から窓ガラスにガムテープを貼って静かに割り、ロックを外して堂々と入り込むのだ。そして、カーテンの陰やベッドの下に身を潜め、ひたすら待つ。

部屋の主が帰ってても、彼はすぐに姿を現したりはしない。ドアを施錠した彼女が、部屋の奥まで入ってきてひと息ついた瞬間、襲いかかるのだ。こんな時は、「イザという時に身を守る方法」など頭で理解していても何の役にも立たない。

彼は刃物を携行しているが、多くの場合それを使うまでもない。羽交い締めにして押し倒し、驚き慄《おのの》く彼女の頬のひとつも張り倒せば、抵抗の意志を挫《くじ》くのは容易だ。

さらに、携行しているガムテープで眼を塞ぐ。五感のうち最重要の視覚を失えば、人間はもうまともな抵抗は行えない。彼は覆面で顔を隠したりはしていないが、見覚えられる心配もないのだ。彼女が床にバッグを置いてから、わずか二十秒足らずのうちに視覚を奪うのだから。それから両腕の自由をも奪う。ガムテープは本当に便利だ。

あとは思うがまま。

欲望を満たせば用はない。怪我はなかったかなどと親切に声をかけ、当たり前のように悠々と立ち去る。

これが彼の得意のパターンだった。

しかし、三人目——明るみに出た中での——をはずみで殺してしまってからは、いささか様式が変わったようだ。被害女性をいたぶるのが楽しくなったらしい。執拗《しつよう》に暴力を加える。夜が明けるまで居座って暴行を繰り返す。行為そのものも暴力的で、首を絞めたり、力任せに顔を床に叩きつけたりするようになった。最近の被害者三人のうち二人が、「殺されると思った」と報告しているそうだ。残りの一人はコメントがない。本当に殺されてしまった。

犯人は二十歳過ぎだという証言もあるし、中年だという証言もある。長身だとも言うし小柄だとも言う。肥満気味ということ以外、すべてばらばらだ。手がかりは少ない。

暴行魔よ、女性の尊厳を、人の命を、いったいなんだと思っているのか。記事は悲憤慷《こう》慨《がい》で終わっている。路子は雑誌を閉じた。

人間の命なんて、その程度のものだ。彼も、それを知っているのかもしれない。

猫の頭を撫でる。猫は喉を鳴らす。右足でしきりに耳の後ろを掻く。肩の後ろを噛む。

路子は立て膝をして、太股の上で猫を仰向けに寝かせた。いるいる。体長一ミリほどの蚤《のみ》が数匹、いきなり光に照らし出されて逃げ惑っている。家の中があまりに暖かいので、冬場でも蚤がいるのだ。

猫は好きではないが、蚤取りだけは好きだった。

一匹に狙いをつけて、右手の親指の腹で押さえつける。次に、人差し指と親指とで周囲の皮膚もろとも蚤を挟む。慎重に親指をずらして、爪《つめ》の先から蚤の身体が半分ほどのぞくようにする。すかさず左手の親指を添えて、親指の爪どうしの間で潰《つぶ》す。

ぷちっ。

その間に他の蚤は背中側に逃げ去っている。猫を起こし、背中をめちゃめちゃに掻きむしってやると、愚かにも蚤は腹側に戻ってくる。

たまに雌《めす》の蚤が見つかる。大きさは雄の四倍はある。体内に卵を抱えているからだ。雌は潰し甲斐がある。音も手応えも段違いだ。

何匹か退治すると、親指の爪が茶色くなる。血と体液がこびりついたものだ。擦りあわせると、未舗装の路面のようにがたがたする。

背中と腹の探索を何度か繰り返したら、やおら狙いを変える。血を吸いやすいポイントを調べる。耳の後ろ。顎の裏側。脇の下。足首の、人間で言えばアキレス腱《けん》にあたる部分。

蚤取りは、いちど始めるとなかなかやめられない。荷造り用のエアキャップを潰すのと同じで、習慣性があるらしい。

ぷちっ。

ひときわ大きな雌を潰した。体内物の一部が飛んできて、路子の右眼の下に付着した。

いつもどおりに二〇六号室に行ってみると、窓際のベッドに彩乃の姿がなかった。

まさか？

路子は狼狽《ろうばい》したが、荷物はそのままだし、テーブルにはきれいに平らげられた昼食のトレーが置かれているから、すぐ見当はついた。散歩にでも行ったのだろう。そういえば、車椅子が見当たらない。

部屋を出ようとすると、呼び止められた。

「ああ、つい今までいたんだけどねえ。彩乃ちゃん」

中年というよりは初老のほうが近いだろう。白髪の目立つ大柄な女だった。隣のベッドの老女の付き添いらしく、掛け布団を直してやっていた。老女は眠っている。

「そうですか」

路子は軽く受け流した。相手は続ける。

「『おねえちゃん来ないかなあ』ってさっきも言ってたけど、あんたのことね。親戚《しんせき》かご近所か、何か？」

「いえ」

相手を直視せずに小声で返事をした。早く出て行きたいのだと態度で示したつもりだった。散歩に行くぐらいなら、今日の彩乃は体調もいいのだろう。路子が期待しているのは、苦しんでいる姿だ。元気な彩乃になど用はない。

それに、この女は間違いなくお喋りだ。関わりたくない。

「どういうご関係？」

やはり、そう来たか。路子はやむなく、自分の立場を説明した。相手は首の骨が外れるぐらい大きく頷いた。

「親切だねえ。最近の若い人には珍しいね」

「そんなことは……」

「よっく相手してやってよね。あんまり学校の友だちも来ないからね、彩乃ちゃんは」

あたしはクラスメートの代用品か。

「どうして来ないんですか」

「あんまり学校行ってなかったからね。いろいろ嫌なこともあったみたいだし。いい子なのにねえ」

嫌なことなら、路子にだって物心ついた頃から数多くあった。全部耐えた。それでも、「いい子」などと言われたことは一度もない。

「君塚さんも立派だよ。毎日毎日。夜、働いてるんだよ。いつ寝てんのかね。自分の子どものためだからって、あそこまではなかなかできないよ」

「お父さんは……？」

ついつられて質問をさし挿んでしまった。口を開くと同時に後悔に襲われたが、後の祭りだ。それを待ちかねていたというように顔を輝かせ、女は滔々《とうとう》と喋りだした。

「別れたんだってさ。酷い話だよ。自分の娘が病気で苦しんでるってのにさ。あ、あたしが言ったって言わないでよ」

だったら、はじめから話さなければよいのだ。この種の言いぐさに路子は不快感を覚える。しかし、今は好きに喋らせておこう。

「もちろん、言いません。それで？」

いかにも先を知りたそうな顔を見せてやると、女はもう舌なめずりせんばかりだ。

「なんだかね、亭主のご実家はちっちゃな店を経営しててさ。ま、本人はサラリーマンだったんだけど、適当に務めて、あとは店を継ぐつもりだったらしいね。で、ご実家としちゃ、そういうお嫁さんがほしかったわけね。早く言や、下働きみたいな」

路子は佳枝の物腰を思い出した。その表情を読みとったのだろう、女はにやりと意地の悪そうな笑いを見せた。

「向いてそうにないだろ。ご実家は反対だったみたいね。けど、亭主が、この女がいいってんで、押し切った……ホントに、あたしが言ったって、内緒だよ」

何が内緒よ、と内心で唾棄しつつ、路子は適当に相槌を打つ。女は嬉しそうに話し続ける。

佳枝がその男と結婚してほどなく彩乃が生まれ、さらに数年が過ぎた。彩乃の病気がわかったのは、佳枝の夫が店を継ぎ、何かと慌ただしかった頃だった。

佳枝は、彩乃の世話はいっさい自分が引き受けようと提案した。夫には店を守ってもらいたい。娘の心配をせず、仕事に専念してもらいたい。そんな思いだったのだろう。夫も了解し、この分業はうまくいったかに見えた。

しかし、次第にすれ違いが生じはじめた。最初のうちは互いの状況を報告し合い、どちらも大変だが負けずに頑張ろうなどといたわり合っていたのに、いつの間にか、どちらがより大変かを競い合い、だから自分は相手から感謝されるべきだ、などという主張を応酬させるようになっていった。

佳枝にすれば、自分のほうが不満は大きいはずだった。大切なひとり娘が死ぬかもしれないという修羅場に毎日立ち会うのだ。治療の現場を見ていない夫には、事態の深刻さが実感できない。少し具合が良くなったと報告すれば、まるですっかり治癒したかのように曲解し、佳枝の心痛を引き起こした。良くないニュースは伝えづらい。口にするのもつらい。ついつい耳に心地よいことだけを伝えがちになる。そんな当たり前の心理さえ、夫は理解していなかった。

治療が山場にさしかかり、副作用が増大するにつれて、佳枝の忍耐も限界に近づいた。夫に望んでいたのは、物理的というより精神的な支援だった。しかし夫は、娘のことは全て引き受けるという言質《げんち》を取ったつもりだったらしく、何もかもを佳枝に押しつけた。面会に来ることもほとんどなくなった。ふた言目には「だったら、おまえに店の仕事の大変さがわかるのか」だった。

同じ頃、夫の浮気が発覚した。佳枝もうすうす感づいてはいたが、素知らぬ顔をしていた。彩乃のために、夫婦の絆《きずな》は守らなければならないと思っていた。そのためなら、どんなことだってできる。

佳枝の決意を打ち砕いたのは、夫の両親の言葉だった。何かの折りに、彼らはいまいましげにこんなことを口走った。

──娘の病気は母親の血が汚れているせいだ。

陰で言ったのなら知らないふりもできただろう。面と向かって言われたのなら売り言葉として買うこともできただろう。彼らはそれを、聞かれないように周囲に気を配って言ったのに佳枝が盗み聞きをした、という図式になるような巧妙な場面で言った。

彩乃の通院が月に一度となり、医者が一応の治癒を宣言した日、佳枝は病院から市役所へ回った。離婚届の用紙をもらい、自分の書くべき箇所をすべて埋めて、その夜、夫に突きつけた。

「ま、佳枝さんも意固地なところあるからねえ。全部背負い込まなくてもよかったのにね。どっちもどっちなんだろうけど、あたしは佳枝さんに軍配上げるね」

満足げに言い終えると、女はまたもや「あたしから聞いたって言っちゃ駄目よ」と念押しをした。路子は請け合った。

どれくらいの時間が経ったのだろう。そろそろ二人が戻ってくるかもしれない。路子は「それじゃ」と挨拶して立ち去ろうとした。

「おや。会ってかないの？」

女が訝《いぶか》しげに聞く。

「また、来ます。母の様子も心配だし」

あなたの目の前であの親子と対面するのが嫌なのよ、と胸の内で呟く。

「あらそう。そっちも大変ね。若いのに感心だね、あんたも」

女の声に見送られて路子は廊下へ出た。

次の日、夕食の支度をしに病院から家へ帰ると、肇から電話が入った。どうしても仕事を抜けられない。俺の代わりに母さんのところへ行って、いつものように話しかけてやってくれ。電話はすぐに切れた。路子には、拒否はもちろん、受諾する暇さえなかった。

蔑《さげす》むような面持ちでコードレス電話機を眺めながら、路子は小さく息をついた。

あの男は、家の女は自分の下僕だと思っているに違いない。何の疑問を抱くこともなく、自分の言いつけに従うのが当然だと思っているに違いない。あたしがもし男でも、彼は同じように命令するのだろうか。

路子は会社で働く肇の姿を見たことがない。彼は、職場の部下たちにはいったいどんなふうに接しているのだろう。

部下といえば、肇が「高科以外からは取り次ぐ必要はない」と路子に申し渡したのは、もう三週間ほども前だったろうか。あれ以来、肇あてに電話がかかってこなくなった。高科というのが、肇がもっとも頼りにしている部下の名前なのだろう。肇が不在の間は、その高科が彼の部署を取りまとめているのに違いない。

どうやったら、あんな人と上手くつき合ったり、信頼を得たりできるんですか。高科とやらに教えてもらいたいものだ。

ふと、我に返った。馬鹿みたいに電話機を握ったままだった。そそくさと充電台に戻す。台所の灯りを消し、上着を羽織って家を出た。もう空は真っ暗だった。

垣内山病院は夜の底に沈み込んでいた。看板に向けられた照明だけが寒々と自己主張している。最初にタクシーで駆けつけた夜を思い出した。

日出子の病室は灯りが消されていた。

路子は丸椅子に腰かけた。窓からほんのりとした光が射している。月明かりだろう。日出子の顔も、窓側の半分だけが白く照らされている。

話すことは何もない。

「いつもどんな話、してる？　あの人」

口に出して言ってみる。答えはない。

あの二人に、毎日親密な会話を交わす習慣があったとは思えない。まして、片方が眠ってしまった状態では、なおさら想像がつかない。路子が見ていないところで、肇は日出子に何を語りかけているのだろう。

一時間あまりぼんやりと過ごしたあと、ふと思いついて路子は廊下へ出た。

詰所では準夜勤の看護師二人が何かを話し合っている。見つからないように通過した。

二〇六号室の重々しい扉を注意深く開けた。みな一様にベッドの周りを囲うカーテンを引いて閉じこもっている。部屋の灯りは落ちているが、カーテンの中でピローライトを点けている患者が二人いるおかげで、歩くのには不自由しない。

見舞客の姿はない。面会時間は午後八時までと決められているから、もう全て引き上げたあとなのだろう。完全看護システムの病院だから、夜間の付き添いもいない。正確には、認められていない。

彩乃のベッドからは笛のような音が漏れ出ている。しかしカーテンの中へ入っても本人の姿はない――いや、掛け布団がこんもり盛り上がっている。

「いるの？」

問いかけた。返事はない。ひゅううっ、と細く途切れそうな音が繰り返されている。

布団の小山に手を当ててみた。がたがたと揺れる。

「だいじょうぶ？　布団、めくるよ」

路子はピローライトを点け、布団の端を手でつまんで、そろりとめくり上げた。

いつかと同じように身体を屈曲させて、彩乃は震えていた。笛の音は彩乃の喉から漏れ出ていた。布団という遮蔽物《しゃへい》なしで直接聞くと、きゅううっ、と聞こえた。

苦しげに顔を歪めている。音の合間には瞼と口を開き、泣きそうな表情を見せる。そしてまた笛の音。

「彩乃……ちゃん？」

やはり返事はない。横に寝たまま首を縦に振っている。それが返事のつもりなのだろう。

「彩乃？」

もう一度呼びかける。首を力なく縦に振る。初めて会った時より、反応はずいぶん悪い。路子は興奮を覚えた。失神するかと思った。

「痛む？」

しかし彩乃は首を横に振る。

「痛むでしょ？　痛いって言いなさいよ」

「言わない……」

「なに我慢してるのよ。偉そうに」

大声を出すわけにはいかない。路子は腹の底から声を絞った。

「自分の病気のこと、知ってるんでしょ。まだまだ痛くなるの。言いなさいよ、もうたくさんだって。楽にしてあげるから」

「いらない」切れ切れに答える。「痛くない」

「生きてて、何か楽しいことでもある？　毎日毎日、ベッドで唸《うな》ってるだけでしょ？」

路子は焦っていた。指を差すには絶好の状況だ。これを逃したら、もうチャンスはないかもしれないとさえ思えた。ただし、無理やり命を奪うのではなく、愛情を込めて指を差すのだから、ちゃんと本人の了解を得なくてはならない。

「ママのためにも死んであげたら？　あなたの面倒見るだけでも大変なのよ。わかる？」

「わかる……でもママ、がんばれって言った」

「ポーズよ、ポーズ。実の親が言えるわけないじゃない、『死んでほしい』なんてこと」

――それができるもんなら、そうしたいわよ。

日出子はかつて路子にそう言い放った。

「おねえちゃん」

ついに、彩乃のほうから呼びかけてきた。路子は屈《かが》み込み、彩乃の口もとに耳を寄せた。

「なあに？　楽にしてほしい？」

「彩乃の近くにいて」

「は？」

彩乃が見上げた。涙があふれていた。

「こわいよ。夜になるとこわいよ」

のろのろと左手を伸ばして、路子の上腕を摑む。

「怖い、じゃなくて、痛い、でしょ」

「こわいよ。ママがいないとこわいよ」

摑んだ手に力がこもる。とは言え、たかが九歳の、しかも病人の力だ。

「さわらないでよ」

路子は彩乃の手を振りほどいたが、ずいぶん荒い動作になってしまった。むきになってしまったことを反省し、つけ加えた。

「看護婦さん、呼んであげようか」

「呼んじゃだめ」

彩乃は訴え、今度は路子の前腕部を摑んだ。さっきよりさらに力は弱い。

「呼んだら、看護婦さん、お尻にお薬入れちゃうよ。そしたら、病気、なおらなくなる」

「薬？　なんの？」

「わかんない。でも、ママがそう言った」

「なんでもママ、ママ。自分で考えなさいよ」

路子は空いたほうの手で、彩乃の手を引き剝がそうとした。が、それがあまりに冷たかったのでぎくりとし、触れただけで動きを止めてしまった。

「あったかい……」

彩乃が呟いた。意外だった。路子の手だって、人並み以上に冷たいのだ。彩乃の手が冷たすぎるだけだ。

「あのね、彩乃」

「わかってる。おねえちゃんも、ママのそばにいなくちゃ、だめだもんね。でも、も少しだけ、いて。彩乃のとこに来てくれるの、ママとおねえちゃんだけだ。ひとりは、こわいよ」

ようやく言い終えると、ふううっと大きく息を吐いた。一日分の話し言葉を一気に喋り尽くしたみたいに。

「学校の友だちとか、来ないの」

「来てほしくない。先生は、たまに来るけど」

路子は、彩乃が言外に込めた意味がわかったような気がした。

「学校で、いじめられたんでしょ」

顔を背ける彩乃に路子は追い討ちをかけた。

「当たった」

「知らない」

「お姉ちゃんもよくいじめられた」

え、と彩乃が不思議そうな顔をした。

「それで、おねえちゃん、どうしたの」

「どうもしない。ほっといた。命まで取られるわけじゃないし、取られても死ぬだけだし、気にしなかった」

死という言葉を口にした時だけ、彩乃が大きく反応した。全身が波打つように硬直した。その硬直をなぎ払うように頭を振り、言う。

「死ぬのは、よわい子だよ……」

「どうせそれもママが言ったんでしょ。強い子も弱い子も、みんな最後は死ぬの。早いか遅いかだけなの。頑張る必要なんてどこにもないの。どう？　そろそろやめにしない？」

路子は苛立ちを隠せなかった。ほどけそうでほどけない知恵の輪をぐるぐるとこねくり回している気分だった。

しかし彩乃は答えずに眼を閉じ、笛の音を再開した。路子は、もう親切な態度を維持できなくなった。

「好きにしなさいよ。人が親切に思って言ってあげてるのに」

ベッドから身体を離した。丸椅子に腰を降ろし、腕組みをしてふんぞり返った。危うく後ろへ倒れそうになったぐらいだった。

「ここで見ててあげるわ。あなたが、耐え切れずに音を上げるまで、ずっと見ててあげる。そうやって、のたうち回っているところをね。絶対、助けないから」

彩乃は二度ほど頷いた。もっとも、痛みに身体を痙攣《けいれん》させただけかもしれない。

それからたっぷり三十分以上、路子は彩乃を見つめ続けた。

痛い、と口に出さないだけで、彩乃の全身が痛みを訴えていた。口に出せば魔法が解けてしまう。佳枝がかけてくれた魔法が。そう言いたいのだろうか。路子は、浅ましくさえ思った。痛みに耐えたとしても、誰がそれを評価してくれるというのか。佳枝が、よく頑張ったね、と褒めてくれれば、それで満足なのか。死への過程がより苦痛に満ちたものになることと引き換えにしても。

馬鹿な子。今あなたに必要なのは、母親でも、ましてや神さまでもない。あたしだ。

腹立ちまぎれに無言の独白をした時、病室の扉がゆっくりと開く音が聞こえた。反射的に路子は上半身を折り曲げ、ベッドの陰に隠れるような姿勢を取った。が、すぐに上体を起こした。隠れるほうが変に思われる。

大きな足音が近づいてきた。正確には、小さな音量だが、それを発しているのは人並み外れて大きな足だということが容易に察知できる足音。

カーテンを開けて「おやっ」と顔を出したのは、案の定、鷺森だった。

「驚きましたよ。どうしました？」

言葉に反して、顔は驚いていない。

「別に……ちょっと」返事に詰まる。「先生こそ、こんな時間に、何？」

「今日は当直なんです。夜勤のナースの気分を味わおうと思って、見回りなど」

それから、彩乃に視線を移した。

「彩乃ちゃん、お薬、使おうか？」

彩乃は相変わらず首を横に振る。鷺森は無言でベッド脇に立ち、彩乃の上に覆い被さるようにして、背中をさすりはじめた。

置いてきぼりにされた気分になって、路子は無関心を装った。しかしそれは失敗だった。五分待ち、十分経ち、十五分以上に及んでも、鷺森の関心は彩乃に集中したままだった。

無言で彩乃の背中をさすり続ける鷺森に、路子は痺《しび》れを切らした。

「何、やってるんですか？」

鷺森は振り向きざまに「しっ」と小さく叫び、唇に指を当てた。

「いま、寝かけてるところだから」

さらに数分、ようやく鷺森は身体を起こした。腰を拳で押しながら、「年かなあ」などと明るくぼやく。路子は薄笑いとともに言った。

「ご親切なことですね」

「これが僕の仕事ですから。親切なのは、路子さんのほうでしょう」

「あたしが？」馬鹿にしているのか。「どうして？」

「彩乃ちゃんのことを気にかけてくれている。この子、言ってましたよ。路子さんのこと」

「なんて」

「『友だちができて嬉しい』って。最初、誰のことかと思いましたが、昨日、光村《みつむら》さんから聞かされて、やっとわかりました」

鷺森は顎をしゃくった。その方向から察して、光村というのは、隣の老女の付き添いをしていたお喋り女のことらしい。

「患者の生活に張り合いが出ると、身体にもいい影響がありますからね。嬉しいことです」

「馬鹿じゃない？」

即座に路子は吐き捨てた。

「あたしは、『闘病する少女と全力を尽くす医者』なんていう、お涙頂戴《ちょうだい》のきれいごとが崩壊するのを楽しみに見に来てるだけよ」

声が高くなった。鷺森はすぐには答えなかった。路子の声がカーテンに吸い込まれるのを確認しているように見えた。

やがて、静かに言った。

「少し、話しませんか。時間さえよければ」

路子はそれを、自分を病室から追い出すための方便だと解釈した。しかし、廊下へ出た鷺森は、一階の短辺がわのもっとも奥まったところにある小さな喫茶室へそのまま路子を案内した。

中は暗く、清涼飲料水の自動販売機の灯りだけが宙に浮かんでいる。鷺森は蛍光灯を一つ点けた。テーブルが五つあるだけの質素な部屋で、言うなれば学生食堂の一角を切り取ってきたような空間だった。

路子がもの珍しそうに壁や天井を見回していると、

「部内者専用と決められているわけではないんですが、医局の並びの奥ですからね。普通の人はあまり来ないと思います。その辺に座っててください。コーヒーでいいですか」

鷺森は販売機の前へ立ち、紙コップ二つを携えて路子の正面に戻ってきた。

そして、会話の口火を切った。

「さすってあげると、楽になるんですよ。気取って言えば、タッチセラピーですね」

「さすが、若き名医ね。さするだけで治しちゃうなんて」

「誰にだってできますよ。摩擦の刺激とか、体温差とか、固有電位差とか、理屈はいくらでも説明がつきますが、他人に触れてもらうと確かに患部が楽になることがあります。だから、昔から『手当て』と言うんですね」

揶揄《やゆ》したつもりなのに、通じなかったようだ。意図してはぐらかしたのかもしれない。

路子は話す気が失せた。

「彩乃ちゃんは非常に厳しい状況です」

唐突に鷺森が言った。暗い声だった。路子は答えなかったが、鷺森は勝手に続けた。

「正直言って、これ以上の積極的治療は本人を消耗させるだけになる可能性が高い。ペインコントロールをすべき段階なんです」

「ペイン……？」

「痛みの緩和です。再三、君塚さんには進言しているんですが、聞き入れてもらえません」

「痛みを我慢したら病気が治るって思い込んでるみたいよ」

「らしいですね。僕たちとしては、毎日を少しでも快適に過ごさせてあげたいんですが」

鷺森はコーヒーを口にした。

「今度は温情主義？　立派な心がけね」

この男を、快適な場所から引きずり降ろしてやりたいと思った。

「でも、やっぱり匙は投げたわけね。若き名医は廃業？」

「路子さん」鷺森は微笑を浮かべた。「医者にできることなんて、たかが知れてますよ」

自嘲《じちょう》の笑いだと路子は思った。あたしの揶揄がやっと効力を発揮しはじめたのか。

「医者にできるのは、患者の回復力を信じて最善を尽くすことだけです。治らない病気を治すことではありません。悔しいことですが」

「お祈りでもする？」

「それもいいですね」

「ふざけないで！」

路子は食ってかかった。

「からかってるのがわからない？」

「いえ。本当のことですから。例えば、背中をさすって痛みが治まっても、保険請求はできません。タッチセラピーは医療行為とは認められませんからね。でも、患者さんにとっては決して無意味ではない。祈ってあげて、患者の心が休まれば、それはそれで価値ある行為だと思いますが」

「先生と喋ってると」路子は苛立ちを通り越して、白けた気分になっていた。「世の中、善人しかいないって言ってるように聞こえる」

「路子さんだって、同じじゃないですか？　彩乃ちゃんのために足繁く通ってくれてる」

「残念でした。あたしはただ、苦しんでるあの子を見てるだけ」

「何もせずに見ているのが、いちばん難しいんですよ。人間、あれやこれや世話を焼くほうがむしろ気が楽なんです。もっと簡単なのは、頑張れ、と無責任に励ますことですね」

あきれる路子に気づきもせず、鷺森は彩乃について語りはじめた。

初発時の治療によって、彩乃のユーイング肉腫は劇的な消退をみた。だが副作用もあった。抗癌剤は患者の免疫力を低下させ、消化器官を荒らし、頭髪を失わせる。退院にこぎつけた時点で、肉腫以外の身体状況は最悪だった。それでも彩乃は学校に戻れるのが嬉しくて、喜び勇んで登校したそうだ。

が、一時間と経たないうちに泣いて逃げ帰ってきた。頭髪のことをからかわれて。

子どもは残酷だ。残酷と言って悪ければ、自分の快楽に正直だ。からかった相手が敏感に反応を見せれば、面白がってエスカレートする。彩乃が登校拒否児になるのには、さして時間は要しなかったという。

やがて再発し、二度目の入院となった。担任の教師に言われたのだろう、級友たちが次々と見舞いに訪れた。そろって「彩乃ちゃんがんばれ」とメッセージを書いた色紙や短冊を携えてきた。

「今でも覚えていますよ。わんわん泣き喚きながら、手当たり次第に物を投げつけて友だちを追い返していました。癇《かん》の強い子だと、その時は思いましたね。でも違ったんです」

　みんな「頑張れ」と言う。言えば家に帰り、家族と食事をし、テレビを見て笑い合い、風呂に入り、眠り、そして目覚めて学校へ行く。それが耐えられないのだと彩乃は言った。

「九歳の女の子ですよ。九歳の女の子が、おむつとカテーテルを着けたまま、一日じゅうベッドの上にいて、死ぬかもしれない病気と闘っているんです。あの子にとっては、生きているだけで充分頑張っているんですよ。これ以上、何を頑張れと言うんですか」

　珍しく感情を剝《む》き出しにして鷺森が言うので、路子は鬱陶しくなった。

「あたし、頑張れなんて言ってない」

「そうです。言っても、追いつめるだけです」

　我が意を得たりとばかりに鷺森は頷く。

「そうじゃなくて……」

　路子は思う。鷺森は、人生において今までおよそつらい目に遭ったことがないに違いない。ここまで善意にしか解釈しないのは、おそらく悪意に解釈する能力自体を欠いているのだ。

　コーヒーを飲む。すっかり冷めていた。

「先生。世の中、善人だらけだと思ってたら、大間違いよ」

「そうでしょうね。わかりますよ」

「わかってない……ほら、あれ知ってる？」

喫茶室の隅にはマガジンラックがあって、医学雑誌や医療機器のパンフレットと一緒に、新聞や一般の雑誌も並べられている。その中で、見覚えのある表紙が目に止まった。看護師も下世話な週刊誌を読むらしい。

「人間が犯罪者にならずにすんでるのは法律が怖いからでしょ。けど、法律があってもあんな奴がいるんだから、大したことないわよね。善意とか良心とかいうのも」

鷺森が路子の視線の行き先に目をやった。何の話ですか、と尋ねるのかと思ったが、

「ああ。酷い事件ですね」

「知ってるの？」

「女性週刊誌はよく読みますよ。ゴシップに強くないと、ナースと話題が合いませんからね。ナースにそっぽ向かれた医者は、悲惨ですよ。仕事になりません」

鷺森は席を立ち、ラックから雑誌を持ってきた。その姿は登り口のない山にも見えた。

「殺された人が二人。自殺者も出たそうですね。痛ましい話です」

「馬鹿よ。周りの視線に耐え切れず、なんて」

「それはどうでしょう」

同情の混じった視線で雑誌を見た。路子にはそれが自分に対する同情のように思えた。

「どうして？」

「耐えられなかったのは、周囲ではなくて、自分自身の視線だと思いますよ。どうしてもっと抵抗しなかったのか、という」

「だったら、最初からそのとおりにすればいいじゃない？」

その問いを鷺森は予測していたようだった。

「昔の外国の事件なんですが、銀行強盗が女子行員を人質に取って立てこもったんですよ。最後には逮捕されましたが」

いきなり話題を変えてきた。どう続くのか見当がつかないので、路子は黙っていた。

「犯人グループは服役したんですが、その一人が釈放後に結婚しました。相手は誰だと思いますか」

「行員……？」

試しに路子は言ってみた。まさかとは思ったが、鷺森の話しぶりからして、話の落としどころはそこしか考えられなかった。

「正解」鷺森は笑う。「よくわかりましたね」

「何が言いたいの？　その話で」

「人間、危機的状況に陥ると、個体保存の本能に支配されるんですね。それで、保身のために弱者は強者に迎合するようになる。その結果、共感してしまうんです。『ストックホルム症候群』と言います。レイプの被害者も、殺されるかもしれないと察知した瞬間、生き延びるために抵抗をやめてしまうものなんです」

それが事情聴取や裁判では「合意」と解釈されてしまうのだと鷺森はつけ加えた。そしてその「合意」が、被害者が自分自身を責め苛《さいな》む原因になる。自分を許せなくなる。

「あとで死ぬんならその場で殺されても同じだと路子さんはおっしゃりたいのでしょうが、パニック状態でそんな判断はできませんよ」

そこからは鷺森の独り舞台だった。暴行犯についてさまざまに分析し、解説した。次々と合理的な弁舌を述べる鷺森が癪に障った。

路子は、彼の知らない情報を口にすることで、会話の均衡を保とうとした。

「それ、あたしのアパートの近所」

「ええ?」

案の定、鷺森は驚きの声を上げた。

「自殺した人なんて、たぶんそれ、歩いて十分ぐらいの所と思う」

「それはいけない」勢いよく身を乗り出す。「気をつけてくださいよ」

噛みつかれるかと思って路子は身を退いた。

「ご親切にどうも」

まともに取り合わず、おざなりに頭を下げると、鷺森が咎《とが》めた。

「冗談でなくて。週末、東京に帰ってらっしゃるでしょう。狙われたら大変です」

「あたしが？　そんな偶然、あるわけ」

「ないと思っていますね。ああいう常習犯はよく観察していますよ。独り暮らしか。いつも訪ねてくる人はいないか。隣室の不在時間はいつか。例えば、アパートの玄関を入った時点で鞄から鍵を取り出していませんか？」

「そんなこと、意識してるわけないでしょ」

――確かにそのとおりだ。

平静を装いつつ、路子は唾液を飲み込んだ。

「それだけで、誰も部屋で待っていないことがわかります。どこで見られているかわからないものじゃないですよ。ちゃんと部屋の前まで行って、呼び鈴を鳴らして、首を傾《かし》げながら鍵を取り出してください。同居人の存在を匂わせるためです。それから、男物のシャツを干してくださいい。ちゃんと濡らしてね。あと、ベランダに割れ物を置くといいです」

徐々に声が高くなった。図体の大きな鷺森が大声を出すと、本当に暑苦しかった。

「大きなお世話よ」

路子は顔の前で手をひらひらさせた。しかし鷺森の言葉は止まらない。

「万一、遭遇した時は、怒らせずに逃げる機会を窺うべきです」

「もういいって言ってるでしょ」

「とにかく、何があっても死んではいけません。絶対に」

真顔で鷺森が言う。どこの世界に、こんな台詞を面と向かって言う人間がいるだろう。

路子は二の句が継げなかった。だいたい、若い娘をつかまえて、レイプの話を延々と続けるなんて、よほどの鈍感か、変態か、無分別か、そのどれかだ。

「このあいだの路子さんのお話を聞いていると、いったん悩みはじめたら思いつめてしまうタイプに思えたんですよ。だから」

「ご心配なく」

路子は荒っぽく椅子を引いて立ち上がった。

「あたしには、これがあるから」

鷺森に右手の人差し指を突き出す。

「まだそんなことを」

「信じないのは先生の自由。あたしにはあたしのやり方があるの」

紙コップを摑み、力いっぱい握り潰した。大した手応えはなかった。

「ごちそうさま。楽しいお喋りをどうもありがとうございます。さ、よ、な、ら」

最後に舌を出し、路子は振り向かずに喫茶室を出た。鷺森は平然と「お気をつけて」と言葉をかけてきた。

ロビーへ続く暗い廊下を逃げるように早足で歩きながら、路子は笑いを嚙み殺した。

――何があっても死んではいけません、ですって。真面目くさった顔して、馬鹿みたい。人のことなんかほっといて頂戴。

病院の外に出た。嚙み殺しきれなかった笑いが吐息となって、路子の前で白く踊った。

7

年末年始をどこで過ごすか、路子は少しだけ迷った。気詰まりな毎日から逃れるため、週末ごとに東京へ帰っていたが、十二月最後の土日は実家にいようかとも思った。その代わり、正月は東京で過ごす。肇と二人の正月など、考えたくもない。

が、結局路子は、従来の予定どおりの行動を取ることにした。理由は特にない。強《し》いて言えば、パターンを変えるのが面倒だった。

電車に揺られながら、路子は日出子のことを考えていた。それが東京と実家を往復する時の習慣になっていた。ただ、その内容に変化をきたしつつあった。

実家に帰省してから初めてアパートへ戻った時、路子の頭に去来したのは、自分が不在の間に日出子が息を引き取ってしまったらどうしよう、という心配だった。いくら鷺森が「急激な変化は当面のあいだ考えにくいと思います」と請け合ってくれていても、信用できなかった。

今も不安はつきまとう。しかし、心のどこかで、もしかしたら日出子は永遠にあのままの状態を維持し続けるのではないかという空しい安堵《あんど》感が息づいている。二日や三日、目を離しても死ぬようなことはないが、治療を続けても回復することはないような気がする。

何より、悩みもなく、怒りもなく、喜びもなく、ただ眠り続ける日出子の顔を、あまりにも見慣れすぎてしまった。娘の不出来を嘆き、罵《ののし》り、蔑《さげす》んでいた日出子が、今では別人のように思えてしまう時がある。あるいは逆に、日出子ではない見知らぬ誰かを毎日見舞いに訪れているように思えてしまう時も。

復讐《ふくしゅう》の意志が萎《な》えたわけではない。日出子が目覚め、起き上がり、口を利いたその瞬間、炎のように感情を叩きつける自分の姿を、容易に想像することができる。ただ——目覚めた時点で、日出子以外の誰かが日出子になった、あるいは別人に変貌《へんぼう》していた日出子が元に戻った、そういう解釈を恣意《しい》的に保つ必要があると思う。眠りから覚めたのではなく、別の人間から日出子に生まれ変わるという何かしら決定的な質的変化を経たのだと理解して、初めて指を差せる。

復讐すべき対象はあくまでも江藤日出子であって、垣内山《かいとやま》病院の二一二号室で昏々《こんこん》と眠るあの惨めな脳出血患者ではない。

考えを巡らせるうちに路子は、どこまでが別人でどこからが日出子なのかわからなくなる。考えるだけ無駄だと思い、深く考えないようにしようと決め、窓の外を見る。できるだけ日出子と無関係なものを見て考えを逸《そ》らそうとするのだが、それ自体が既に日出子を意識するがゆえの行為であることに気づき、路子は自分で仕掛けた罠《わな》にはまって身悶《みもだ》えする。

そのうちに、雪がちらついてきた。

積もればいい。降り積もって、何もかも真っ白になって、生きているものも死んでいるものも、すべて見えなくなってしまえばいい。

駅の改札を出ると、寒さが身にしみた。風にあおられてスカートの裾《すそ》が揺れ、ふくらはぎに鳥肌が立つのを覚えた。反射的に、アパートへ戻るのは今回を最後にしようかという気になった。正式に引き払ってもよい。日出子に引導を渡せば、返す刀で肇にも同じことをし、そして自分自身をも処置する。それきり、東京へ戻ることはない。

不審に思われるようになるまで、どれぐらいかかるだろう。家主が鍵を開け、実家に電話をしても、誰も出る者はない。しばらく様子を見て、賃貸契約を強制解除するのだろうか。そんなごたごたを予想するにつけ、先にこちらから解約してやるのが親切かもしれないと神妙なことを考えたりもする。

雪はあっさりと止んでしまった。

アパートまでの寒く暗く遠い道を歩く。焼鳥屋は潰《つぶ》れてしまった。テナント募集の貼り紙は剝《は》がされているが、まだ借り手はついていない。

コンビニエンスストアの前で一人の女とすれ違った。相手は「あら」と小さく呟《つぶや》いて頭を下げたが、そのまま通り過ぎていった。誰だったろう。五歩ほど歩いてから、路子は思い出した。隣室の女だ。あまりにも化粧が念入りなのでわからなかった。腕時計を見ると、午後七時。今からご出勤といったところか。

アパートに着く。集合ポストの整理をし、鞄《かばん》から鍵を取り出そうとして、鷺森の言葉を思い出す。道路へ戻って周囲を見渡してみるが、人影はない。苦笑しつつ、玄関を入る。

あんな言いぐさを真に受けるなんてどうかしている。万一、遭遇したとしても、路子には切り札がある。

それでも、部屋の前へ来るまで、鍵は手に持たなかった。呼び鈴を押して首を傾《かし》げる演技は、さすがに恥ずかしくてできなかったが。

部屋の中は外にもまして冷え冷えとしていた。灯りを点けると、それがいっそう際立つ。エアコンのスイッチを入れてから、鞄を床に投げ捨て、ジャンパーを脱ぐ。

留守番電話には何のメッセージも入っていない。待ち受け解除のボタンを押す。テレビのスイッチを点ける。湯沸かし器のスイッチを入れる。

どこもかしこもスイッチやボタンだらけだ。考えてみれば、現代人の暮らしは全てスイッチを入れることから始まる。それなしには生きてはいけない。

機械の力で生かされている日出子を憐《あわ》れみもし、嘲笑もしたが、果たして自分に日出子を笑う権利があるのだろうか。多かれ少なかれ、人間は機械の力で生きているのだ。本当に己の力だけで生きている奴なんて、どこにいるのか。

――だから、人間なんてしょせんその程度のものだ。

納得し、路子はテレビに注意を向けた。バラエティ番組を放映している。こういうのは、いい。何も考えずにすむ。

三十分ばかりそれを見てから、路子はジャンパーを着て灯りを消した。夕食――といってもコンビニエンスストアの弁当だが――を買いに行く。週末、部屋に戻った時はいつもそうだ。荷物を置いて、テレビを見て、弁当を買いに行く。この行動が定例化していた。たった一日か二日のために、まともな材料を買い込んで料理をする気にはなれない。

それに、認めたくないことだが、実家で肇のために料理しているほうが楽しかった。旨《うま》いとも不味《まず》いとも言わず、配給の糧食をかき込む陸軍兵のように黙々と食べる肇は、食事の相手としては最悪以下の人間だが、それでも自分以外の誰かのために作るのは一人ぶんを作るよりも楽しい。

自分は決して男にはなれないと頭ではなく身体が思い知った六年生の頃から、路子は「女の子らしい」と世間で称される趣味や特技を意図的に修得してきた。それは、開き直りというより自虐的な楽しみと呼ぶべきだろう。結果として路子は、娘ではなく下女のような扱いを肇から受けてきた。

それでも、好きなものは好きだ。

自分が世の中で生きてゆくにあたって少しでも誇れること、あるいは、我が身を亡き者にしようとする時に惜しいと思えることがあるとしたら、おそらくこれだけだ——もう、季節の食材を目にしてどんなふうに調理してやろうかと頭の中でシミュレーションしたり、手の施しようのない残り物を使って一品作ることに小さな闘争心を燃やしたり、そんなことができなくなる。

それを思うと、病院食より貧相な弁当をひとりの部屋で食べるという行為が、死への第一歩のようにも感じられて、妙に可笑《おか》しい。

午後八時のコンビニエンスストアは、場違いな光の塊だ。夜の看護師詰所にも似ている。

保存料無添加のシールが貼られた小ぶりなパッケージを買い物籠《かご》に入れる。それと日本茶。

「温めますか？」

黄色くてぱさぱさの長髪を垂らした男の店員が、ぞんざいな口調で尋ねる。路子は首を横に振る。白米も焼き魚も、酢の物も生野菜も、一緒くたに電子レンジに入れる感覚は、路子のものではない。

半透明の袋をぶら下げて帰る。手がかじかむ。手袋を持ってくればよかった。

部屋に戻る。暗い中で靴を脱ぐ。入ってすぐ右の流し台に袋を置き、内扉を開けて、手探りで左側の壁のスイッチを押す。いつもの動作だ。眼をつぶっていても身体が動く。ちかちかと瞬《また》く蛍光灯に眼を細めつつ、ジャンパーの袖《そで》から腕を抜く。ちみし。

背後で床を踏む音がした。

直後、何かが後ろから飛びかかってきた。

いや、飛びかかられるのが先で、音が後だったかもしれない。それぐらい俊敏な動きだった。たとえ俊敏でなくとも、ジャンパーの両袖を肘《ひじ》のあたりまで脱いでいて、襟の部分に上腕部を束縛された格好になっていた路子には、逃れる術《すべ》はなかったろう。

路子は、どうっ、と転ばされた。膝《ひざ》がものすごい勢いで床に激突し、目から火花が出た。脱ぎかけのジャンパーのせいで、両腕はひとりでに背中へ巻きつく状態になってしまっていた。

その両腕の上に何かがのしかかった。

「騒ぐな」

男の声が命令した。甲高い声だった。

「騒いだら殺す」

路子は頷《うなず》いた。もしも相手に伝わらなかったら、と思い、何度も何度も必死で頷いた。頷きながら路子が思い描いていたのは、バラエティ番組の続きを見ながら弁当を食べる自分の姿だった。死にたくなかった。しかしそれは、こんなところで死んでしまったら日出子への復讐が果たせない、などという合理的な理由ではなかった。ただひたすら、弁当のことだけが頭の中で膨れ上がった。

「う、あ……」

言葉にならない声が路子の口から漏れた。それも一瞬だった。男の腕が裸絞めの要領で路子の首を引き起こした。息苦しさで声も出なくなった。ぴっ、と冷たいものが頰《ほお》に触れた。それを冷たいと感じる間もなく、口が塞《ふさ》がれた。視界の隅に荷造り用の茶色いガムテープが映った。その視界もすぐに奪われた。

えっ、えっ、と唸《うな》り声を上げた。テープを剝がして、と叫んだつもりだった。言葉を封じられてしまえば、殺さないでと哀願することすら叶《かな》わなくなる。

「うるさい」

男が鋭く言い、路子の後ろ髪を摑《つか》んで、額を床にぐりぐりと押しつけた。毛足の短いカーペットが肌と擦れ合った。痛い。その痛みが、死と隣り合わせの位置に拉致《らち》されたことをくどいまでに教えてくれる。

頰や額の痛みを耐えることに、体力と気力の大半が費やされていた。人間の抵抗力を奪うためには、全身に大きなダメージを与える必要はないのだと路子は知った。どこか一所にでも、一定の基準を超える攻撃を加えられれば、それを堪え忍ぶために全神経が動員され、身体の他の部分は積極的な動作を行えなくなるのだ。

ジャンパーが引き剝がされ、両手首が背中で絞り上げられた。冷たい感触はさっきと同じ荷造りテープだろう。びびびびっ、と音が聞こえた。十回ほど、巻きつけられた。腕が動かなくなった。

殺される。

垣内山病院の喫茶室で鷺森に言われたことが、言語ではなく映像として路子の脳裏によみがえった。『ストックホルム症候群』に関してひとくさり述べた後、彼はこんなことを言っていた。

「――問題は、保身のための『合意』が通用しない種類の犯人がいるということです。この事件も、その疑いが濃い」

暴力型レイピスト。鷺森はそんな表現を使った。路子は失笑してしまった。

「暴力的じゃない犯人なんて、いるの？」

「いますよ。暴力型というのは、暴力をふるうか否かではなくて、犯人の目的がどこにあるのか、の分類ですから」

暴行犯の多くは、非暴力型だという。それは、暴力が目的ではなく手段として使われているからだ。犯人は要するに性欲を満足させたいだけなのであって、できるものなら「合意」の上でセックスをしたいと思っている。合意が得られないから、抵抗を奪うために腕力に訴えるのだ。

「記事によれば犯人は、最後に『怪我はなかったか』と聞いていますよね。本当は、レイプなんかせずに、女性と仲良くしたかったんですよ。別に弁護するつもりはありませんが。でも、一人殺してからは、いささか違うようです。暴力が目的化しています。こうなると危険です。今は、セックスのためにレイプをしているのではなくて、レイプのためにレイプをしているんです」

長々と言い終えて、鷺森は突然口を噤《つぐ》んだ。あまりに話が生々しくなって、さすがに気がひけたのだろう。その隙《すき》を衝《つ》いて、

「それ、あたしのアパートの近所」

と路子が口を挿《はさ》んだ――

男は再び路子の髪を束ねて摑んだ。路子は仰向けに転ばされた。腰の下で、ぐきっ、と音がした。指が折れたかと思った。

――指。

そうだ。指だ。忘れていた。

手首を捻《ひね》る。動かない。まるで動かない。男が足首を摑む。路子は脚をばたつかせる。

「静かにしろ」

スカートの中へ手が差し入れられた。路子は尺取虫のように頭の方向へ逃げる。すぐ壁にぶつかる。逃げられない。男が路子の膝を乗り越えて腹の上にのしかかった。路子自身

の体重と男のそれとを同時に受けとめて、手首が悲鳴を上げた。瞼《まぶた》の裏側が真っ白になった。何も考えられない。殺される。殺される。殺される。他には何も。

男が首を絞める。柔らかい皮膚に親指が食い込む。

「んんんんんっ」

路子は呻《うめ》く。頭の内側から外側へ向かって巨大な圧力が襲いかかる。気が遠くなる。その一方で頭の片隅の一部分が、こいつ太い指だな、と冷静に思考する。次に、死ぬまでにはけっこう時間がかかるんだな、と思考する。次に――次は、なかった。冷静だった部分も、大勢には逆らえず、ついに活動を停止した。

(嫌だ。いやだ。イヤダ……)

純白の泥沼に、その言葉だけが漂った。

路子の肉体は、抵抗をやめた。

「最初っからおとなしくすりゃいいんだ」

男が満足げに言った。路子は頷いていた。

「黙って寝転んでりゃ済む話だ。どうせ初めてでもないんだろ」

まるで世間話のように男がうそぶいた。路子は首を横に振った。

「ああ？　やったことないのか？」

縦に振る。男はククク ッと笑った。

「そりゃいい。最高だ。おとなしくするか?」

縦。

「前で縛っておいてやる」

縦。

男は腹の上から降り、路子の身体を足で蹴《け》り転がしてうつ伏せにした。べりべりとテープを剝がす。粘着力が強くて思うように剝がせないようだ。最後にひときわ大きな抵抗があった。粘着面と路子の皮膚とが剝がれた瞬間だった。手首一帯に鋭い痛みが走った。剣山を突き立てられたような感触だった。

男はもう一度路子を足蹴にし、仰向かせた。セーターの両袖を肘《ひじ》までたくし上げる。前腕部の腹がわをぴたりと密着させ、手首から肘近くまでを縛る。腕を伸ばせなくなった。修道女が跪《ひざまず》いて祈る時のかたちしか取れない。

しかし——手首から先はわずかに動く。

路子が従順になったのを見届けて安心したのだろう。男は作業を再開した。下着に手がかけられる。息が荒い。興奮しているのがわかる。

「怖いか?　怖いか?」

楽しそうに尋ねてくる。そして言う。

「すぐに忘れさせてやる」

それが合図だった。路子の中の桎梏《しっこく》が弾けとんだ。

（死ぬのよ）

胸の前の窮屈な右手を男に向け、人差し指を立てた。

（死ねっ）

「なんのつもりだ？」

乾いた声で男が咎《とが》めた。拳銃を撃つジェスチュアに見えたのだろう。まだ逆らうのかと不審に感じたにちがいない。

首に男の手が触れた。徐々に力が加えられる。路子は泡を吹くほど念じる。

（死ね。死ね死ね死ね死ね死ね死ね死ね）

「暴れてみろよ。ほら。ほら」

声が狂気を帯びている。表情が見えないだけに却《かえ》ってそれが伝わってくる。はっ、はっ、と臭い息が浴びせられる。

間に合わない。

鷺森の生真面目《きまじめ》な顔が白い闇《やみ》に浮かんだ。

──怒らせずに逃げる機会を窺《うかが》うべきです。

先生、手遅れ……。

「ぐひッ」

奇妙な声が響いた。

同時に、興奮が高まるにつれて間隔が短くなりつつあった男の呼吸が途切れた。路子の首に加えられていた力が消滅した。

くっ、かっ、ひっ、さまざまな発声で男は苦悶を表現していた。身体が路子から離れ、次にどさっと床に倒れ込む気配があった。

スカートが引っ張られる。男がよじ登ろうとしている。セーターの裾。乳房。顎《あご》。次々に引っ掴まれる。最後に顔全体を掴まれた。右の頰《ほお》に親指が食い込む。頰骨が軋《きし》む。男と唱和するかのように路子も呻き声を上げた。汗の臭いが鼻を刺す。

顎も砕けよとばかりに渾身《こんしん》の力を右手に込め、男は身体を硬直させた。硬直は数秒間続き、次いで全身の痙攣《けいれん》が路子の胸の上で展開された。

完全な沈黙が訪れるまで、数分を要した。それは路子が呼吸を取り戻す過程でもあった。

路子は動けずにいた。名前も顔もわからない男の身体を乗せたまま、茫然《ぼうぜん》と横たわったままでいた。

窓の外を騒音が通過した。ステレオのフルボリュームでロックを流しながら車が走り抜けた音らしかった。

男の身体の下から脱出しようとしているのに、力が入らない。とりあえず首をやみくもに振って、顔の上の手を払いのけた。衝撃を与えることで男が息を吹き返すのでは、と不安に駆られたが、無論そんなことは起こらなかった。

カマキリの前足のように折り畳んだ腕を顔に持っていき、眼と口を塞いだテープを剝がす。火傷《やけど》のような触感がある。素早く剝がそうとすると切りつけられるような痛み。ゆっくり剝がそうとすれば締めつけられるような痛み。痛みの絶対量は変わらない。

そっと瞼を開ける。眩《まぶ》しい。たじろぎながら、剝がしたテープを見る。長い髪の毛が十数本付着している。

大きく息を吸い、吐き、傍らの男に目を向けた。

滑稽《こっけい》なありさまで男は死んでいた。両眼は上を向いている。額に落ちた鳩の糞《ふん》を気にしているみたいだ。鼻孔は大きく広げられていた。唇は蛸《たこ》のように突き出され、その奥では前歯が固く嚙み締められている。口もとや顎は唾液だらけ。右腕は路子に追いすがるように伸ばされたまま。左手は自分の胸を押さえている。足の曲がり具合も左右ばらばらだった。

顔も身体も、福笑いみたいだ。

年齢はよくわからない。三十代半ばぐらいかもしれない。体格は中肉中背。いや、やや太り加減で、背も高めか。

男の顔を蹴ってみた。反応はない。死んでいる。

（終わった……）

起き上がろうとするが、下半身に力が入らない。手で膝を庇《かば》って身体の支えにしたいのに、腕がいましめられたままだ。

人差し指を間近に見つめる。腕が祈りの姿勢になった。

白眼を剝いている男の死体に寄り添ったまま数十分を過ごした。ようやく立ち上がれたのは、精神と肉体が平常を取り戻したからではなく、排尿を我慢できなくなってきたからだった。トイレに行きたい、と思考した途端、呪文《じゅもん》が解けるように脚が動いてくれた。

まず台所に行き、手先だけを使って包丁を取り出した。床に座り込み、足と手をうまく使って、いましめのテープに切り込みを入れる。腕が少し自由になる。包丁が使いやすくなった。あとは何とかできる。

貼りついたテープを剝がすのは一苦労だった。それが済むと、手洗いに立った。用を足して戻った。男の死体はまだそこにあった。さっきと寸分違わぬ位置と姿勢で、部屋の領有権を主張するかのように長々と寝そべっていた。

路子はゆっくりと歩み寄った。

そして、男の背中を力任せに蹴った。

男の身体がぐらりと揺れた。

その揺れが完全に静止しないうちに、路子はジャンパーを拾い上げ、弾かれたように部屋を飛び出した。何かにつまずいて転びそうになりながら、ドアが閉まるのも確認せずに廊下へ走り出る。

靴を履くのもそこそこに階段を駆け下りて道路に駆け出し、駅へ向かって全力で走った。

わあああああっ。

走りながら路子は叫んでいた。

決して人通りが多いとは言えない道だが、それでも幾人もの通行人と行き会った。みな不思議そうな顔で、髪を振り乱して走り去る若い女を見送った。

許せなかった。

恐怖した自分を許せなかった。

死にたくなかった。死にたくないと痛切に願った。思考よりも感情よりももっと原始的な、細胞に書き込まれた太古の記憶のようなものが、男に首を絞められていた何秒かの間、路子の全身を溢《あふ》れんばかりに満たして、満たして、満たしきっていた。

そんなはずはなかったのに。

走った。路子は走った。走っても走っても、後ろから誰かが追いすがってくる。それはもう一人の自分だ。振り向かなくてもわかる。醜態を晒《さら》した自分が、それを目撃した自分を抹殺するために追ってくる。それとも、いま走っている自分が醜態を晒したほうで、追ってくるのが目撃した自分なのか。

駅についた。ジャンパーのポケットに入れたままだった通学定期で、迷わず入札した。すぐに電車が来た。飛び乗った。座席に腰を降ろし、君塚佳枝のような物腰であたりを窺う。知った顔はいない。もちろん、もう一人の自分も。

電車を乗り継いで、気がついた時には都心部の繁華街の駅にいた。

自動改札のゲートで止められた。定期券が投入口へ戻った。通学路から大きく外れた駅だった。ふらふらと自動精算機の前へ引き返した。そこで路子は立ちすくんでしまった。使い方がわからなかった。毎日のように目にし、何度も使っているその機械の使い方がわからなかった。定期券を入れ、現金を入れ、出札券を受け取る。ただそれだけの日常的な動作が、どうしても思い出せない。

「早くしろよ」

背後から罵声《ばせい》が飛んだ。路子は有人改札へ行き、怪訝《けげん》そうな目で見る駅員に頼んで精算してもらった。

誘蛾灯《ゆうがとう》に魅入られた虫のように、路子は急ぎ足で光の海を目指した。

土曜の夜だ。時間を忘れた連中が、ねばねばとしたネオンの瞬く街を我が物顔に闊歩《かっぽ》している。ここなら、もう一人の自分を撒《ま》くことができるだろう。路子は歩調を緩めた。

ポケットティッシュを配るコート姿のけばけばしい女がいる。額に前髪をふた筋ほど垂らして、憂鬱《ゆううつ》そうに紙片を配るスーツ姿の男がいる。怪しげな風俗営業の店が軒を並べ、耳飾りを山ほど装着した数人の若者が道端に座り込んで煙草を吸い、スポーツ新聞の切れ端が風に舞って路子の脚にまとわりつく。

人いきれに身を紛れさせると、いくばくかの防寒にはなった。どこか嘘の混じる暖かさ。立ち止まる。自分だけが周囲と別の方向に歩いているような錯覚に襲われて、怯《おび》えた視線で他人の動きを観察する。確かに別の方向だ——ただし、あらゆる人が、互いに別の方向へ進んでいる。ひとり路子だけが外れているわけではない。安心して再び歩きだす。が、数歩進むと、また同じ不安が路子を侵しはじめる。立ち止まる。その繰り返し。

ブレザーとピーコートを纏《まと》って嬌声《きょうせい》をふりまきながら通り過ぎる一群の少女たち。冬休みのはずなのに制服姿なのは、外出時着用という学校の指示を守っているのか、自分の商品価値を高めるためなのか。

「おっ、彼女どこ行くのさ?」

誰かが声をかける。路子が足を止めると、なれなれしく肩に手を置く。つるんとした肌の若い男。路子より年下かもしれない。自分の容貌に自信を持っている種類の顔。笑い方がきれいだ。路子も微笑《ほほえ》み返す。

そして、少年に向かって問う。

「ねえ、楽しい?」

「あン?」

「生きてて、楽しい?」

少年は首を傾げる。その仕種も可愛い。

「楽しいよ。楽しいことばっか」

「そう。よかった」

「どっか、行く?」

「そうね」

どこかに行けば、何かがあるのだろうか。路子の知らない何かが。生きていて楽しいと無邪気に信じ込めるような何かが。

「はあ？」

何が「はあ」だ。あなたには言葉が通じないのか。路子は肩の手を乱暴に振りほどいた。

少年は意外そうに口を尖らせた。

「なんだよ」

路子は相手に向かって指を立てた。

「死にたいの？」

怒鳴る。心で念じてしまわないように。指の力が発動してしまわないように。わざと大きな声で。

「さっさと行っちゃいなさいよ！」

少年はむっとした表情を作り、「なんだコイツ」と吐き捨てた。整った顔立ちは、怒りの色を帯びてもやっぱり整っていた。

彼が立ち去ると、もう路子にかまう者は誰もいなかった。雑踏に紛れてこちらを窺うもう一人の路子の影がひたひたと近づく。その足音を否応《いやおう》なく聞いてしまう。路子は逃げる。路子が追う。本当は知り抜いていた。もう一人の路子は路子自身の中に巣食っているのだと。だから逃げ切れはしないのだと。

知り抜きつつ路子は駆け続けた。

部屋を飛び出した後の経緯を路子が知ったのは翌日の昼頃だった。場所は警察署、教えてくれたのは刑事だ。

男の死体を発見したのは隣室の女だそうだ。勤めから帰ってきたのは深夜だった。何気なくアパートを見上げると、路子の部屋だけが明るかった。別に不審には思わなかったが、二階へ上がってドアが半開きになっているのを見て、さすがに妙に感じたらしい。近寄ってみるとサンダルが挟まっていた。おそるおそる部屋に入ると、男が倒れていた。

女は冷静だった。部屋の中にはいっさい手を触れず、自室に戻って一一〇番通報した。警察の動きも素早かった。が――駆けつけた捜査員は、現場の状況をどう解釈してよいのか戸惑ったという。

通報内容だけでも、問題の連続事件がらみだと推察するのは容易だった。場所も過去の事件現場に近いし、死体の人相や背格好も今までの被害者の証言と矛盾はなく、侵入の手口、荷造り用テープが転がっていることを考えあわせても、それが常識的判断だった。

では、なぜ男は死んでいるのか。被害者が抵抗した末に殺してしまったと見るのが自然だったが、果たしてそんなことが可能だろうか。何より死体には全く外傷がなかった。

死体は搬送され、司法解剖された。急性心筋梗塞《こうそく》です。間違いありません。外傷も毒物反応も見られませんから。あと、冠動脈の狭窄《きょうさく》と軽度の心筋壊死《えし》が認められました。心臓に持病があったんでしょう。事件でも事故でもなく、ま、病死ですね。解剖した医師はそっけなく報告し、死体検案書を作成した。

捜査班は拍子抜けしたが、ともかく男の身元を調べようと調査を開始した。部屋の住人の行方も懸念されていた。

路子がアパートに戻り、隣室の女から事の顚末《てんまつ》を教えられたのは、ちょうどその頃だ。

「あんた、無事だったの？」

あまり興味なさそうに女は言った。

「警察に連絡してやんな。捜してるから」

路子は指示に従った。

警察では事情聴取を受けた。しかし、男が病死だということが証明された後だったため、路子が疑われるようなことはなかった。警察なり救急なりにすぐ連絡をしなかったことに関しては咎められたが、あやうく暴行あるいは殺人事件の被害者になるところだったことを斟酌《しんしゃく》され、不問に付された。ただ、遭遇時の状況を微に入り細を穿《うが》って尋ねられた。

路子はすべて話した。指を差したことを除いてすべて。

――もうだめだと思ったとたん、急に男が泡を吹いて倒れました……あ、目隠しされていたので見てませんけど、そんな感じだったんです。

――相手が静かになっても、何か企んでいるのかと思うと、怖くて動けませんでした。やっと動けるようになって、必死でテープを剝がして、そのまま逃げました……。

――その後ですか？　よく覚えていません。一晩じゅううろうろしてました。部屋には怖くて帰れないし、なるべく人の多い賑《にぎ》やかな場所にいたかったんです。

男には家宅侵入および傷害の容疑があるが、被疑者死亡として立件はされなかった。路子への事情聴取は、専ら連続事件の犯人か否かを確定するためのものらしかった。

最後に女性の警察官が路子を面接した。看護師の岩橋によく似た女だった。

「婦人科的検査」の必要はないかと尋ねられた。必要ありません、と路子は答えた。相手は我がことのように喜んでくれた。

幸せな人だな、と路子は思った。

その日の夕方には解放された。精密検査と入院加療を勧められたが断った。未成年ということで親元への連絡も必要視されたが、これも断った。その代わり、当面はいつでも連絡が取れるようにしておいてほしいと頼まれ、やむなく実家の住所と電話番号を伝えた。

携帯電話は部屋で襲われた際に壊れたらしく、電源が入らなくなっていて、修理するのも買い直すのも今はとにかく億劫《おっくう》に感じた。

さっきの女性警察官が玄関まで送ってくれた。

「ひとりで帰れる?」

だいじょうぶです、すぐに連絡するのよ。身体に傷はなくてもね」

「何かあったら、すぐに連絡するのよ。身体に傷はなくてもね」

心の傷、と言いたいらしい。路子はそれには答えず、

「連続事件の……犯人だったんでしょうか」

「まだ断定はできないけれど、間違いないでしょう」

簡潔に答えてから、言葉を継ぎ足した。

「ショックな出来事だったでしょうけれど、忘れるのよ。襲われて、目の前で死なれて、忘れろと言うほうが無理かもしれないけれど、あなたが殺したわけじゃないんだから」

「はい。わかってます」

路子は丁寧に会釈をし、署を辞した。

心の傷は、ある。ショックだった。

あの瞬間、失禁しそうなほどに路子は死を恐怖した。いま死んでも明日死んでも同じだったはずなのに、心の底から死にたくないと思った。たとえ一分一秒でも長く生きていた

いと思った。

自分の人生のいったいどこに、それほどの執着に値するものがあったというのだろう？

8

年末、東京から戻った路子は、ほんの申し訳程度に正月料理を作った。

誰のためでもない、自分のためだった。どうせ肇は愛想のひとつも言わずに平らげて、それから偽善者ぶった顔で病院に詰めるのだろう。感謝などしてくれようはずもない。ただ、料理を作っている間は、その作業だけに集中できる。とはいえ、あまり複雑なことをやる気力もない。数の子、田作り、筑前煮《ちくぜんに》、鰆《さわら》の西京漬け、紅白の膾《なます》など、比較的手間のかからない物ばかりにした。

肇の行動は路子の予想どおりだった。ただ、病院へ出かける前に、ひとこと言い残した。

「おまえは黒豆は作れないのか」

屈辱感で即座に言い返せないでいる路子に一瞥《いちべつ》をくれると、肇は出かけてしまった。

時間のかかる黒豆は作りたくなかった。一時間以上も鍋《なべ》の番をしながら、火加減を見て、灰汁《あく》を取って、水差しをして、豆の硬さを点検する。そんな作業はやりたくなかった。その間、必ず、何か余計なことを考えてしまうだろう。逆効果だ。

だいいち、肇には黒豆と納豆の区別もつかないに違いない。高をくっていた。

日が暮れて肇が帰宅した。路子は試みに聞いてみた。

「黒豆、食べたかったの?」

肇は無愛想に答えた。

「いや。俺は嫌いだ」

だったら最初から言わないでよ。路子はあきれてそれ以上口を開けなかった。嫌いなものが食膳《しょくぜん》にのぼらなかったからといって、何を気にする必要があるのか。腹が立った。

思う存分腹を立てることにした。あの日から眠れない夜が続いている。同じ眠れないなら、恐怖より憤慨に身を浸すほうが楽だ。

しかし残念ながら、怒りを持続するにも相当なエネルギーが必要だった。空が白みはじめる頃には、路子は疲れ切っていた。

疲労が心の鎧《よろい》を破壊した。思い出したくもない記憶が、経血のように流れ出てきた。毎年のように黒豆を煮込む日出子の背中を台所で見ていた記憶が。

三が日は瞬く間に過ぎ去った。

四日めから、園末《そのずえ》の街も平常に戻った。車の流れも、電車のダイヤも、駅前を行き交う人の動きも、デパートやスーパーマーケットの品揃《しなぞろ》えも、潮が引くように正月の匂いを失っていった。唯一テレビだけが、五日になっても六日になっても、前年のうちに収録した愚にもつかない正月番組を垂れ流し続けていた。

肇も出勤し、昼間の日出子の付き添いは再び路子の担当になった。

バス停に行く。バスに乗る。窓から景色を見る。

何かが違う。

年末年始の慌ただしい空気がまだ残っているのだろう。深くは考えないことにした。が、翌日も、その翌日も、違和感は抜けなかった。別のバス停から、別の路線バスに乗り、別の街並みを見ているようだった。いつもどおりだと強く意識して見ると、何とか同じ景色に見える。だが、よくできた映画のセットの中にいるような気がしてならない。

年末までと寸分変わらぬ印象を与えてくれたのは、日出子の身体だけだった。その事実が、わけもなく路子を苛立《いらだ》たせた。

苛立ちをぶつける相手は、鷺森しかいなかった。

「二か月以上経過しました。正直言って、この段階から回復した例は、あまりありません」

いつものように病室へ巡回してきた鷺森は、路子の求めに応じて状況を説明した。

「いわゆる植物状態に近いと考えてもらっていいと思います。でも、希望を捨ててはいません。打てる手はすべて打つつもりです」

丸椅子に腰かけ、太股《ふともも》に肘を置いて手を組み、路子の眼を真っ直ぐに見つめて話す。予想どおりの言辞が神経を逆撫《さかな》でする。

「ただ、ひとつ謝らなくてはなりません」

「なに？」

路子は色めき立った。ついに敗北宣言か。

「成人式には間に合いそうもありません」

「成人……」

「晴れ着姿、見せてあげたいんでしょう？　大人になった路子さんの姿を」

あまりの腹立たしさに気絶しそうだった。どんな言葉で罵ってやろうか。デートの前に着る物を選ぶ初心《うぶ》な娘の気分だった。馬鹿。お節介。見当外れ。嬉《うれ》しがり。鈍感。脳足りん。いいや、その全部だ。

「殺すためよ。思い知らせてやる」

「ああ、そうだ」

鷺森が眉《まゆ》を開いた。

「路子さん」何やらあらたまった調子になった。「君に話があります」

上体が乗り出し加減になった。ストーブにあたる時のような姿勢だ。

「なに」

「立ち入ったことで申し訳ないとは思いましたが、お父さんに聞いてみました。例の話」

「だから、なに」

「弟さんの流産の件。原因がわかりました」

どうだろう。この男は頼みもしないのにそんなことを調べていたのだ。路子は両手で自分の二の腕を抱いた。

「まずその前に、路子さんはかなりの難産だったそうです。ご存じでしたか？」

――大変なお産だったんだよ。ママさん、死ぬかもしれなかったんだって。

「知らないわ。そんなこと」

「そうですか。では、そこから説明しましょう。お父さんの記憶によると、どうやら早期破水が生じたらしい。破水、わかります？」

路子は頷いた。小学校の頃から知っていた。今でも覚えている。お母さんのおなかにいるとき、赤ちゃんは、まくにつつまれた水の中にうかんでいます。赤ちゃんが生まれるときには、このまくがやぶれ、水がながれ出ます。そう書かれていた。

「その際、羊水に胎便が混入していたようです。これは危険な徴候です」

「危険って、何が？」

「君がです。胎内で仮死状態だったそうです」

鷺森が路子を指差し、路子も自らを差した。鷺森は満足げに指を戻し、路子も戻した。

胎便とは、胎児の胆汁や嚥下《えんか》した胎脂などが粘状の便になったもので、通常は分娩《ぶんべん》後に排泄《はいせつ》される。これが胎内にいる間に漏出するのは、胎児の状況が悪化した証左とされる。

胎児の生命が危険に晒されると、胎児自身はもちろん母体にも危険がおよぶ。正常分娩を待つ余裕はなく、人工分娩が施された。鉗子《かんし》分娩だったろう、と鷺森は言った。

「ペンチか植木鋏《ばさみ》みたいなのを想像してください。無論、刃はありませんが」

「それぐらい、わかります」

「結構。それを挿入して、胎児の頭を挟んで引っぱり出すんですね」

鷺森はその手つきを実演してみせた。道路工事の一場面のパントマイムにも見えた。

「さぞかし、お父さんは気が気じゃなかったと思いますよ。待望のお子さんが生まれるというので産院へかけつけたのに、一歩間違えば母子ともに危ないと言われたんですから」

「先生の作り話はどうでもいいわ。なんにもわかってないくせに」

「そうですね」

鷺森は逆らわず、ここから先は多分に僕の想像も混じりますが、と断って話を続けた。

鉗子分娩の際に子宮頸管《けいかん》部が裂傷を負った。縫合したが、結局これが原因となり、日出子は頸管無力症となった。妊娠が進行し胎児が成長すると、頸管部がそれを支えきれず、出血や陣痛の自覚症状がないままに子宮口が開き、流早産に至る危険性が高いのだという。

「頸管無力症の場合、子宮口を縛る処置を施したりするんですが、必ず効果があるとは限らないんですよ。いつも申し上げているように、医療には限界がありますから」

路子は鷺森を睨《にら》んだ。

「それが原因だってどうしてわかるの？」

「弟さんの件より以前にも、二度、流早産があったそうです。まだ君は小さかったから覚えていなかったんでしょう。これが謎解きです。だから君がおかしな能力を発揮したからではありません。納得してもらえましたか？」

「だって、あたしは本当に……」

「今回、お母さんが死に瀕《ひん》したことで気が動転して、かつてのトラウマが再燃したんだと思いますよ。気に病まないことです」

言葉を切って、ますます身を乗り出した。そして声を潜めた。

「怒らないで聞いてください。苦しいでしょうけれど、万一のことも視野に入れて、毎日を過ごしたほうがいいと思います」

出た。敗北宣言だ。路子も身を乗り出し、確認するように尋ねた。

「それは、母がもう助からないという意味？」

「いえ」鷺森は明快に否定した。「ただ、危篤状態の患者の家族だからと言って、生活の全てを患者のために捧《ささ》げてはいけないと言ってるんです。二十四時間べったり付き添わないのは愛情が足りないとか言って非難する人がいますが、それは間違いです。たとえ今回の病気は治ったとしても、いずれは別れなくてはならない。ご両親が亡くなったあとも、路子さんは生き続けるんです。お母さんの入院は、そのためのレッスンになるのかもしれません」

珍しく寂しそうな顔で言い終えると、

「こんなことを家族に言うから、諦《あきら》めが早いと非難されるんですけどね。病んでいる患者も大切ですが、病んでない家族が大切でないかと言えば、そうじゃありませんから、つい」

と、つけ加えた。

苦悩させたかった。身を焦がすほど悩み苦しんでも、この善良で、熱心で、真摯《しんし》な男を苦悩させたかった。優しどんなに犠牲を払っても、決して脱出できない蟻地獄《ありじごく》に突き落としてやりたかった。く温かく降り積もり、すべての醜いものを覆い隠してくれた雪の上を、血にまみれたぼろ靴でめちゃくちゃに踏みしだいて汚すように。

告白が、何の抵抗もなく口をついて出た。

「人を殺したの」

「だから、いま言ったように」

「弟じゃなくて。昔の話じゃなくて。人を殺したの、あたし。この指で」

上半身を後ろに退いて、鷺森は路子を観察した。夢を見たのか、あるいは気がふれたのか。そんなふうに思っているのだろう。

「このあいだ。東京で。知らなかったでしょ」

そうだ。この男は知らないはずだ。あの一件じたいは大した事件ではなかった。不法侵入者がたまたま急死した。盗まれた物もないし、住人にも大きな怪我はなかった。強いて挙げれば髪が十数本抜けたのと、首と腕に痕跡が残っただけだ。死んだ男は連続事件の犯人と目されているが、正式に断定されたわけではないらしく、報道機関向けに発表もされていない。

路子は嬉しくなってぺらぺらと喋《しゃべ》りだした。前に指の能力の話をした時には顔色ひとつ変えなかった鷺森が、今度は秒刻みで表情を強ばらせていった。路子はますます嬉しくなった。

話し終えた時点で、鷺森の顔はほとんど怒りに近いものになっていた。

どう、信じてくれた？　目顔で路子は尋ねた。

「それで、無事だったんですね？」

鷺森は気負い込んで問い返してきた。

「無事。でなかったらここにいないでしょ」

笑いながら路子は答えた。鷺森はますます不安の色を濃く見せた。

「あ、首絞められた痕《あと》なら、まだ残ってるかも。先生、見ます？」

明るく言うと路子は、着ていた黒いハイネックのセーターの襟に手をかけた。鷺森は厳しい表情で、

「よしてください。そうやって、まるで他人事《ひとごと》みたいに淡々と話せるのは、むしろ心が傷を負っている証拠です。無理に客観視しないほうがいいと思います」

「まるで、あたしの心の中が覗《のぞ》けるみたいな言い方するのね」

鷺森が話の周辺部をうろつくだけで核心に触れようとしないのを、路子は歯痒《はがゆ》く思った。

「それより、信じてくれた？」

「能力とやらのことですか」

鷺森は疲れた声を出した。

「それに関しては、答えは明らかです。偶然の一致です。君の行為の結果ではない」

「偶然。偶然偶然偶然偶然。先生に言わせれば、何でも偶然で説明がついてしまうのね」

「だったら」鷺森は人差し指を立てて、路子のそれを指し示した。「そこから、いったいどんな力が出ていると言うんですか？　電磁波ですか？　放射線？」

「どんな力って、そんなの説明できない」

「当然です。客観的に立証できないものは、存在しないとしか言いようがありません」

常識人の拠り所は、いつでも理屈だ。それにそぐわないものは全て誤りだと言うのだ。なんて頭が固いんだろう。

「科学では説明できないことなんて、世の中にいくらでもあるんじゃない？」

「説明不能だということだけでは、不思議な力の実在の証明にはなりませんよ。路子さんのことは、他にいくらでも合理的な解釈ができます」

議論したらやりこめられる。路子は身構え、口を閉ざした。鷺森は路子の反応を窺っている様子だ。いつでも舌を動かす準備はできている、といった表情で見下ろしている。

しゅこーっ。

日出子の人工呼吸器が口を挿んだ。

――だからもっと勉強しなさいと言ったでしょう?

路子にはそう聞こえた。聞きながら唇を嚙みしめていた。

鷺森の顔が柔和になった。

「言い方を変えましょうか」

「おまえみたいな馬鹿にもわかるように説明しよう、って言いたいのね」

路子は鼻で笑った。

「いえ。君は充分に聡明な人だと思いますよ」

鷺森はこともなげに言ってのけた。

「路子さんの目の前で男が死んだ。それは指の力だと言う。だったら、他にも原因は挙げられるでしょう。時計が九時をさしたからかもしれない。窓の外をカラスが飛んだからかもしれない。階下の住人がくしゃみをしたからかもしれない」

鷺森の真顔が笑いをすら誘った。

「くしゃみをしたら人が死ぬっていうの? 馬鹿みたい」

「路子さんの言っていることも基本的にはそれと同じですよ。因果関係が証明できない二つのことがらを結びつけているという点ではね。そんな結びつきなら、百でも二百でも挙げられます。その中のひと組にだけ恣意的に着目する根拠がありません」

「でも、今回だけじゃないわ。今までだって」

「人間、自分の信条に合致しない出来事は、忘れてしまうものなんですよ。『死ね』と念じた。犬が死んだ。だから念力がある。一見もっともですが、念じなくても犬が死ぬことはあったでしょうし、念じても死ななかったこともあったはずです。けれど、それは忘れてしまうんです。念じて死ななかった犬が何匹いたか。念じなくても死んだ犬が何匹いたか。そうやって統計学的に数えてみれば、偶然の一致と解釈したほうが自然だとわかるはずです。ただ、その偶然が自分の身に起きると、ものすごく深い意味があるものだと早合点してしまう。例えば」

鷺森は例を引いた。彼が前に勤めていた病院で、脳ドックを受診した男性が病院から帰宅した途端、脳出血で倒れた。患者の家族は病院を訴えると息巻いた。残念ながら脳ドックも万能ではなく、疾患の芽を百パーセント探し出せる保証はない。病院はそう説明したが、家族の言い分はそんなことではなかった。

「脳ドックで何かよからぬ処置を施したんだろう、と言うんですね。受診したがゆえに脳出血を起こしたと。不幸な偶然ですが、それが身近に起きた瞬間、受診しても出血しなかった人や、受診せずに出血した人が、それぞれ膨大な数で存在していることを見失って、受診と出血に強い結びつきがあると思ってしまった」

鷺森の弁舌は歌のようだった。路子にはそのリズムが、いつしか呼吸器の作動音と同調してきたように思えた。鬱陶しかった。

「断言してもいい。次に君が誰かを指差しても、その人が死ぬことはありません」

この男は忘れている。他ならぬ自分自身が、路子の指に怯えて我が身を庇ったことを。しかもこの部屋でだ。路子がそれを言うと、

「あの時は恥ずかしい姿をお見せしてしまいました。路子さんの剣幕にちょっとびっくりしたのは事実です。でも、もう大丈夫。なんなら、どうぞ」

上半身を直立させ、腕を広げて、ここを差せ、とばかりに顎で心臓を示した。能力の有無以前に、路子が鷺森に対してそれをできないのを確信しているのだろう。

そこまで言うのなら、やってやる。路子は人差し指を立てた。ゆっくりと身構える。

鷺森は微動だにしない。

しゅこーっ。

黒いものが路子の脳裏を切り裂いた。裂け目から、福笑いのような男の顔が垣間見えた。

しゅこーっ。

「つまんない」

路子は右手を下ろした。

「先生は殺す理由がないもの。あたしが殺したいのは、そこで寝そべってる、その人。それから、体面ばっかり気にして毎日お見舞いに来てる、その人のご主人」

鷺森も両手を下ろした。

「ご両親との間に何があったかは知りません。でも、そんなことを言うべきではないと思います」

「先生になんか指図されたくない」

やにわに路子は日出子を指差した。念じる寸前になっていた。鷺森を相手に喋《しゃべ》っている間は念じることに集中できない、ただそれだけが歯止めだった。

「もう、いい。助けてくれなくていい。殺すから。今からこの人、殺すから。この人のおかげで、生きててもなんにも楽しいことなんてなかった。ぜんぶ、この人のせいよ。この人、言ったのよ。あたしのこと、殺せるものなら殺したいって言ったのよ。そうしなかったのは、あたしみたいな力がなかったから。それだけよ。そんな人よ。わかんないでしょ？　何の苦労もなしに生きてきた先生みたいな人にはわかんないでしょ？　何が全力よ。

何が希望よ。好きにすれば？　あたし、この人を許さない。絶対に、許さない」

「君は……」

鷺森が割り込もうとした。路子は圧倒的な言葉の勢いでそれをはねつけた。対向車を蹴散らし、なぎ倒し、踏みつぶしながら暴走するダンプカーが今の路子だった。制しようとする者が現れればいっそう猛《たけ》り狂い、身を踊らせ、襲いかかった。

「酷《ひど》い娘だって思ってるでしょ。呆《あき》れてるでしょ。怒ってるでしょ。みんなそうよ。首絞められて殺されりゃよかったんだ。そう思ってるでしょ。死んであげるわよ。この人を殺したら、いつでも死んであげる。ちっとも怖くなんかないもの。あ、ほら、今ちょっと思ったでしょ。こんな女生きてても意味ないな、って思ったでしょ。隠してもムダ。顔に書いてあるもの。それでもまだ言える？　かっこつけて言える？『何があっても死んではいけません』なんて馬鹿みたいなこと言える？　そんなの、先生みたいに幸せいっぱいの人にしか思いつかない台詞《せりふ》よね。恥ずかしいったらありゃしない」

――言って。先生、言ってよ。もう一度。もう一度だけでいいから。

「よさないか！」

山脈が隆起した。地滑りの響きが路子を押し包んだ。身体が山津波に巻き込まれ、身動きを封じられたまま前後左右へ翻弄《ほんろう》された。

鷺森が路子の両肩を掴んで揺さぶっていた。

「君は、人が死ぬというのがどういうものかわかって言っているんですか！」

路子は鷺森を見上げた。

しゅこーっ。

しゅこーっ。

鷺森が手の力を抜いた。路子は彼の手を払いのけて、自らの手で肩を守った。

「先生には」路子は失速していた。「わかるの？　それが」

気持ちが悪いぐらい、しおらしい声が出た。鷺森は、首の後ろを掻きながら椅子に戻った。

「すまない。つい感情的になってしまって」

座ったまま頭を下げた。路子にはそんなことはどうでもよかった。

「わかるの？」

同じ問いを重ねた。鷺森は、口にすべき言葉を選びあぐねているようだった。

彼が口を開くまでに、日出子は五回ばかり呼吸した。その挙げ句に鷺森が路子へ寄越した言葉は、答えではなく問いだった。

「路子さん。人間の死体を見たことがありますか」

路子はぐびりと唾《つば》を飲み込んだ。福笑いを思い出していた。

「ある。自分の部屋で」

「そうでしたね。迂闊《うかつ》でした」

鷺森は照れ笑いを見せた。路子は続けた。

「あとは、伯母の葬式。晴美って人。あたしが力をもらったのは、その人。幼稚園の年長組の時かな」

「そうでしたか。お葬式でね」鷺森は能力のことに言及しなかった。「どう感じました?」

「冷たかった。あとは、そうね……不思議だった」

人間の死亡率は百パーセントだ。全ての人がいずれは死ぬ。誰しもが、必ず一度は経験する、それが死だ。

しかし、一生の間に他人の死体を見る機会はあまりにも少ない。最も身近なものなのに、何よりも不透明。あの時感じたのは、その事実を目の前に突きつけられた不思議さだったのだろう、と路子は今では思う。

「そうです。不思議です。僕も不思議でした。ご存じでしょうが、僕たちは学生の時に解剖実習というのをやります」

「知ってる」あたしもそれをしていたかもしれない。「不思議って?」

そこからは鷺森の独り語りになった。

「人間の身体って実によくできているんですよ。細かい所までね。いくら頭で考えて設計したって、とてもあそこまでは思いつかないというぐらい」

それも、工場生産品のようにどの身体も寸分違わぬ構造を持っているなら、さほどの感動もなかったろう。骨の数。筋肉や腱《けん》の位置関係。血管の分岐。神経の広がり。部材はすべて共通なのに、完成品は微妙に違う。それが鷺森には不思議だったという。

「別に信仰心に目覚めたわけではありませんけどね。しょせん、人為的なものは自然には勝てないなと思いましたよ」

それにもまして不思議だったのは、そこまで精緻《せいち》に造られている人体がなぜ死んでいるのか、ということだった。燃料切れの車のように、何らかの手を加えれば動き出すのではないか。

そんなことはあり得ない。生物は機械ではない。それはわかっているが、ではどこが違うのかと問われれば答えには窮したろう。

しかし、その疑問もすぐに消えた。正確には、見失った。そんな観念的なことに囚《とら》われていたら、実習は先へ進まない。解剖され、クズ肉の羅列へとなり果てた死体と、自分の皮膚の下にあるはずの肉体とを想像の中で見比べるのも不気味だった。

——これはモノだ。実習用の、モノだ。

いつしか自分に言い聞かせていた。さもなければ耐えられなかった。

臨床実習で生身の患者と相対するようになってからも、その意識は抜けなかった。抜くわけにはいかなかった。毎日、さまざまな疾病を内在させた患者と向かい合う。彼らは、自分が対決すべき疾病の容れ物であって、自分や、自分の家族や友人などと同列の人間ではない。病を的確に捉《とら》え、人体から駆逐するには、いついかなる時も透徹した冷静な視線を失ってはいけない。

治せるか、治せないか。

それは医学と疾病との終わりなき戦いだ。医者は、病を打ち倒すため科学によって訓練された兵士なのだ。

卒業し、研修医として大学病院に残った。自らの手技で病気と直接対決できる外科、それも人間にとって最重要な器官を扱う脳外科を選んだ。初めて頭蓋《ずがい》を切開して脳の血腫《けっしゅ》を除去した時は興奮のあまり卒倒しそうになった。この患者を救い出したのは自分なのだと考えることは、良質の酒のように心地よい酔いを与えてくれた。いつか自分が『神の手』と呼ばれる時が来るのではないか。宝くじの抽選を待つ気分で毎日の仕事をこなしていた。

「母が倒れたのは、そんな時でした。脳出血でした」

鷺森は言葉を置いた。愛《いと》しい者を見る目つきで日出子を眺めた。路子が日出子に向けたことのない目だった。

「すぐに田舎に帰りました。脳出血がいかに危険かは身に染みてわかっていますから、生きた心地がありませんでした。でもね」

打ち消しても打ち消しても、高揚する気分を抑えきれずにもいた。自分の力で治してみせる。千載一遇の好機だ。怯える子鹿に挑みかかる虎のような足どりで、鷺森は故郷へ向かう電車に飛び乗った。

電車の中で、鷺森は想像を逞《たくま》しくしていた。最新の設備が整った大学病院へ搬送し、現代医学の粋をこらしたチーム医療を施す。許可をもらって自分が執刀し、みごとに母親を生還させる。そして、病に対する医学の勝利宣言を高らかに謳《うた》い上げるのだ。

母親の入院先へ駆けつけた鷺森は、カルテとフィルムを見せてもらった。

絶望的な出血だった。脳幹部が広範囲にわたって侵されていた。手の施しようがなかった。

「呼吸器を装着して、脳圧を下げる処置をして……けれど、それ以上どうしようもありませんでした」

鷺森の目の前に母親がいた。母親の脳の中には憎むべき病変があった。鷺森は脳の専門医だった。そして、何もできずに佇《たたず》んでいた。

父親は、どうせ助からないのなら家の近くの病院で終わらせてやってくれと言い、鷺森の勤める大学病院への転院を拒否した。もっとも、転院しても結果は同じだったろう。

逞しい想像は、想像のままに終わった。

鷺森の母親は結局、四日間の入院生活の末に息を引き取った。長くつらい四日間だった。

病室には、医師も看護師もあまり訪れなかった。いまさらなすべき処置もなかった。が、理由は他にもあった。死を間近に控えた患者の病室へは、自然と足が遠のくものなのだ。

鷺森にも身に覚えがあった。目の前で死なれることの怖さ。死にゆく患者の家族と接する難しさ。何より、自分の技量を発揮する余地がない場所にいることの虚《むな》しさ。まさに死のうとしている者に割く時間があれば、少しでも治癒の見込みが高い患者に力を注ぎたい。そうやって、多くの人を救ってきたつもりだった。

「それが間違いだったとは思いません」

鷺森の静かな口調は、言葉とは裏腹に反省の気持ちを雄弁に物語っていた。

「でもね、路子さん。母のそばについている時、僕は別のことを考えていたんですよ。何もしてくれなくてもいいから、誰かに来てほしかった。それが正直な気持ちでした。誰かと、つらい時間を共有したかったんです」

母親の最期は惨めだった。少しでも長く生かしてやってほしいという鷺森の父の頼みを、病院は字義どおりに解釈した。父親もまた、自分の言葉がどのような具体的行為に翻訳されるかを知らなかった。

主治医はまさしくあらゆる手を尽くした。ついには、鷺森も父親も病室から追い出された。鷺森は、自身が医師であることを述べて、処置を見守りたいと伝えた。しかし主治医は申し出を拒否した。同業者だからこそ見せたくなかったのかもしれない。

——少しの間、ご家族は外でお待ち願います。

それは鷺森が常用している言葉でもあった。医学と疾病とが対峙《たいじ》する神聖な戦場において、何の医療技術も持たない家族は単なる夾雑物《きょうざつぶつ》でしかなかった。母親が臨終を迎えた時、鷺森自身がその夾雑物に成り下がっていた。

扉にへばりついて聞き耳を立てると、喧嘩《けんか》のような騒ぎが伝わってきた。ようやく入室を許されたのと、主治医が腕時計を見るのとは同時だった。家族にその動作を見せるためにタイミングを計っていたのだろう。儀式のように時刻を告げられ、再び廊下へ追いやられた。看護師が死後の処置を行うためだった。

「母は死体になりました。もう、どんなエネルギーを与えても戻らない死体にね」

妻の死に気落ちしたのか、後を追うように父親も病死したという。わずか半年後のことだった。

回想を終えた鷺森は、寂しげな顔で路子を見た。路子は思わず目を伏せた。見てはならないものを見てしまった気分だった。

「だからね、路子さん。死ぬ、っていうのは、本当に嫌なことなんですよ。そして二度と元には戻せない。愛せるのも、憎めるのも、生きている間だけです。ご両親との間に何があったかは知らないし、聞きたいとも思わない。憎みたければ憎めばいい。でも、それもお母さんが生きていればこそです。誓ってもいい。そのままお母さんに死なれたら、君は後悔する」

「しないわ」鷺森の断言口調が気に障る。「するわけないじゃない。あたしが殺すんだから」

「人間は誰でも、いずれは必ず死にます。でも、死ぬチャンスは一度きりです。試しに死んでみることはできない。お母さんが亡くなってしまったら、やりなおしはきかないんですよ。絶対に後悔しないと言いきれない限り、滅多なことを言うものではありません」

路子は答えに詰まった。いかに鷺森の主張が論理的であろうと、自分の意志は絶対に不変だ。不変のはずだ。だが、今の路子には「絶対」という言葉が色褪《いろあ》せて感じられた。

鷺森が話を続けた。

「前におっしゃいましたよね。用もないのに来るな、と。確かに、医師としては頻繁に患者さんを訪れる必要はないかもしれない。僕は、鷺森亮一という一個の人間として病室を巡回しているつもりです。患者さんや家族の人に、いつも僕はそばにいますと伝えるためにね。家族ですら、あれだけ不安だった。患者さん本人はなおさらでしょう。万が一、自分が助からないとわかっていても、いえ、わかっていればこそ、そばについていてほしいはずです」

「それって」路子の声はふるえた。「あの子のこと、言ってるの」

鷺森は深く頷いた。

「君が会いに来てくれることで、彩乃ちゃんがどれだけ救われているか、わかりますか」

「わからないわ」

わかるわけがない。路子は彩乃が苦しむ姿を見ていたいだけだ。痛い。苦しい。もう死にたい。死なせてほしい。そう言い出すのを今か今かと待ち焦がれているのだ。そのためだけに、年が明けてからも毎日のように二〇六号室を訪れているのだ。今では、日出子のために来ているのか彩乃のために来ているのか、路子にも峻別《しゅんべつ》できなくなっていた。日出子が回復しない以上、この病院での路子の存在意義は彩乃にしかないとも言える。

「わからないわ」路子は繰り返した。「先生の言うことなんて、ぜんぜんわかんない」

「わかりなさいと強制はできません。でも、できれば今日も顔を見せてあげてください」

鷺森の口調は、子どもに対する親のそれだった。

「それから」

言いさしにして鷺森は椅子から立った。手を後ろに組んで、のっそりとした歩みで路子に背を向け、窓際へ近づいた。

「つらければ痛み止めの薬を使うように勧めてあげてください。君の言うことなら聞いてくれるかもしれない」

路子は、強い意志を宿した佳枝の眼を思い浮かべた。

「本人が好きで我慢してるんでしょ」

「正確には、佳枝さんがね」

信仰上の理由から輸血を拒否された事例のように、治療のためには必要不可欠だと判断される処置であっても、患者が拒めば医師はそれを強引に施すことができない。患者が子どもの場合には親権者の意向が尊重される。それでも、彩乃本人が要求すれば痛み止めを処方するつもりだと鷺森は言う。

路子にとっては、佳枝も鷺森も五十歩百歩だった。痛みに耐えても病気が治るわけではないが、痛み止めを服用しても同じことだ。それで肉腫が消えるものでもない。

「どっちだって結果は一緒でしょ。死ぬのは」

路子は冷たく言った。鷺森は答えた。

「おっしゃるとおりです。正直に言いますが、この場合の痛み止めは、平たく言えば麻薬です。延命にはつながりません。むしろ死期は早まるかもしれない。でもね、路子さん」

言いながら、歩み寄ってきた。鷺森が近づくにつれて、彼の言葉が説得力を帯びるような錯覚があった。この効果をもたらすためにわざといったん自分から離れて窓際へ立ったのかと路子は勘ぐった。

「痛みは残酷ですよ。末期になると、痛みを呪《のろ》う患者の叫びと手をつかねる家族の狼狽で、最後の大切な時間が悲惨なものになってしまう。後で思い出したくもないような記憶にね」

「だったら、さっさと死なせてあげたら？」

路子は笑って人差し指を立ててみせた。

「それが愛情ってもんじゃない？」

「そうは思いません。死は、憎むべきものです。少しでも先延ばしにしたいのが自然な感情です。ただしそれを、極力、その人らしさを失わない状態で実現する。愛情が必要だと言うなら、それが僕にとっての愛情です」

——そこだ。

路子は鷺森の主張の根本的な誤謬《ごびゅう》を見たと思った。それは、路子自身が培ってきた人生観との乖離《かいり》でもあった。

確か、鷺森は以前こう言った。明日は死刑になる人間に対しても、今日は治療を施すと。

「でも、死ぬんでしょ。あの子。あの子だけじゃない、そこで眠ってる人も、あたしも、先生も。みんな死ぬじゃない」

「死にますよ。いずれは」

鷺森の微笑みが憎らしい。僕は死を怖れてなどいませんとでも言いたいのか。あたしに対するあてつけか。路子は続けた。

「死んだら、なんにも残らないじゃない。多少先延ばしにして何が解決するって言うの？　教えてよ、先生。それとも、なに？　お医者さまは世界中の人間を不死身にするご予定でもおあり？」

「無理ですね」鷺森は平然と答えた。「医者にできることはたかが知れてますよ」

「前にもそう言ったわよね。だったら、何やったって、お医者さまは最後には敗北しちゃうわけね。それが今日なのか明日なのか明後日なのか、ってだけで、最後は負けちゃうのよね」鷺森の首肯を確認する。「馬鹿みたい。ならなくてよかった」

「あ。医者になりたかったんですか」

挑戦的な路子の言辞にはまったく反応せず、鷺森は嬉しそうに尋ねてきた。路子は大急ぎで頬を膨らませて横を向いた。

「そんなこと、あたし言ってない。耳、おかしいんじゃないの」

「年ですかねえ」

屈託なく笑う。そして言った。

「路子さん。医者は幸せな職業ですよ」

「どこが」

横を向いた時と同じ速度で正面を向き、路子は吐き捨てた。口先から唾が飛んだ。一瞬、鷺森に見られなかったかと不安がよぎった。

「それは」

鷺森は腕時計を見た。

「また今度お話ししましょう。長居してすみません」

二階へ押し上げた挙げ句に梯子《はしご》を外すように、鷺森は路子の詰問をかわしてしまった。

「逃げるの?」

戸口へ向かう鷺森の背中へ、叫び声を投げつけた。唾ぐらい飛んでもかまうものか。

「いえ。こう見えても仕事があるので。続きはいつでもいいですよ。ああ、そうだ」

鷺森はつかつかとベッドサイドに戻ってくると、白衣の胸ポケットからボールペンとメモ用紙を取り出し、床頭台の上で何かを書いた。そしてそれを路子に手渡した。

電話番号だった。

「僕の直通です。PHSを持ち歩いているから、病院内にいる限り、手術とか回診とか、よほど手が塞がっていない限りは出ます。外からかけるときは、病院の代表番号にかけてから下四桁《けた》の内線をダイヤルしてください。それじゃ」

路子がその番号を読み取って確認している間に、彼は片手を挙げて部屋を出て行った。

路子と日出子だけが残された。

しゅこーっ。

呼吸器が無関心を装うように動く。

路子はもう一度メモを見た。なにげなく裏返すと、パソコンのプリントアウトの反故《ほご》紙を手帳大に裁断したものだった。

メモを鞄のポケットにしまい込んで、路子は立ち上がった。

部屋を出て、詰所の前を通り、二〇六号室へ向かう。

入室すると、光村とかいう初老の女が、蜜柑《みかん》の皮を剝きながら「おやおや」とおかしな挨拶《あいさつ》をした。路子も頭を下げた。

佳枝は、窓際の丸椅子に座ったままで居眠りをしていた。彩乃はいつもどおり、窓のほうを向いた横臥の姿勢で全身を強ばらせている。ときおり、肩が痙攣する。

路子は、老女と彩乃のベッドの間に身体を滑り込ませた。

彩乃の肩に手を乗せた。

彩乃がひときわ大きく痙攣した。

「だれ」

涙声だった。

「お姉ちゃんだよ」

路子が告げると、彩乃はゆっくりと首を回して路子を見た。路子も彩乃の顔を見た。不思議な表情がこびりついている。顔を左右に分割して、右側だけを数ミリ上へずらせて貼りつけなおしたみたいだ。痛みを忍ぶために頰を歪めていたのが固定されてしまったのか。

彩乃がよろよろと手を伸ばし、路子の手を取った。握る力が弱い。路子は苛々して、自分のほうから握ってやった。皮膚は乾いていて、そのくせ中身はぶよぶよと水気の多そうな手応えだった。腐りかけの柿《かき》にドライヤーをかけたらこんな感じかな、と思った。

窓から西日が射し込んで眼を開けていられなくなるまで、路子はそこに座っていた。

9

平日昼間は路子。朝晩と休日は肇。この分担が当たり前のものになっていた。

肇と二人で過ごす時間が減るのはありがたかったが、相談もせずにこんなルールがひとりでに出来上がったことは、内心おもしろくなかった。まるで、事前に何も取り決めなくても互いに状況を理解しあって自然に持ち場へと別れてゆく戦友みたいではないか。

その日は休日で、だから路子は家にいた。リビングの床で、猫の背中を手櫛《てぐし》で梳《す》いてやりながら、夕食の献立を思い巡らしていた。

電話が鳴った。病院からだろう。路子あてに電話が入るとしたら、他には考えられない。

肇に関しても、「休日昼間は不在」という認識が関係者一同に定着しつつあり、滅多なことでは電話などかかってこない。会社からはなおさらだ。路子はうすうす感づいていた。

肇は会社の仕事を疎《おろそ》かにしている。会社も、もう営業部長江藤肇は以前のように有能な管理者としては計算できないと考えはじめていることだろう。取締役になるのが肇の目標だと日出子に聞かされたことがあるが、その目標はもはや頓挫《とんざ》したようだった。

路子は猫を床に降ろし、緩慢な動作でテーブルの上のコードレス電話機を取った。

『江藤様のお宅でしょうか』

聞きなれない女の声だった。責任感の強そうな、中年にさしかかったぐらいの年配の女性。強いて例えるならば、日出子の声に少し似ていた。

「そうですけど」

『お休みのところ畏れ入ります』

女は肇の会社の名を言った後、こう続けた。

『高科と申しますが、江藤部長はご在宅でしょうか』

「父は……」

病院ですが、と愛想なく機械的に答えるのが、肇の職場からの電話に対する路子の決まり切った応対の台詞だった。それが咄嗟《とっさ》に出なかったのは、その台詞があまりに久しぶりだったのと、相手の名乗りに虚を衝かれたからだった。

路子は、「高科」を男性社員だと思い込んでいた。

「病院、ですが」

ようやく答えることができた。

『さようでございますか。たいへん恐縮ですが、ご連絡を頂戴するわけには参りませんでしょうか』

　高科は落ち着いた口調で聞いてきた。

　──高科が電話してきた時だけ、俺を呼べ。

「はい、少し時間はかかりますが」

『ありがとうございます。本日中でしたらいつでも結構ですので、職場のほうにお電話いただければ、とお伝えくださ い』

　初めての「高科」からの電話だ。何か重大な問題でも発生したのだろうか。

「何の件でと伝えたらいいですか？」

『梶山食品様との契約の件で、とお伝え願えれば、部長にはおわかりいただけるかと』

「わかりました」

『よろしくお願いいたします。失礼します』

　電話は静かに切れた。

　路子は急いで病院の番号をプッシュした。二階病棟の看護師詰所から肇を呼び出してもらう。

『あ、いらっしゃったわ』

　電話に出た看護師が明るい声で言い、すぐに肇に代わった。二一二号室は詰所のすぐ近くだが、それにしても早すぎる。

『路子か』

勢い込んだ声。聞かなくてもわかっているだろうに。

『今、俺も電話をしようとしてたところだ』

ちょうど病室を出たところだったのだろう。それで早かったのか。

「何か用？」

反射的に路子は聞いた。

『すぐ来い。母さんが目を覚ますかもしれん。反応があった』

電話はすぐに切られた。いつもながら愛想がない。

しかし、話の内容は予想外だった。

確かに、「いよいよ危ない」などという悪い知らせではないことだけは予感していた。

逆の意味で驚かされた。いい知らせだとは。

急いで身支度をし、猫に餌《えさ》を与えて家を出た。

出たところで、高科からの電話のことを伝えそびれたのを思い出した。そもそもの用事はそれだったのに、肇の意気込みに呑み込まれて忘れてしまっていた。ただ、今日中に連絡がつけばいい、ということだったから、病院に行ってから伝えても問題はあるまい。

それよりも、日出子に回復の兆しがあったことのほうが今は重要だ。

バス停まで歩きながら路子はふと、そういえばなぜ悪い知らせではないと直感していたのだろう、と疑問に思った。が、すぐにバスが来たから、その続きを分析することはできなかった。

二一二号室に飛び込んだ路子を待っていたのは肇と、百分の一パーセントすらも変化していないように見える日出子の姿だった。

「遅い。すぐに来いと言ったはずだ」

肇は振り向き、罵声を浴びせかけた。

「これがせいいっぱいだもの」

不満を鳴らしながら路子はベッドのそばへ歩を進めた。

「どうしたの？　目、覚ましたの」

尋ねると、肇の怒りの色は瞬時にして消え失せ、路子がかつて見たこともないような充実した笑顔が姿を現した。

「母さんがな。指を動かしたんだ。俺は見た。確かに見たぞ」

「指を？」

「おお。こうやってな」

　肇は路子の目の前に右手を突き出し、人差し指以外の四本を握ってみせた。

「俺を指差すみたいな格好をした」

　路子は後ずさりした。肇の人差し指が自分の心臓をめがけて突き刺される戦慄《せんりつ》に絡め取られていた。四角張った爪が胸の皮膚を破り、肋骨《ろっこつ》の間を巧みに通り抜け、心筋に穴を開けて血だまりをかき回す場面が、網膜の上で鮮明に繰り広げられた。思わず、右手を壁についていて身体を支え、左手で両眼を庇《かば》っていた。

「どうした？」

　肇が案じて尋ねてきた。その言葉は路子の目眩《めまい》にむしろ拍車をかけた。

「なんでもない」

　やっとのことで路子は答えた。肇は「そうか」と納得し、自分の横に座るよう指示した。路子は従った。肇と並んで仲良く日出子を見守るなど本来なら願い下げだが、今はとにかく立っていられない。

　路子が腰を降ろすと肇は、

「今度は眼を開けるかもしれん。手の動きも見逃すなよ」

と、いかにも気力横溢《おういつ》といった表情で言う。

　奇跡が起こるのだろうか。鷺森の処置が奏効したのか。肇の適切な看護が日出子の意識を呼び戻そうとしているのか。あるいは——あたしの執念が、この人の命を死の淵《ふち》から引きずり出したのか。

そういえば……。

「そういえば、今日は成人式か」

内心の呟きと同じ単語を肇に言われ、路子は狼狽した。

「それが、どうかした？」

「おまえも今年だろうが」

何をいまさら。路子は苦笑した。別に望んで今年迎えるわけではない。そもそも、肇の出産計画が成功していれば、江藤家第一子の成人式は来年度のはずではなかったのか。

路子が黙りこくっていると、肇が言い足した。それは、過去に例のない台詞だった。

「何もしてやれなかったな。すまん」

身体の中を異様な感覚が走った。敢《あ》えて言えば、恐怖にもっとも近かった。路子は肇を見た。怯えた眼になってるな、と自分でも気がついていた。

肇は、気がついていないようだ。

「おまえ、着物を着たことがないだろう」

路子は小刻みに頷いた。震えていただけかもしれない。

「母さんは若い頃、着物がよく似合う女だった。知らんだろう」

知るわけもない。

「今度、披露宴の時の写真を見せてやろう。白無垢《しろむく》から振袖に着替えた時のやつをな」

見たくない。見せられたくない。

「おまえは背が高いからな。和装はあまり似合わんかもしれんがな」

そんなこと、どっちだっていい。

「しかし、顔の上半分は母さんそっくりだ。晴れ着のひとつも着せてやればよかったな」

誰が誰にそっくりだって？

路子は肇の顔に視線を固定させたまま、唇を舐《な》めたり、額に手を当てたり、手で耳を覆ったり、脚を組み替えたり、思いつく限りの細々とした所作を繰り返していた。所作が途切れた瞬間、命が絶たれてしまうような気がした。

「どうした」肇が首を傾げた。「怒っているのか。仕方ないだろう、母さんがこんな状態なんだからな」

「別に……気にしてないから」

平坦《へいたん》な口調で答えて路子は立ち上がった。

「高科さん、今日中に梶山食品の契約のことで会社に電話くださいって」

家から持ち運んできた用件を、ごく簡単に伝えた。あまり複雑な言辞を弄《ろう》するだけの余力がなかった。

「そうか」肇は落ち着き払って言った。「あいつに任せておけば間違いない」

「そう」

路子はよろよろと戸口へ向かった。

「どこへ行く」

肇の咎める声を背中で聞いた。

「ちょっと気分悪い……表に出てくる」

振り向かずに廊下へ出た。

病院の正面玄関の脇に、二本の桜の木と小さな花壇があって、申し訳程度にベンチも置かれている。路子はそこで息をついた。

寒かった。

空は気が遠くなるほど澄みきっていた。吸い込まれそうだった。

掌《てのひら》を見た。

感情線が貧弱で、生命線も短い。もっとも、路子は手相など信じてはいない。

ただ、ひとつだけ気になった。

日出子の手相もこんなだろうか。

さっき、病室にいたたまれなくなったのは、肇の言うことがいちいち正鵠《せいこく》を射ていたからだ。路子の顔の上半分は日出子似だ。髪の色も質も全く同じだから、髪型を揃えたら双子みたいになってしまう。手入れの面倒さをおして髪を伸ばしているのはそのせいだ。

さらに言うなら、顔の下半分は大袈裟《おおげさ》なほど肇に似ている。

ご両親そっくりですね。他人に言われるたび、路子はむきになって否定してきた。認めたくなかった。否定しても否定しても払拭《ふっしょく》できない事実だからこそ、認めたくなかった。

また、掌を見た。

人体は数十兆の細胞で構成されていて、細胞の中には遺伝子があるという。遺伝子は両親から受け継がれたものだ。

この江藤路子の肉体の中に、江藤肇と江藤日出子の遺伝子が息づいている。路子の半分は肇であり、半分は日出子だ。

二人を殺しても、自分が生きている限り、自分の中で二人は生き続ける。二人を憎むがゆえに復讐を行うならば、その刃は自分にも向けざるを得ない。それが当然だし、そうすべきだと思ってきた。ずっと思ってきた。

ほんとうなら、今日のこの日のためにこそ、ずっと思ってきたのに。

次の日の夕方、日出子の看護を肇と交替して帰宅すると、路子あてに手紙が届いていた。リビングのファンヒーターの前で開封した。

相沢和子《あいざわかずこ》という差出人の名前には覚えがなかったが、住所でわかった。東京での事件の際に路子を面接した女性の警察官だった。書き手の有能さを彷彿《ほうふつ》させる筆跡に彩られた封筒の中は、白い便箋《びんせん》にワープロ打ちされた手紙。

『前略

寒い毎日ですがいかがお過ごしでしょうか。

あなたが事件の後遺症に悩まされていないかと案じながら、これを書いています。

忘れなさい、と私はあなたに言いましたが、おそらくあなたは忘れられずに苦しんでいることと思います』

忘れられない、という部分は当たっていた。苦しんでいるのも間違いではない。だが、相沢が想像しているようなことではない。

『悩みや苦しみから逃げられない時は、一度正面きって向き合うのもひとつの方法です。思い出したくもない記憶をわざと反芻《はんすう》することで、初めてその記憶の置き場所を決めることができる場合もありますから。

忘れようとしているなら、この先を読まずに捨ててください。思い出すつもりなら、読んでみてください』

一枚目は大きな余白を残して終わっていた。

迷わず便箋をめくった。二枚目以降は、路子が死に至らしめた男についての説明だった。

男の名は木田繁治《きだしげはる》といった。三十九歳。大手消費者金融の支店長。もと調理師。

傷害と婦女暴行の前科があった。調理師時代に働いていた店で、些細《ささい》なことから仕事仲間と言い争いになり、包丁で相手を刺した。最初に刃物を摑んだのが木田だったのか相手だったのかは定かではなく、もみ合っているうちに怪我を負わせてしまった、というのが喧嘩の状況だったらしい。それだけなら大した罪状ではなかったが、そのあと木田は、腹を押さえて床に突っ伏した相手の腕を摑んで指を切り落とした。居合わせた他の同僚の証言によると、そのとき彼は笑っていた。

婦女暴行は、人気《ひとけ》のない夜の道で仕事帰りのＯＬを襲ったもの。すぐに通行人が発見して警官を呼んだため、ことなきを得た。最近の一連の事件で彼が被害者の部屋へ侵入する方法を取っていたのは、この時の失敗を教訓にしたのだろう。

さらに溯《さかのぼ》れば、高校時代から暴力嗜好癖《しこうへき》があったことが確認されている。普段は頼りないぐらい冷静だが、怒り出すと手がつけられなかったようだ。事件にこそならなかったが、学校でも揉《も》めごとが絶えなかったらしい。

ごく一般的なサラリーマン家庭で育った。一般的なサラリーマンの常として父親は毎日帰宅が遅く、息子との対話がほとんど持てなかった。母親は、思春期以降の男子への対処方法に長《た》けているとは言えなかった。だが、こんなことはどこの家庭にもある話で、その環境で育ったがゆえに木田が人生を踏み間違えたなどと擁護する根拠にはならない。簡単に言えば、同情に値する材料は何もなかった。

今回の連続事件に関しては、明るみに出ているものだけで八件あり、被害者が泣き寝入りをしているものも含めればその三倍は下らないだろうと推測されている。二人殺していることを考え合わせると、仮に起訴されていれば死刑の可能性も高かったろう。

相沢和子は書く。

『木田を法で処罰できなかったことは心残りです。おそらく彼は、自らの所業を反省する間もなく死んでしまったのでしょうから。

彼は病死しました。その若さがやや普通ではないとは言え、あまりにも当たり前の死でした。あまつさえ、最期の悪あがきのごとく、あなたの心に深い傷を残しました。

警察官としての立場を逸脱しているとの非難を恐れずに言うならば、あなたや、他の被害者が木田と出会う前に、私自身の手で正義の鉄槌《てっつい》を下したかった。それは正義とは呼べないかもしれませんが、あなた方に無用の苦しみをもたらすことだけは避けられたのにと思うと、悔しくて、己の無力さが嘆かわしく思われます』

手紙はさらに、今後は事件のことを取り扱わないよう報道機関に依頼したこと、殊に木田が死亡した現場に路子が居合わせたことはいっさい漏らしていないこと、それでもなおかつ路子の存在を嗅ぎつけたマスコミが路子の生活を脅かすようであればすぐに相談してほしいこと、などを書き綴《つづ》り、最後に、

『あなたがこの手紙をここまで読んでくれたということは、事件の記憶から逃げずに、それを乗り越えて行こうとする勇気を持たれたことだと解釈し、安心して筆を擱《お》きます』

と結ばれていた。

末尾の署名には相沢の肩書きも記されていて、女性警察官だけで構成された、性犯罪を専門に担当するチームの一員だとわかった。

読み終えて、路子は手紙を封筒に戻した。

猫がすり寄ってきた。

(正義の鉄槌、か)

いい言葉だと思った。自分はこの指で正義の鉄槌を下したのだと思った。

その思いを頭の中で文章化してみた。

アタシハコノ指デ正義ノ鉄槌ヲ下シタノダ。

見たこともない外国語のようだった。末尾の署名を見る。電話番号も書かれている。

もう一度、手紙を取り出した。路子は電話機を手に取った。たどたどしい手つきでダイヤルボタンを押す。

若い女性が出た。路子は尋ねる。

「相沢さんはいらっしゃいますか」

『あいにく外出しております。本日は戻りませんが、何か？』

「そうですか」

『他の者でよろしければお聞きしますが』

「いえ、けっこうです。失礼しました」

会話は十数秒で終わった。

アタシガ正義ノ鉄槌ヲ下シマシタ。

そう明かしたら、彼女は褒めてくれるだろうか。よくやってくれた、これで溜飲《りゅういん》が下がったと喜んでくれるだろうか。

それとも、そんな外国語は理解できないと一蹴《いっしゅう》されるだろうか。意味の通る言葉で説明しろと求められるだろうか。

アタシガ木田ヲ殺シマシタ。

これなら通じるはずだ。

あたしが木田を殺しました。木田繁治三十九歳消費者金融の支店長もと調理師を殺しました。殺しました殺しました殺しました。

不意に、成人の日に病室で感じたのと同じ目眩が路子を襲った。身体を起こしていられない。路子は膝で床を這《は》い、革張りのソファにすがりついた。背もたれに顔を突っ伏して闇を作り、言葉から逃れようとした。

闇の中に、福笑いのような男の死体が姿を現した。それが、記憶にある唯一の木田繁治だった。路子は、生きている木田を見たことがなかった。

死体が動きはじめた。

体操のように手足を曲げ伸ばししている。正常に動くかどうか確かめている。顔を構成している各部品も元の位置に戻り、喜怒哀楽の表情を浮かべる練習をしている。

木田が立ち上がった。

歩く。走る。止まる。

厨房《ちゅうぼう》に立って包丁を握る。火傷しそうなほど真っ赤な牛肉を薄くスライスしている。

白い服の袖で額の汗を拭《ぬぐ》う。

オンライン端末の前に座る。キーボードを叩いて貸金の回収状況を調べている。画面を見て舌打ちし、周囲に向かって当たり散らす。

夜、緩やかな上り坂で物陰に潜む木田。

取り調べを受けながらも小さな笑いを引っ込めようとしない木田。

身を震わせる半裸の女の傍らで悠然と煙草を吸う木田。

そして、カーテンの裏側で路子の足音やドアの開錠音を待ち続ける木田。

知らないはずの木田の姿が路子の闇をかき回した。

闇が渦を巻き、渦の底から別の人影が迷い出てきた。

新たな影の前で木田は倒れ、生きた人間から死体へと戻った。

死体の背に影が覆い被《かぶ》さった。両者は一体となった。

再び起き上がった時、死体は路子になっていた。あの日、夜の繁華街で振り切ったはずの、もう一人の路子だ。

冷笑をたたえた路子が、闇の奥から指を差す。路子は逃れようとする。逃れられない。もう一人の路子は自分の内部に巣食っているからだ。差された指が腹の中で蠢《うごめ》く。一本の指が二本、三本と増殖し、やがて無数の指が内臓を食い荒らす。路子は絶叫をあげようとする。声が出ない。喉《のど》も食い破られている。砂で造形された人形のように肉体が崩れ落ちる。実体のない意識だけがそれを観察している。

誰かが闇を揺り動かした。

「おまえ、何をやってるんだ」

肇の声だった。

路子は眠りから醒《さ》めた。溺《おぼ》れそうなほど汗をかいていた。頭を振る。うまく働かない。

「早かったね」

思考という過程を経なくても取り出せる台詞を咄嗟に吐く。商品ではなく店先の陳列ケースに飾られた見本のような台詞。

「馬鹿か。もう九時だぞ」肇がネクタイを緩める。「なんだ。手紙か」

「なんでもない」

封筒を握って立ち、肇の横をすりぬけて台所へ向かう。すぐ用意するから、と弁解して、湯沸かし器に火を通す。

「急がなくていい。それほど腹は減ってない」

同じく弁解のように肇は言い、着替えのために寝室へ入った。

路子は流し台で顔を洗った。洗いながら、今夜も同じ夢を見るような予感を抱いた。

日出子のそばについているよりも彩乃の苦悶を見守っている時間のほうが長い——そんな錯覚がある。

今日も路子は二〇六号室にいた。まだ正午前なので佳枝は来ていない。

彩乃の疼痛は、痛みそのものが酷くなるのと並行して痛む部位が増えはじめていた。最初は腰の部分だけだったようだが、今は背中の中ほどや上部にも痛みがあるらしい。一か所にでも強い痛みを与えられれば、人間は自由を失う。それが全身に広がっているのだ。腰から下の感覚が失われていることがせめてもの救いとなっているのが皮肉だった。

同時に、時おり咳《せ》き込むようになった。咳の反射で身体に力が入り、それがまた痛みを助長しているようだ。

「そろそろ諦めたらどう?」

路子は提案する。

「いくら我慢したって、酷くなるだけじゃない。つらいでしょ?」

彩乃は布団に顔を埋めたまま、答えない。痛みに気を取られていて聞こえなかったのかもしれない。路子は丸椅子から降り、冷たい床に膝をついて、彩乃の顔を覗き込んだ。

「もう死にたいと思ったって、誰も不思議には思わないわよ。楽になれば?」

ようやく、微《かす》かに首を横に振る。路子はかぶりを振って椅子に戻る。強情な子だ。

ぺたぺたと吸いつくような足音が入室してきた。顔を上げると、馬淵とかいう若い看護師だった。興味なく視線を彩乃に戻した路子へ、しかし馬淵は一直線に近寄ってきた。

「江藤さん、お電話。詰所にかかってます」

短く言い置いて彼女はすぐ退散した。路子は立ち上がった。

「おねえちゃん」

彩乃がか細い声で呼んだ。すぐ戻るわよ、と答えて、路子は病室を出た。

電話は佳枝からだった。

『よかった、いらっしゃったわね』

「あたしに……何か?」

『あなたにお願いしたいことがあるのよ』

どうしても抜けられない急用で、今日の昼食には間に合わない。彩乃が残さず食べるよう見ておいてほしい。それが依頼内容だった。

『他人に頼むようなことじゃないんだけど、助けると思ってお願いできないかしら』

丁寧に、かつ有無を言わさぬ口調で佳枝は念を押した。路子は強いて断る気もなかった。

了解を伝えて彩乃のそばへ戻った。

「ママから電話。急なご用で今日のお昼は来れないって」

路子は、なんの工夫もせずに事実だけを彩乃に伝えた。

彩乃が眼を開いて路子を見た。まるで、今の言葉にはまったく別の意味が隠されていて、その種明かしを路子がしてくれるのを待っているかのようだった。

「聞こえた？　マ、マ、は、こ、な、い、の」

種も仕掛けもありません、とばかりに、路子は両手を振ってみせた。

彩乃は眼を閉じ、肩をすぼめた。一心に考えごとをしているみたいに見えた。

くきっ。

歯ぎしりの音が漏れた。

それから、また瞼を開いた。

小さな声だった。路子はさっきと同じように床に跪《ひざまず》いた。

「おねえちゃん」

「なに？」

「病気、なおらないのかな。彩乃のせいで。だからママ、おこって、来ないのかな」

「馬鹿じゃないの」

彩乃の言葉が終わらないうちに路子は言い返していた。

「用事だって言ってるでしょ。つまんないこと考えるの、やめなさいよ」

「うん……」

彩乃が眼を閉じた。いつもの、半分歪んだ表情に戻った。

路子は自己嫌悪を嚙みしめていた。

――病気、なおらないのかな。

――つまんないこと考えるの、やめなさい。

これが？　これが彩乃とあたしの会話か？　こんな手垢にまみれたよそ行きの会話が？

駄目だ。今の発言は思考を経ていない。どうやら、頭の中でもう一人の路子に邪魔をされて、思考能力が低下しているらしい。

戸口から昼食のワゴンの物音が聞こえた。許しを乞うような眼で彩乃が見上げた。路子は視線を合わせずに立ち、彩乃の氏名札が乗せられたトレーを持ってきてやった。玄米よりも質の悪そうな白米、油をほとんど使わない野菜炒め、妙に形の整った卵焼き、椀の底が見えそうな味噌汁。温かいだけが取り得だった。トレーをテーブルに置き、ベッドの下のハンドルを回して上体を起こしてやる。

「今日はお姉ちゃんが見ててあげる」

言いながら路子は、床頭台の上のボトルからキャラクターものの湯飲みにどくだみ茶を汲んでやった。彩乃は湯飲みから目を背けた。

食べたくないのだ。身体の具合と病院食の出来映えを考え合わせれば、まあそれが普通だろうと路子は思った。そもそも、いまさら残さずに食べたからといって肉腫を追い出せるわけでもなかろう。無駄なことだ。

「食べたくなければ置いときなさいよ。別にあたしが困るわけじゃないから」

路子は言い捨てた。

彩乃が情けない眼で路子を見た。どしゃ降りの中で置き去りにされたような眼だった。

路子は三年生の春休みの誕生日を連想した。

「食べないと、ママにおこられる」

「このまま下げちゃえばわかんないわよ」

「ママ、あとで看護婦さんとか、給食のおばさんに聞くの。いつも。だから」

給食のおばさんというのは配膳係のことか。あるいは厨房の栄養士かもしれない。さすがに佳枝だ。徹底している。反抗心が芽生えた。

「じゃ、お姉ちゃんが食べてあげる。こっそりね」

「ほんと?」

久しぶりの嬉しそうな顔。久しぶりの弾んだ声。こんなつまらないことで。

「ほんとほんと。共犯だからね。二人でママを騙《だま》すんだから」

路子は小声で言い、ベッドの周りのカーテンを引いた。薄い布とはいえ、これで外界から閉ざされた二人だけの空間になった。

まず彩乃に食べたい物だけを食べさせ、残りの大部分を路子が平らげた。予想したほど不味くはなかった。ただ、急いでかき込んだ。肇みたいな食べ方だなと苦笑した。食べ終わると、脱兎《だっと》の如くワゴンにトレーを戻した。

ハンドルを逆に回し、彩乃を横たわらせた。

彩乃は小さな笑顔を保っていた。あからさまな笑顔を作ってしまえば、腫瘍がそれを察知して、悪意に満ちた更なる疼痛を送り込んでくる。それを警戒しているような慎重な笑顔だった。目もとや頬が湖畔の風のように蒼白《あおじろ》かった。

路子が見つめていると、彩乃は掛け布団を頭の上まで引っ被って顔を隠した。

その布団の内側から囁《ささや》きかけてきた。よく聞き取れなかったが、おそらく自分を呼んだのだと判断して路子は耳を寄せた。

「なあに？」

「おねえちゃん、変わってるね」

路子はいささか気分を害した。

「どこがよ」

「がんばらなくていい、って言うの、おねえちゃんだけだ」

答えるべき言葉を路子は持たなかった。いよいよ時が来たのだと知った。

「おこらない？　彩乃、痛いって、言っても」

路子は頷く。彩乃には見えないとすぐに悟り、答えの代わりに布団の上から頬に触れる。

「笑わない？　ママに言わない？」

「言わない」

その途端、布団の中からすすり泣きが聞こえはじめた。

痛いよ。痛いよ。

おねえちゃん、痛いよ。彩乃、痛いよ。

あちこち痛いよ。

なんで、こんなに痛いの。

痛いよ……。

彩乃は泣き続けた。懸命に声を押し殺しているのは大部屋だからなのだろう。

路子は布団ごと彩乃を抱きしめた。

「我慢できないでしょ？　楽になりたいでしょ？　あたしの力が必要でしょ？」

矢継ぎ早に質問を浴びせかける。夏の盛りに舌を出して息を荒らげる犬のように。

「まだ、がまんできるよ……痛いけど、がまんできる」

彩乃は拒否する。路子は落胆する。どこか甘美さの残る落胆。楽しみは実現してしまえば楽しみではなくなってしまう。空腹は最大の調味料だ。

それからたっぷり一時間以上、彩乃は痛みを訴え続けた。そのあと、少し治まったのか顔の歪みが取れ、まもなく眠りに入った。疲れきった寝顔だった。

カーテンの中の空間に佳枝が入って来たのは、それからまだ三十分ほど経ってからだった。歯切れよく響く高い足音に路子は思わず立ち上がり、佳枝が口を開く前に告げた。

「いま、寝てますから」

佳枝は厳しい表情を崩さない。

「そう……ごめんなさいね、面倒なことをお願いして。それで、残さず食べた？　この子」

「ええ。全部残さず」

路子は強い調子で即答した。引き続いて、ドアの隙間を猫が脱け出すように、隠しておいた言葉が口をついた。

「どうして我慢させるんですか？」

「なんのことかしら」

佳枝が下唇を突き出して問い返す。眼を大きく見開いている。眼球が奥に引っ込んで見えるほどだ。

「痛いのを我慢して、それで病気が治ると思ってらっしゃるんですか？」

「江藤さん」

佳枝は唇を舐めた。

「彩乃はわたしの娘です。よけいな口出しは結構よ」

当然だと言いたげだ。

「耐えられなければ、わたしの子ではないわ」

――あなたは、とてもわたしの娘だとは思えないわ。

佳枝の眼の奥に日出子が透けて見えた。

「ご自分のお子さんなら、どう扱ってもいいって言うんですか」

「なにをむきになっているの。あなたには関係のないことよ」

「関係があるかないかなんて、それこそ関係ないじゃないですか」

「あなたも子どもを持てばわかるわ」

「子ども？」

あたしの子ども？

肇と日出子の遺伝子を再生産せよと言うのか？　このあたしに？

「話をすりかえないでください。持てばわかる？　何がわかるんですか。子どもなんて可愛くもなんともないってことがですか」

声が高くなった。佳枝が眉間に皺《しわ》を寄せた。

「静かにして。目を覚ましたらどうするの」

佳枝の落ち着いた態度が癪《しゃく》に障った。

路子はわざと肩をぶつけて佳枝の傍らをすり抜けた。カーテンを撥《は》ね上げ、肩越しに佳枝を振り向いて目で誘い、彼女の応じるそぶりを確認してから戸口へ向かった。いつか鷺森に案内された一階の喫茶室へ行くつもりだった。

しかし佳枝は、階段で路子に追いつくと勝手に昇りはじめた。下り階段へ足を踏み出していた路子は虚を衝かれ、慌てて後を追った。

屋上は吹きさらしだった。物干し竿のシーツが翻る。まだ生乾きなのか動きが重い。

ジャンパーを置いてきた路子は震え上がった。少しでも風を避けようとして給水塔の陰に入った。佳枝は病室に入ってきた時のまま、脱いだコートを腕に抱えていたが、それを着ようともしなかった。強いて我が身を寒風に晒そうとしているかのように。

互いに手を伸ばしても届かない距離を隔てて、二人は向かい合って立っていた。

路子の髪が頬をなぶり、眼や口にまとわりついた。耳の後ろにかけてもすぐにさばけてしまう。ゴムを忘れたのは失敗だった。暴れる髪を左手で押さえながら路子は言った。

「実の娘さんが苦しんでいるのを見るのは楽しいですか？」

「そんな大声を出さなくても聞こえてよ」

佳枝は挑発に乗らない。

「彩乃は苦しまなくてはならないの。そうでないと赦《ゆる》してもらえないのよ」

「あの子が何をしたって言うんですか」

「何も」

「じゃあ、どうして」

「あの子が」

佳枝の顔に盤石の確信がみなぎっていた。

「人殺しの子だからよ」

——アタシガ木田ヲ殺シマシタ。

思考が停止する。身体に力が入らない。それでも路子は、懸命に姿勢を維持した。倒れるわけにはいかない。必死だった。

「おかしなこと、言わないでください。誰が、人を殺したっていうんですか」

「わたし」

あっさりと佳枝は答えた。路子は言い返す。

「嘘」

「本当のことよ」うすら笑い。「あなたみたいに幸せそうなお嬢さんにはわからないでしょうね。人殺しの気持ちなど」

「それは」

わかる。福笑いのような顔の男に追い詰められる時の気持ちだ。路子は妄想を振り払う。

「でも、信じられない……信じられません。それに、あの子の病気とどう関係が」

「わたしは償わなかった。償えなかったのよ。その報いを彩乃の身体が受けたんだわ」

この人はあたしのことを言っているのか。路子は猛烈な焦燥感を覚えていた。

——あなたのお母さんも、早くよくなるといいわね。お互い、がんばりましょう。

あたしが弟や動物たちを殺してきた報いを日出子が受けたとでも言うのか。

風の向きが乱れ、渦を巻いた。路子は髪を押さえる作業を右手に切り替えた。小指の腹が鼻の頭に触れた。金属のように冷たい。

「江藤さん」

覚えたばかりの知識をひけらかして喜ぶ幼児の顔で、佳枝が一歩近寄ってきた。

「人間って、直接手を触れたり凶器をふるったりしなくても、人を殺せるのよ。ご存じ？」

愕然とした。

あたしと同じ力を持っているのか？

初めてめぐり逢う同類なのか？

路子は再び左手で髪を押さえた。右手を背中に隠し、密《ひそ》かに人差し指を立てる。負けられない。あたしには、彩乃を苦痛から救ってやる使命がある。

「そして罪に問われることもない。わたしはね、江藤さん。たったひとこと口にするだけで、友だちを殺したのよ」

「おっしゃる意味がわかりません……」

「そう。なら、教えてさしあげるわ。誰に話してもかまわないわよ。ぜんぶ事実。その上、わたしは償いたくても償えない。仮に償えるとしても、もう二十年も前の話だものね」

額も頬も首すじも、どんどん金属になってゆく。血の通わないロボットになってゆく。人間でいられる間に話し終えてほしい。そんなことを考えながら、路子は佳枝の話を聞いていた。

友人を殺した時、佳枝は高校一年生だった。

小学校時代からの親友だった。苗字の頭文字が同じで、一緒のクラスになると必ず名簿が隣り合わせになり、授業の課題などでもよく同じ班になった。

その親友が、高校でいじめの標的にされた。原因はささいなことだった。もう覚えてもいない。原因など何もなかったのかもしれない。ただ、陰湿で、執拗で、徹底的だった。彼女は耐えた。わたしだったら逃げ出すだろうな、と佳枝は感心し、嫉妬もした。しかし間もなく、感心や嫉妬どころではなくなった。彼女と親しいという立派な理由で、佳枝が新たな標的になりつつあった。怖かった。自分には耐えられないと思った。佳枝は大急ぎでいじめる側に回った。

胸が痛んだ。その痛みも初めのうちだけだった。彼女は強い。逞しい。いじめにも屈しない芯の堅さを持っている。自分にはそんなものはない。彼女は恵まれている。持って生まれた強さに恵まれている。だからいじめられても耐えられる。それが当然だ。そんな人間はいじめてもいいのだ。いじめられるべきだ。そうよ。そうあるべきよ。

――話したいことがあるの。

そう言われて校舎の屋上へ二人で上がった。金曜日の放課後、涙の出そうな夕焼けだった。

――こっちのほうが空がきれいに見えるわよ。

屋上の外周フェンスから身を乗り出して見上げて言い、親友は佳枝を振り返った。佳枝は、ここでいい、と答え、階段から屋上へ出る扉のそばを離れなかった。親友は淋《さび》しそうな顔で佳枝に歩み寄った。

——ねえ、佳枝。あたし、もう耐えられない。死んでしまいたい。

彼女がそんな弱さを持つ普通の人間であることが、佳枝には認められなかった。認めれば、彼女をいじめていた自分を正当化できなくなる。

「死ねば？」

佳枝は笑って言った。

「死ぬ死ぬって騒ぐ人に限って死んだためしがない、ってよく言うみたいよ」

これは励ましなのだと自分に言い聞かせながら。

次の日、親友は校舎の屋上から飛び降りた。

「その報いが今の彩乃。わたしの罪のぶんだけ苦しめば、あの子は治るの。絶対に治る」

佳枝は叫ぶ。その瞳の中にふだん以上に強い意志が宿っているのを路子は見た。いや、それはすでに意志ではない。狂信だ。

「そうとでも考えないと、あの子だけがこんな酷い病気になった理由がないもの」

「本気で……言ってるんですか……」

聞くまでもない。佳枝は本気なのだ。

路子は右手を身体の前に出した。左手で人差し指を握る。解放された髪が踊った。

「もし、言葉だけで人を殺せるようなほんとの超能力があったら、あたしならあの子を楽に死なせてあげると思います」

路子は難詰の口調で言い放った。

「さっきも言ったけれど、あなたも子どもを持つ身になればわかるわ。きっと」

「わかりません！」

路子が叫ぶと、佳枝も叫び返した。

「わたしが何も感じていないとでも思ってらっしゃるの？　本当にわかっていない人ね。子どもが可愛くない親がいるとでも？　代われるものなら代わってやりたいのよ！」

——それができるもんなら、そうしたいわよ。

どうして親という種族は、できもしないことを仮定法で言いたがるのだろう。

また風向きが変わった。それを合図とするように、佳枝の口調が戻った。

「江藤さん。彩乃は、わたしのすべてよ」

「だったら」

「あの子が苦しむ姿を、わたしは見届ける。そして、もしあの子が死んだら」

佳枝が、角度にしてほんの十度ほど首を動かした。屋上の外周フェンスを示そうとしていることはすぐに察しがついた。

路子が何も言えずにいると、佳枝はフッと息をついた。そして、

「戻るわ」

そう言うと、階段の降り口へと歩いた。路子とすれ違っても、見向きもしなかった。

路子は取り残された。俯《うつむ》いて、左手の甲を口に押し当て、皮膚をつまむように嚙んだ。

佳枝は、歪んだ贖罪《しょくざい》のために彩乃を犠牲として捧げようとしている。あたしはその地獄から彩乃を救い出すことができる。

顔を上げた。

寒風の中でフェンスが佇《たたず》んでいる。

五階建ての屋上。飛び降りるには充分だ。

だが、身長より高いあのフェンスを乗り越えるのはかなりの難事かもしれない。

フェンスが佇んでいる。あたかも、路子の決意を阻止しようと立ちはだかるかのように。

10

「指を、ですか？　日出子さんが？」

口を挿《はさ》んだきり、鷺森は難しい顔で路子の話を聞いていた。聞き終わると日出子に目をやって、ため息をついた。

「お父さんには重々説明したつもりではいたんですが」

宝物を失くした時のような表情が気になって、路子は聞いた。

「意識が戻りはじめたんじゃないの？」

「現場に居合わせたわけではないので断言はできませんが」

鷺森はすまなさそうに言う。

「お父さんの目の錯覚ではないでしょうか。今のお母さんの状態で、そんな急激な変化があるとは考えにくい。むしろ……」

鷺森の言葉は尻すぼみになった。

「悪いの？　また出血したとか」

「脳は問題ありません。問題は他の臓器です」

臓器。発音といい字面といい、素晴らしく生々しい単語だ。

「前に、感染症の話をしましたよね」

路子は頷《うなず》いた。気管切開の許可を求められた時だ。鷺森はこうも言った。意識が戻る時のために身体を良好に保つことが大切だと。

「でも先生」その頃と変わらない、単調な呼吸を繰り返す日出子を見つめる。「ＩＶＨだけでずっと生きられるって言ったじゃない」

「理論的にはね。生身の人間は、そううまくはいきませんよ」

鷺森は嚙んで含めるように語った。人体の内外には天文学的な種類と数の病原体が存在する。無論、人体には防衛機構が備わっていて、無条件にそれらの攻撃を甘受しているわけではない。多くの場合、攻撃は不発に終わるか、成功してもほどなく撤退を余儀なくされる。だが、ひとたび身体が惰弱化すれば、敵の攻撃は完遂される。

確かに、日出子の身体には現在、生存に必要十分な栄養が送り込まれている。だが、新陳代謝はごくささやかなレベルでしかない。微かに動き続けながら徐々に錆《さ》びつつある機械のように、日出子は衰えはじめている。

「寝たきりだから……？」

「そうですね。それに、根拠はありませんが僕の経験上は、同じ寝たきりでも意識が清明な人のほうが感染症への耐性も旺盛です。気力の差とでも言うんでしょうかね」

当面、充分な警戒が必要ですと鷺森は結論めいたことを言い、腰を上げた。

彼の懸念は的中した。

翌日、路子が日出子を訪れると、ちょうど看護師が点滴のパックを装着しているところだった。輸液の色と量がふだんと異なっているのに路子は気がついた。看護師に尋ねると、抗生物質だと言う。

「どうかしたんですか？」

「風邪みたいなものね。詳しくは先生に聞いてください」

愛想なく答え、看護師は出ていった。

路子は時計を見た。昼過ぎだ。

まだ鷺森は外来から戻っていないだろう。診療時間は午前中だけだが、実際に終われるのは早くても午後一時で、二時を過ぎることもざらだ。患者が順調に捌《さば》けていても、ひとつ大きな検査が入るとたちまち予定が狂う。

外来が終わると、どんなに忙しくても彼は昼食を摂る。たとえパンひと切れでも食べる。

「午後から夕方、患者の急変とかで走り回らなくてはならなくなった時、そのひと切れが効くんですよ。体力の持ちが違うんです」

そう言って彼は笑っていた。

その後は病室にいるか、詰所でカルテや検査伝票を書いているかだ。月曜と木曜は、これに手術が加わることもある。金曜は症例検討会だ。どこにもいない時は医局で調べ物をしたり学会発表のためのレポートを書いたりしているらしい。

いつの間にか路子は、鷺森の行動範囲とパターンをすっかり把握していた。

二時を過ぎたら、詰所を覗《のぞ》いてみよう。そう思っていると、二時少し前に彼のほうから病室にやってきた。

「点滴、変わったんですね」

路子は切り出した。前日の鷺森の話から、少なくとも望ましい変化でないことだけは感づいていた。

「昨夜から、熱が少し出ています。白血球もやや多い。好ましくない徴候です」

そして、もし時間の都合がつくならお父さんともお話ししたいんですが、とつけ加えた。

「そんなに悪いの？」

路子は尋ねた。さも驚いた口調だったが、いざ口に出してみると、路子自身、すでにこの日のことを予測していたようにも思えた。

「様子を見なくてはなりませんが」

鷺森は首を横に振ったが、どこか儀礼的な振り方だった。

「肺に来ると厄介です。明日、レントゲンを撮るつもりです」

「あの人、今日も仕事終わったら来ると思う」

「今日ですか」鷺森は少しだけ眉《まゆ》を寄せた。「今日は、僕があまり遅くまでいられないんですよ。すみません」

鷺森が去ると、路子は廊下へ出た。使うことはあるまいと思いつつ持ち続けていた名刺を見ながら、公衆電話の受話器を握った。

肇はいなかった。不在や離席ではなく、部署が変わったのだと言われた。教えられた番号にかけ直すと、肇本人が出た。

用件を手短に伝えると、肇は答えた。

『今からそっちへ行く』

そして一時間足らずで本当にやって来た。

肇を病室の椅子《いす》で待たせて、路子は鷺森を呼ぶために詰所を訪れた。

ガラス窓から中を覗くと、鷺森が看護師の馬淵と笑いながら話していた。

路子は病室に引き返し、ベッドに備えつけのナースコールのボタンを押した。ぷつっ、と天井のスピーカーが鳴った。

『はい』

「江藤です。父が参りましたと鷺森先生にお伝えください」

立ったまま路子は天井に向かって怒鳴った。

「こちらから行かなくていいのか」

肇が見上げながら聞いた。いいわよそんなの、と路子は答えた。

鷺森はすぐに来た。

「わざわざご足労かけてすみません、お時間の空いておられる時でよかったんですが」

「こちらこそ、昼間のお忙しい時間に来てしまいまして」

腰を上げて肇が言った。不慣れなお見合いに臨んだ青年のようだった。

この部屋には椅子が二つしかない。路子は二人に勧め、自らは肇の傍らに立った。鷺森は一礼して腰かけた。

そして、さきほど路子にしたのと同じ説明を、もう少し詳しく話した。肇は神妙な面持ちで聞き、説明が終わると頭を垂れた。

「助けてやってください。お願いします」

そして両手を差し出し、鷺森の巨大な手を取った。真っ直ぐに鷺森を見据えている。真っ直ぐより短い距離がこの世に存在しないことが残念でならない。横顔がそう語っている。

「全力を尽くします」

迷惑そうな顔も見せず、鷺森は答えた。

彼が退出しても、肇は席を立たなかった。

「会社に戻らないの？」

「今日はここにいる」

「だったら」親子三人の図は想像したくなかった。「先に帰る」

返事を待たずに路子は背を向けた。しかし、ドアに手をかけたところで呼び止められた。

「路子。帰る前にもう一度、先生に礼を言っておいてくれ」

「なぜ？」

路子は意に介さないふりで部屋を出た。

階段の降り口は詰所の前だ。いやでも目に入る。作業用のテーブルを挟んで、鷺森が馬淵を含めた三人の看護師に何か喋《しゃべ》っている。馬淵が唇を尖らせてボールペンを走らせる。

少し躊躇《ちゅうちょ》したが、ドアを引いた。消毒臭が路子を取り巻いた。

「ワンストですかあ？」

馬淵の拗《す》ねた声が聞こえた。

「そうです。しばらくは目が離せないから」

「なんか埋め合わせしてくださいね、先生」

科《しな》を作る馬淵に、鷺森が笑い返す。

「困った人ですね。それじゃ……」

顔を上げた。こちらに気づいたようだ。それを見て、看護師たちも振り向いた。八つの眼が路子を射た。

「何か？」

怪訝《けげん》そうに声をかけてきたのは馬淵だ。

「なんでもありません」

路子は口を歪めて答え、すぐに踵《きびす》を返した。詰所のドアの取っ手を握り、力任せに引いた。動かない。がたがたと揺する。それからようやく、外開きであることを思い出した。

小さな笑いが聞こえた。誰の声かはわからない。路子は後ろを見ずに飛び出した。

一階への踊り場で鷺森に追いつかれた。肩に手が触れた。路子は振り払った。

「待ってください。どうしたんですか」

「楽しそうね、先生」

振り向かない。顔は見たくない。

「母が死ぬかもしれないって時に」

鷺森は答えない。

「医者と看護婦って、寄ってたかって何の相談してるか、わかったもんじゃないわね。素人に聞かれてもばれないと思って、好き勝手喋ってるんでしょ？」

「そんなことはありません」

やっと後ろを見る気になった。鷺森は怖いほど真面目くさった顔で見下ろしていた。予想どおりだった。見るまでもなかった。無性に腹が立った。ぶっきらぼうに聞いてみた。

「ワンストって、何」

「一時間おきに患者の容態をチェックするという意味です。日出子さんが心配なので巡回の回数を増やします。ナースには負担になりますが」

「仕事の話なら、もっと真剣に喋って。それから、わけのわかんない言葉使わないで」

そして階段を駆け降りた。すみません、と聞こえた気がしたが、もう振り向かなかった。

次の日、路子は病院へ行かなかった。

ちょうど週末が巡ってきたが、年明け以降は東京へ戻ることもやめてしまっていたから、都合三日、路子は家から一歩も出なかった。食事は残り物で遣《や》り繰りした。月曜の朝には、冷蔵庫はすっかり空になってしまった。

午後、やや遅い時間になってから路子は出かけた。

病室には面会謝絶の札が掲げられていた。

血の気が引いた。ノブを摑《つか》むと静電気が走り、反射的に手を引っ込めた。

「レントゲン撮影中です。入らないで」

背後で鷺森の声がした。

「レントゲンなら」振り向きざま路子は聞いた。「このあいだ撮ったばかりじゃない」

「必要だと判断して、僕が指示しました」

鷺森の返事を待っていたように、室内からせわしない物音が聞こえた。ほどなくドアが開けられ、看護師の岩橋が顔を出した。

「ああ、江藤さん。ちょうど終わりましたよ」

彼女を押しのけて路子は部屋に飛び込んだ。鷺森と同じような白衣の上に青いエプロンを着た若い男が、日出子の背中から金属の板を抜き取っていた。ベッドの横には見慣れない機械が置かれている。可動式のX線撮影機らしい。

鷺森は一同に退室するよう手振りで伝え、自らも入室して路子と向き合った。

四日ぶりだった。

「思わしくありません」

鷺森は単刀直入に話しだした。

「熱が下がりません。写真を見てみないと確言できませんが、おそらく」

言いづらい内容だが、敢《あ》えてあっさり言ってしまおう。そんな意識が垣間見えた。

「肺炎を併発しています。詳しい説明は、あとで写真ができてからさせてもらいます。お父さんにもそのようにお伝えください」

言い終えると、プログラムされたような動きで路子の前から立ち去った。

にわかには信じられなかった。いくら目を凝らしても日出子には何の変化も見られない。しかしその内部では感染症との熾烈《しれつ》な闘いが展開されていて、日出子は敗れ去ろうとしている。路子には全く認知できないのに、鷺森にはそれが手に取るようにわかるのだ。

それからは着実に悪化していった。今日はどんな悪い報告をしてやろうか、と悪意を込めて脚本を書いているのではと疑いたくなるほど、毎日のように鷺森が伝えてくれた。

白血球が増えています。

体内の炎症反応が強くなっています。

肺に白い影が見えるでしょう?

明日から抗生剤を変えてみます。

血中の酸素飽和度が下がりはじめました。

血小板が減少傾向にあります。

入院直後、一気にこんな状況が訪れたのなら、路子も納得できたろう。ほんの十日前まで、日出子は平和な眠りの中にいたのだ。この三か月は何だったのか。今に目を覚ますかも、とぬか喜びさせ、頃合いを見計らって失望させるための作戦だったのか。

二月に入ると、鷺森の顔はますます沈鬱《ちんうつ》なものになっていった。

「DIC、という状態です」

掛け布団から覗く日出子の肩口を指差す。紫色の斑点《はんてん》があった。

「播種性《はしゅせい》血管内凝固。全身の血管に障害が発生しているんです。この斑点も皮下出血です」

次に鷺森は蓄尿のパックを示した。血尿だ。量も少ない。腎《じん》機能も低下しているのか。

「泌尿器系だけではありません。このままだと消化器系も呼吸器系も働かなくなります」

言いながらナースコールのボタンを押す。

「鷺森だけど。二一二号の江藤さん、ヘパリン一万単位に増やして。伝票は後で書くから」

『わかりました』

ナースコールが切れると、路子が何も問わないうちから説明した。

「身体のあちこちで血管が詰まって、血液が漏れてるんです。それを防ぐ薬を使います」

容易に理解できる説明だった。

「やぶ医者」しかし路子は毒づいた。「治してよね。何があっても治してよね。口ばっかり偉そうなこと言ってないで、ちゃんと結果出してみせてよね。いい？」

毒づけば毒づくほど自分が馬鹿に思えた。ここ数日、鷺森は別人のようだった。常に日出子の容態やモニターの数値に目を配り、何度も看護師に指示を出し、過去の治療例などを調べ、肇と路子に説明をした。専門知識のない路子にも、彼が有能な医師で、かつ打てる手はすべて尽くしていることが見て取れた。

もう一人、見違えたのは肇だ。病院にいる時間が増えた。平日も昼前まで付き添ってから会社に行き、夕方は日の暮れる前に早退してくる。既に彼は結末を予測していて、ただ時間だけを惜しんでいるようだった。

さらに幾日かが経過した。

夜だった。

路子と肇は、詰所の片隅の読影器の前で、鷺森と向かい合って座っていた。

初めて鷺森と対面したのがこの場所だった。ただ、掲示されているレントゲン写真は頭部ではなく、胸部だった。

肺が真っ白だった。

「非常に厳しい状況です」

鷺森が低い声で言った。肺のガス交換機能が落ちている。血圧の低下。無尿状態。各臓器からの出血が止まらない。全身の循環不全。

「会わせたい方があれば、今のうちに連絡なさったほうがいいと思います」

カーテンの向こうでは、準夜勤の看護師が気ぜわしく動き回っている。ガラスや金属の器具が触れ合う神経質な音が聞こえる。

「わかりました」

嘘のように落ち着いた口調で肇が答えた。

「無尿については人工透析という方法もあります。それで少しは維持できるかもしれませんが……」

こわれものを扱うような言い方で鷺森が提案した。肇は少し考えて、首を横に振った。

「充分に尽くしていただきました。これ以上、家内に無理を強いる気になれないのです」

「待ってよ」

路子は割って入った。

「勝手に決めないで！　どうして、そんな悟りきったみたいなことが言えるの？　いつからそんな人格者になったの？」

視線を肇から鷺森に移す。

「先生の全力って、この程度？　笑わせないでよ。それでも医者？」

カーテンの向こうの音が止んだ。看護師たちが興味本位で聞き耳を立てているのだろうか。

「やめないか、路子」

肇が怒鳴りつけた。鷺森に対するのとは一変して厳しい表情だった。

「先生に失礼だろう」

「失礼なのはこの人のほうよ。死なせたら承知しないから」

「申し訳ありません、先生」

肇は路子を無視して、鷺森に頭を下げた。

路子は憤激して立った。椅子が倒れた。

「あたし、帰る」

むしりとらんばかりの勢いでカーテンを引くと、岩橋看護師が立っていた。彼女もちょうどカーテンを開けようとしていたらしく、驚いた顔で路子を凝視した。

それもほんの二秒程度だった。

「先生」硬い表情に戻った。「江藤さんの血圧が八〇を切りました」

「すぐ行きます。昇圧剤を用意してください」

鷺森と肇が同時に起立し、同時にカーテンの向こうへ出て行った。路子は動かなかった。深呼吸をしながら、読影器に挿まれたままのフィルムを眺めていた。

「路子さん」

呼ばれて振り向くと、いつの間に戻っていたのだろう、カーテンを頭上にかかげて鷺森が立っていた。

「来ないんですか」

「行かない」路子は喚《わめ》いた。「嘘つき。今から連絡したって間に合わないじゃない」

「僕を責めたければ、それでもかまいません。ただ、そんなことでお母さんとの大切な時間を失わないでほしい」

妥協のない、硬い声だった。

「あたしは、あの人のことなんか」

「憎んでいても、です」

カーテンがはらりと垂れ、彼の姿を隠した。踵を返して駆け出すサンダルだけが見えた。

路子は独りで立ちつくしていた。

非難する者も称揚する者もなかった。強制する者も宥恕《ゆうじょ》する者もなかった。

氷の上へ足を踏み出すように、路子は歩きはじめた。カーテンの外は無人になっていた。

詰所から病室までわずか十メートルかそこらの廊下が、永遠の道のように感じられた。

ドアの前に立つ。重苦しい喧騒が伝わってきた。恐るおそる開くと、そこでは最後の闘いが繰り広げられつつあった。

病室の心電図モニターが初めて灯されていた。デジタル数字が頻繁に増減し、そうかと思うとがくんと落ちる。岩橋が脈拍の低下を告げる。薬液を準備している別の看護師に、早くしろ、と鷺森の罵声《ばせい》が飛ぶ。モニターの波形が苦しげに乱れる。

路子は息を殺してモニターを見つめていた。

肇は口を半開きにして、路子と同じものを見ていた。

「ボスミン！　急いで」

鷺森が叫ぶ。戦闘は続く。

「フラットです」

岩橋が声をふるわせた。

「心マだ」

鷺森は布団を引き剝《は》がし、ベッドに覆い被《かぶ》さった。大きな両手を重ねて日出子の胸を押す。押す。押す。体内に巣食った病魔を押しつぶそうとするかのように力強く押す。蚤《のみ》だったら指先でつぶせるのにな。路子は朦朧《もうろう》とした意識の奥で考えながら、モニターを見る。波形が揺れる。鷺森が手を休めて額の汗を拭《ぬぐ》うと、直線に戻る。鷺森は押す。線が振れていれば日出子は生きていると言えるのか。線が振れなければ日出子は死んでいると言えるのか。いったい何を見に来たのか。日出子が死ぬ瞬間か、それともモニターが止まる瞬間か。

「先生、もう……」

肇が鷺森の右腕に軽く触れた。鷺森の動きが止まった。日出子の胸に手を置いたまま、死人のように動かなくなった。

いや、両肩が微かに上下している。日出子の胸の上下動が伝わっているのだ。人工呼吸器は、まだ動いていた。生きている医師が静止し、死んだ患者が律動していた。

「フラットです」

岩橋がさっきと同じことを言った。

鷺森は白衣のポケットから聴診器を取り出し、日出子の胸に当てた。それから、同じくペンライトを取り出し、日出子の瞼《まぶた》を指で開けて眼を照らした。まず左。次に右。最後に時計を見た。

「午後八時……四十一分です」

そう宣言して、深く頭を下げた。二人の看護師も同じ姿勢を取った。

「ありがとうございました」

肇も同じ姿勢を取った。

――なにが「ありがたい」の？　なにが？

路子だけが顔を上げたまま、右手の人差し指を左手で握り締めて、日出子を睨《にら》んでいた。


かつて白い救急車で救急処置室へ直接運び込まれた日出子は、今度は葬儀社の黒い寝台車で霊安室から直接運び出された。

路子は先にタクシーで帰宅し、一階の八畳間に布団を敷いて肇と日出子を待った。待つ間、二か所に電話をした。日出子の実家と、肇の従妹《いとこ》夫婦。他には連絡すべき親戚《しんせき》はないはずだった。

日出子の実家は年配の女性が出た。日出子の兄、路子にとっては伯父《おじ》にあたる人間の妻だった。名前を告げ、伯父を出してもらった。用件を述べると、「わかりました。伺います」とだけ答えがあり、すぐに電話は切れた。

肇の従妹、路子にとっての従妹小母《いとこおば》にあたる加代子《かよこ》という女は、対照的に愛想がよかった。路子が閉口するぐらい悲しんでくれ、すぐに駆けつける、と何度も何度も言った。

電話が終わると同時に、寝台車が到着した。

肇に先導されて、葬儀社のロゴマーク入りジャンパーを着た若い男たちが日出子の遺体を運び込み、布団に横たわらせて合掌した。まもなく係の者が参ります、という言葉どおり、すぐにダークスーツ姿の担当者が小ぎれいな紙箱を携えて現れた。寝台車の運転手と助手は引き上げた。

新たな担当者は杉浦《すぎうら》と名乗った。まず弔慰を述べ、枕もとで正座して合掌を捧げると、紙箱の中に行儀よく納まっている枕飾りのセットをてきぱきと取り出して設《しつら》えた。蠟燭《ろうそく》と線香に火をつけると焼香をし、正座したまま肇のほうを向いた。

「お疲れのところ恐縮ではございますが、さっそくご葬儀についてお打ち合わせをさせていただきたいのですが……」

「ああ、はい」

肇が気の抜けた返事をした。あまりの頼りなさに驚き、あらためて肇の顔を見ると、日出子以上に板についた死人のように見えた。肩をすくめ、首をうな垂れさせ、両手を膝《ひざ》に置いて、放心状態で座っていた。

「はい……何のお話だったでしょうか」

「ですから」

こんなことには慣れているのだろう。杉浦は全く同じ言葉を、ややゆっくりと口にした。

聞き終わると肇はのろのろと告げた。

「路子。おまえの好きにしてくれ」

「ちょっと待ってよ」

路子は慌てたが、肇は背を向けて日出子ににじり寄り、それきり口を開かなくなった。

十九歳の娘には、葬儀の段取りや手配など、何もわからなかった。すべて葬儀社に任せるしかなかったが、どうしても路子が決断しなくてはならないことも多々あった。

明日が通夜、明後日が葬儀となった。いずれも自宅で行うことにした。

過去の法要の案内状で江藤家の菩提寺《ぼだいじ》を確認し、電話で住職に事情を告げた。

会葬者の数は見当がつかなかったので、今年の正月に来た年賀状の枚数から類推した。

祭壇も棺も霊柩車《れいきゅうしゃ》も、何通りものランクがあったが、相場がわからないのですべて中ぐらいのものを選んでおいた。

会葬礼状の手配。供え物の手配。会葬者の食事の手配。遺影の手配。火葬場へ同行するハイヤーの手配。

眼といわず耳といわず鼻といわず、脳みそがあふれてこぼれ落ちそうだった。短時間に数多くのことを考え、調べ、確かめ、決定し、報告し、準備しなくてはならない。

路子は悲しくなどはなかったが、仮に悲しく感じていたとしても、それを味わう余裕はなかっただろう。葬儀の準備というのは実によくできていると感心した。悲しむ暇を与えられなければ、人間は悲しくならずにすむのだ。

やがて住職が到着した。

枕経が始まった。朗々としたバリトンの美声で経文が読み上げられた。路子は台所に立ち、茶を汲んだりして気分を紛らわせた。

読経が終わり、住職と杉浦と路子の三者で、通夜と葬儀の次第についての相談をした。

「役僧はどうなさいますかな」

途中、重々しい口調で住職が尋ねた。路子は意味がわからなかったが、何か大切なものかと思い、了解を与えようとした。しかし、杉浦が必死に目配せするのに気づいた。

「いえ、結構です。お気遣い、ありがとうございます」

内容もわからぬままに断った。

「わかりました」

住職は頷き、相談は続けられた。

打ち合わせが終わったのは、もう日付が変わる寸前だった。加代子が車で駆けつけてきたのを潮に、まず住職が退出し、次に杉浦が翌日の注意事項を確認して腰を上げた。路子は加代子を和室に招き入れ、焼香をしてもらい、自分は杉浦の見送りに玄関へ立った。

「あの……」路子は躊躇《ためら》いがちに尋ねた。「さっきの、なんだったんですか」

「ああ」

杉浦はうっすらと笑った。

「読経の時、導師の両側にも坊さんをつけるか、って聞いてたんですよ。江藤様のご意向だと、あまり大きなご葬儀ではなさそうなので、お断りされたほうが、と。お金もかかりますしね」

「ありがとうございます」

「いいえ。では、明日の午後、また参ります」

お疲れの出ませんように、と言い添えて、杉浦は帰って行った。

和室に戻ると、加代子がぐすぐすと泣きながら肇を慰めていた。路子は彼女に茶を入れ、部屋の隅に座った。

この女も、見舞いには一度しか来なかった。

加代子はぺちゃぺちゃとよく喋ったが、それでも肇は芳しい反応を示さなかった。やがて加代子も飽きたのか、通夜と葬儀の時間を確認して、そそくさと帰ってしまった。

肇はまだ動かずにいた。

「もう、休んだら?」むしろ鬱陶しく感じて、路子は言った。「明日から大変だし」

「え? ああ、そうか。そうだな」

ひとりで納得して頷く。それから、表情の乏しい顔つきのまま、見当外れなことを言った。

「おまえの好きにしてくれ」

背筋が寒くなった。急性の痴呆症にでもなったのではないかと不安になった。が、さすがにそれは杞憂《きゆう》だった。肇はしばらくそこに座っていたが、やがて「あとは明日だ」と呟《つぶや》いて腰を上げ、寝室に引き取った。

路子は、新しい蠟燭と線香に火を点けた。

肇の様子が気になった。しかし、別に悲しみに沈んでいるというふうにも見えなかった。三か月余りのあいだ続けてきた献身的な夫の演技に終止符を打って、大きな脱力感に襲われているのだろう。そう考えると腑《ふ》に落ちた。

線香が燃え尽き、蠟燭も燃え尽きた。

日付はとっくに改まっていた。

杉浦が置いていった枕飾りセットから、渦巻き状の線香を取り出した。これなら明け方まで持つだろう。路子は火を点け、専用の金具にそれを吊り下げた。

日出子の顔を見た。

機械的な胸の上下動は、もはやない。しかし、看護師が施してくれた化粧のおかげで、むしろ生気が甦《よみがえ》ったようにも思える。

路子は首を振り、自室へ上がった。

疲れた。

着替えもせずにベッドへ倒れ込んだ。すぐに眠りに落ちた。

その割には、浅い眠りだった。いくらも眠った感覚がないまま、目が覚めてしまった。

冷たい風が頬《ほお》を撫《な》でる。部屋のドアを開けたままだった。

ベッドから降りてドアを閉めに立った。

階下から、家鴨《あひる》の呻《うめ》きのような音が聞こえる。路子は廊下へ出た。

階段を降りる途中でわかった。音は、肇が寝ている夫婦の寝室から聞こえてくる。

ドアを細く開けて、中を窺《うかが》った。

肇が泣いていた。

直接見えたわけではない。肇はすっぽりと布団を被って、頭頂部だけしか露出していなかった。ましてや、部屋は消灯されており、頼りは廊下の足元灯だけだ。

それでも、泣いているのだとわかった。

すぐそばの路子にも気づかず、肇は咽《むせ》び泣いていた。泣いても泣いても泣ききれないらしく、いつまでも悲痛な声を上げ続けていた。

夜が明けてきた。廊下は寒く、フローリングの床は刺すように冷え切っている。

父は泣き、娘は佇《たたず》んでいた。


朝になった。よく晴れていた。

路子は、肇の会社と町内会の世話役に連絡を入れた。親戚の手伝いは加代子夫婦しか計算できない。通夜と葬儀の受付や飲食の準備の手伝い、香典や供物の収受と管理など、他人の力を借りなければならない場面が多い。電話口で、あるいは面と向かって、路子はひとつひとつ丁寧に頭を下げて依頼した。

高科は不在だったが、すぐに折り返し電話をかけてきた。簡潔な言葉でお悔やみを述べた後、自分は仕事があるので通夜にしか顔を出せないが、事前に社員数名を手伝いに行かせるから好きに使ってくれていい、と快く答えてくれた。

昼前、加代子夫婦が喪服姿で現れた。路子は、肇の相手をしていてほしいと頼み、杉浦から指示された準備作業に没頭した。

午後になると、杉浦を含めて数名の葬儀社の社員が来て、通夜の飾りつけを始めた。みごとな手際だった。和室の床の間を背に祭壇を組み立てたが、ものの十分もかからなかった。玄関から廊下、和室の祭壇の背後に至るまで、白い布が貼られていった。画鋲《がびょう》で固定するだけなのだが、目分量で房状に折り畳んで留めてゆく。房は計ったように同じ大きさでしかも等間隔に作られていった。別の者はガレージの入口にテントを張り、近所に声をかけながら案内札を貼りつけて回った。

同じ頃、路子と杉浦は日出子を入棺させた。

「いいですよ。そっち持ってください。ぶつけないように……」

運送会社の正規社員がアルバイトに仕事を教えているみたいで、路子は可笑《おか》しくなった。

リビングルームを弔問客の待合室に充てた。玄関を開け放しにしておくと、寒風が遠慮会釈なく入り込んでくる。北欧製のヒーターをフル稼働させた。

しめたとばかりに猫が外へ飛び出して行った。激しい人の出入りに気分を害しているようだった。今やこの家は自分の住処として相応《ふさわ》しくない、と思ったのか。あるいは、日出子がただ不在なのではなくこの世からいなくなってしまったことを察知したのかもしれない。おそらく、もう戻って来ないだろう。

テントの脇に、墨の色で「江藤家告別式場」と書かれた立て札が設置された。よく見ると印刷されたものだった。

肇の会社の名前で供花が届けられていた。

テントの中で杉浦が、受付係となった肇の部下たちに手順を説明している。芳名帳、香典帳、会計帳、供花供物帳が長机の上に並べられた。会葬者に配る粗供養品を詰めた段ボール箱が運ばれてきた。

日が暮れると、弔問客が続々と訪れた。肇は引きこもって出てこない。加代子が相手をしているようだ。路子は息をつく暇もないほど忙しくなった。早すぎるかと思いつつ朝のうちから黒いワンピースに着替えておいて正解だった。

午後七時、昨夜の住職が、うって変わって豪奢《ごうしゃ》な僧衣に身を包んで現れた。路子は無理に肇を引っぱり出し、喪主の席に就かせた。

読経の声が響きだすと、いよいよ葬家に相応しい佇まいになった。

家族と親族の焼香がはじまった。司会に変身した杉浦が、路子の用意した焼香順名簿に従って名前を読み上げる。

日出子の実家の人間は、まだ一人も姿が見えない。杉浦が名前を呼ぶ声だけが続く。

路子はそっと席を立ち、玄関の靴脱ぎへ降りた。焼香を終えた会葬者が退出するのを黙礼で見送りつつ、日出子の実家から伯父たちが来るのを待ち受けるつもりだった。会ったことはないが、名前は知っている。それらしい人物が来たら、芳名帳を確認すればわかる。帰る客に対するため左を向き、まだ見ぬ伯父の姿を求めて右を向き、それを繰り返す。何度目かの右で、ひときわ大きな人影が路子の視界を遮った。コートを左肘《ひじ》に抱えて鷺森が立っていた。

鷺森は、他の弔問客と同じように会釈し、靴を脱ぎ、和室へ入っていった。帰る時も、別段なんの言葉もかけず、深く一礼すると静かな足どりで立ち去った。

反射的に、路子は後を追った。

真っ暗な夜の中に、真っ黒な服を着込んだ男女がたむろしていて、どれが彼なのかすぐにはわからなかった。

アハハハハ。

楽しそうな笑い声が耳を射た。

声がしたほうを向くと、近所の主婦とおぼしき四人ほどの女性が、テントの端に置かれた石油ストーブを囲んで立ち話をしていた。みな一様に喪服を着て、蛍光塗料のように輝く真珠のアクセサリーを纏《まと》い、夜目にも鮮やかな化粧を顔全体に施していた。

誰かが喋ると笑い合い、それが済むと別の誰かがまったく違った話題を提供して、また盛り上がる。それを延々と繰り返していた。

小学生の娘がバレエの発表会で主役を張ったこと。

夫が同期入社の中で最も早く主任になったこと。

義母が同居したいと言ってきたのを断ったこと。

陶芸教室の講師がタレントの誰それにそっくりなこと。

禁煙しようと決心したが三日しか続かなかったこと。

そして、こんな寒い時期の通夜や葬式が迷惑千万であること。

路子は、敵意を込めて睨むことも忘れ、四つ角に捨て置かれた粗大ごみを見るような思いで主婦たちの団欒《だんらん》を眺めていた。

やがて彼女らは路子に気づいた。が、それが故人の娘であることに思い至って袖《そで》を引き合うまでには、さらに数秒の時間を要した。

こんなに似ているのに。

路子は怒る気にもなれなかった。

四人はばつが悪そうにそそくさと退散した。

情けなかった。

何のためにこんなしち面倒くさい儀式を執り行っているのかわからなくなった。自分は喪主の娘という立場上やむなく、着たくもない喪服を着て、下げたくもない頭を下げ、口にしたくもない感謝の言葉を口にしているけれど、会葬者はみな生前の日出子を慕って、永遠の別れを告げ、思い出を語り合い、日出子の人生に思いを馳《は》せるために訪れたのだと思っていたかった。

もし路子が希望どおり日出子を殺していたとしても、その通夜がこんなありさまだったなら、満足感など抱けなかっただろう。それなりに満ち足りた毎日を過ごしている日出子を殺すことにこそ、復讐《ふくしゅう》の意味があったのだから。

日出子に不幸を与えられたことが、路子の特権だった。日出子を憎んでいることが、路子の人生の拠《よ》り所だった。その特権が、拠り所が、にわかに色褪《いろあ》せたように感じられてならなかった。

路子は和室に戻った。せめて憎しみだけでも、心から日出子に捧げてやりたかった。

終わりごろになって、黒いスーツ姿の女性が入ってきた。眉が太く、目鼻立ちがくっきりしていて、決して美人ではないが男にも女にも好かれそうな顔の造作だった。ひと目見てそれが高科だと察することができた。

高科は焼香を済ませると、肇と路子に向かって深々と頭を下げ、そのまま退出した。路子は、肇が後を追って出て行き、個別に挨拶《あいさつ》をしたり仕事の話をしたりするのではないかと思ったが、そんなことはなかった。あいつに任せておけば間違いないと言った肇の言葉を思い出した。

伯父たちは最後まで来なかった。

加代子は、くどいまでに肇を慰めてから帰っていった。

肇はふらふらと寝室に引っ込んだ。

路子は和室に布団を敷いて眠った。

翌日の葬儀と告別式は、通夜の繰り返しのような行事だった。差配する路子も慣れてきていた。唯一違ったのは、焼香をすませた会葬者が、ほとんど帰途につかずに出棺を待っていたことだった。

路子は、悲嘆にくれる会葬者の表情の裏側に、退屈や、足の痺《しび》れや、鳥肌や、空腹がどろどろと漂っているのを感じとっていた。

出棺の時刻がきた。肇が遺影を、路子が位牌を胸に抱いて、家の前に並んで立った。

杉浦が手慣れた口調で喋る。

「本来ならば喪主自らご挨拶申し上げるべきところですが、悲しみのあまり言葉もない次第でございます。黙礼のみにて失礼させていただき、斎場のほうへ参りたいと存じます」

その言葉どおり、肇は何も言わず、遺影と見つめ合うように首を折り曲げていた。

路子は杉浦の顔を見た。必死で見た。

心が叫び声を上げていた。

――母は。

――あたしのお母さんは。

その続きは思いつけなかった。

杉浦はちょっと訝《いぶか》しげに路子を見返したが、すぐに正面を向いて挨拶を続けた。

路子の唇が小刻みに動いた。

車に乗ってください、と杉浦が促した。

火葬場までは一時間弱の道のりだった。

近代的なリゾートハウスのような造りの建物だった。山の中腹で、風が冷たかった。ロビーの中には昆虫が増殖したかのように黒い服があふれていた。六家族か七家族ぐらいだろう。どこからどこまでが一つのかたまりなのか判然としない集団もある。死、という決定的瞬間を乗り切った記念すべき人間が六人だったのか七人だったのか一見してわからないというのも不細工な話だな、と路子は思った。

日出子の番が来た。天井の高い静かなホールで住職が読経をし、肇と路子と加代子夫婦が最後の焼香をした。日出子を納めた棺は、オートメーション工場を思わせる金属製のローラーに乗せられて、窯《かま》の中へと送られた。

ばうっ、と勢いのよい音がした。

自分と共通する遺伝子を持つ肉体が炎に晒《さら》されている音だった。

路子は我が身を見回した。どこかに赤い炎がまとわりついているような気がした。

焼き上がるまで一時間ほどかかります、と斎場の係員が告げた。一同はロビーへ戻ったが、路子は建物の外へ出た。

ちぎれ雲が路子の視野から逃げ出すように東へと流れてゆく。振り返ると、窯の屋根の上の空気が揺らめいて見えた。

日出子は逝ってしまった。もう、路子の指は届かない。

11

江藤家の人間は二人きりになった。

肇の会社では、社員が配偶者を亡くした場合の忌引き休暇として十日が与えられる。しかし、十日間いっぱい休む者は稀《まれ》だと肇に聞かされたことがある。

その肇は、定められた休暇が終わっても出社しようとしなかった。腑抜けのように、家の中でどんよりした毎日を送っていた。

日出子が死んでから日が経つにつれて、肇の憔悴《しょうすい》は色濃くなっていった。自分からは何も話そうとせず、路子が朝夕の挨拶をしたり、食事の支度ができたと呼びかけたりしても、ああ、とか、おお、とか、言語以前の応答をするのみで、すぐにまた黙りこくってしまう。夜も充分には眠れていないらしく、目の周りが打撲の痕《あと》みたいに薄黒かった。

路子自身も、別の理由で寝不足に悩まされていたから、しばらくのあいだ江藤家の中は傷病兵の合宿所のような趣を呈していた。

それでも何日か経つと、徐々にではあるが肇との間に会話らしい会話が成立するようになった。

すると反動が来た。路子は肇から日出子の思い出話を延々と聞かされる羽目になった。

肇は一日の大半を八畳の和室で過ごしていた。四十九日の法要が済むまで、位牌と遺影と骨壺《こつつぼ》は白木づくりの小さな祭壇に置くことになっている。その前が彼の定位置だった。

「見ろ。前に言っただろう、披露宴の写真を見せてやると」

肇が古いアルバムを持ち出して、路子を和室へ呼び入れた。しかたなく路子は応じた。

写真は本来の色を失いつつあったが、それでも日出子は若く美しかった。路子の顔の上半分が似ているのは現在の――つい先日までの――日出子であって、今の路子とさして変わらない年齢の日出子にはあまり似ていないことがわかった。それでも肇は、

「ほら、こうして見ると、そっくりだな」

と述懐しながら、写真を目の高さに掲げて路子と見比べたりする。

なぜ、こんなに下手に出るのだろう。

成人式はとうに過ぎ、日出子はいなくなってしまった。しかし、まだ肇は生きている。路子が二十歳になるのは正式には三月の誕生日なのだから、もし何らかの事情で成人式の復讐が果たせなければ次の決行の契機はその日だ、と以前から考えていた。だから、まだ路子の意志は継続している。

だが今の肇は、誰かが自分の命を奪いに来てくれるのを心待ちにしているようにも見える。そんな男を殺しても復讐にならない。

肇を立ち直らせよう。日出子の回復を願った時のように。少しでも元気を取り戻させよう。そのための努力なら惜しむまい。

路子は肇の態度に気味悪さを覚えながらも、彼の昔語りに辛抱強くつき合った。

日出子がいかに美しかったか。

日出子がいかに健康だったか。

日出子がいかに聡明だったたか。

日出子がいかに前向きな性格だったか。

日出子がいかに他人から好かれていたか。

数多くのことを肇は語った。しかし、彼がまったく触れようとしない命題があった。

日出子がいかに肇を愛していたか。

あるいは。

日出子がいかに肇から愛されていたか。

路子は堪えきれなくなり、質問を挿んだ。

「話だけ聞いてると、あの人、ずいぶん素敵な人だったみたいだけど。そのわりに、仲悪かったのね」

肇は眼を剝《む》いた。質問の内容より、口を挿まれたこと自体に驚いているようだった。マネキンでも相手にしているつもりだったのか。

路子は答えを待った。

だが、肇はおかしなことを口走った。

「俺はな。俺は、母さんを騙《だま》したんだ」

その言葉をどう評価してよいか路子は量りかねた。「ふうん」とだけ頷いたが、その程度の応答では、続きを言わせるには力不足らしい。いやいやながら継ぎ足した。

「幸せにしてやる、とでも言ったの？」

「いや。味方になってやると言った」

「そう」理解したと思った。「確かに、嘘ね」

「ああ。嘘だ。嘘になってしまった」

肇は路子から視線を逸《そ》らし、骨壺を見た。骨壺は肇の網膜に像を結んではいるけれど、肇の眼と骨壺との間には視線が通っていない。路子にはそんなふうに感じられた。遠い目、とはこういう目のことなのだろうと思った。

それは、かつて肇が一度も見せたことのないような、空虚な表情だった。肇は、冷淡で酷薄で無愛想ではあったけれど、空虚な人間ではなかった。

路子は説明を求め、肇が語った。

肇と日出子は、職場結婚だった。

大学を卒業すると肇は、鶏口牛後を是とする父親の意向に従って、著名な大手企業ではなく地元で評判のよい輸入食品関連の商社に就職した。巨大な組織でそこそこの地位に甘んずるよりは、規模は大きくなくてもその組織全体に采配《さいはい》を振るう立場になれ。それがいわば家訓だった。

二期上の高校卒の一般事務職に、日出子がいた。

日出子は、頭のいい女だった。ただの一般事務職でありながら、会社の業務のあらゆることを熟知していた。

「母さんには、よく助けられた。俺も新入社員時代はヘマばっかりしていたからな」

肇が自分の落ち度を素直に認めるような発言をするのは珍しい。その違和感についつられて、路子は口を挿んだ。

「仕事、教わったんだ。教育係だったの？　あの人」

「いや、チューター役の先輩社員は他にいた。一般事務の女の子が大卒の新人に仕事を教えるなどということはなかった。だがな、母さんのほうがチューター役の先輩より仕事には詳しかったし、指導も的確だったぞ」

――ママは、頭がいい。

路子自身もかつて感じたことだった。

「じゃ、キャリアウーマンってやつ？　なんかピンと来ないけど」

「そういう、キャリアを持つ女性を特別視する言い方は、母さんは好きではなかったな。それに、どのみち母さんは、キャリアにはなれなかった」

「どうして？」

「今もある程度はそうだが、その頃の企業というのは純然たる学歴社会だったからな。どれだけ能力があっても、学歴がなければ資格も役職も上がらない」

「だったら、最初っから大学へ行っとけばよかったのに」

路子が当然のように言うと、肇は唇を歪めた。

「自分のことを棚上げしてそんなことを言うもんじゃないぞ。誰のお蔭で大学まで行かせてもらってると思ってるんだ」

「行けって言ったのはそっちじゃない。あたしは別に」

「わからん奴だな。母さんの気持ちを汲《く》もうとは思わんのか」

路子は呆《あき》れた。気持ちを汲む。これ以上、肇に似合わない台詞《せりふ》が他にあるだろうか。

「行きたくても行けなかった。母さんが高校を出る頃、父親が体を壊したらしくてな。金がなかった。金がなくて、上の学校に行けない。当時はそんなことは珍しくなかったんだぞ」

そんなの、あたしのせいじゃない。路子は顔には出さず、内心だけで力なく毒づいた。

「それでも、母さんは腐ることはなかった。本当に一生懸命だったぞ。何かにつけ、な」

俺はそういうところに惚《ほ》れたんだ、とでも言いたいのだろうか。路子は暑苦しいものを感じて、反射的に石油ファンヒーターに目をやった。

日出子は、自分の立場を悲観的に見ることはなかった。仕事で成果を出せば、必ず誰かがどこかで報いてくれる。そんな社会であってほしいし、またそんな社会に変えてゆくためのささやかな礎《いしずえ》のひとつになりたい。そう言っていた。

もちろん、ごく普通の選択であった結婚退職など、眼中になかった。

「だったらあの人、どうして途中で会社辞めたの？」

路子は訊《たず》ねた。

「さっき言ったとおりだ。俺が嘘をついた」

肇がため息をついた。

任せておけ。協力するぞ。日出子の意向を聞き、肇は胸を叩いた。結婚さえすれば後はどうにでもなる、と計算していたわけではない。ただ、問題を先送りにしようという狡《ずる》い意識だけは、間違いなく抱いていた。

本音を暴露する契機は、すぐに訪れた。結婚後間もなく、肇は若くして係長職への任用候補に挙げられた。肇の会社では、社内結婚の夫婦のいずれかが役職に登用される場合、もう片方が退職するのが不文律になっていた。「いずれかが」という二義的表現が、実は一義的でしかないことは、常識以前の事実だった。そして不文律というものは、それが不文律であるがゆえに却《かえ》って、明文化された決まりごとよりも覆し難いということも。

人事部長から決断を迫られ、肇は茹《ゆ》でる前の素麺《そうめん》のようにあっさり折れた。ようやく正体を現したとも言える。あるいは、日出子に対する嫉妬《しっと》がそうさせたのかもしれない。

ただ、仮に肇が日出子の味方についたとしても、会社の方針を覆すことは不可能だった。日出子にもそれは本能的にわかっていたはずだ。だからこそ、それを理由に肇を責めることもしなかった。責めても、いまさら無駄なことだという諦《あきら》めもあったろう。

——所詮《しょせん》、女は女でしかないということね。

表情のない顔でぼそりと呟き、それきり日出子は恨みごとを言わなかった。病気がちになっていたその頃から、肇の父親が孫の顔を見たいとうるさく言い出した。退職して社会との繋《つな》がりを絶たれ、焦っていたようだ。

退職して社会との繋がりを絶たれ、子どもを産み、妻として母として年老いてゆく。もっとも忌み嫌っていたはずの人生に、日出子は自ら身を投じた。しかしそれは、予測を上回る苦行だった。

肇の父親は最初から日出子との結婚を快く思っていなかった。彼は女には高い学歴などなくてもよいと公言していた。それを持たないのに、それを持つ人間に伍してゆこうとする日出子の生き方は、彼にとって二重の裏切りのようなものだったらしい。

日出子が職を辞してからは、肇の父親の矛先はもっぱら子どものことに向けられた。

そして、それにもまして日出子を悩ませた存在があった。

「晴美伯母さんを覚えているか？　おまえが幼稚園の時に事故で亡くなった」

「うん」

――晴美ママ。

忘れるはずもない。幼児時代の路子にとって、唯一の味方だった。

「そういえば、おまえは姉さんには可愛がられてたな。自分と同じ立場だったから、姉さんも親近感を持ってたんだろう」

「同じ立場？」

問い返したが、肇の答えを待つまでもなく路子はその意味を了解した。江藤の家にとって存在価値のない、娘という存在。

「姉さんが生まれた時の親父の落胆ぶりは、産院の語り草になったらしい。二年後に俺が生まれた時の喜びようもな」

肇は徐々に饒舌《じょうぜつ》になってきた。路子はそれに力を得て、攻撃的な言辞を弄《ろう》することにした。

「で、あたしが生まれた時におんなじことを繰り返した、と」

左手の人差し指を肇の顔の前に突きつけた。

「血は争えないってわけね」

「俺はな」

　肇はその指から目を逸らした。

「親父が怖かった。小さい頃から、親父には猫っ可愛がりされてきた。だから逆に、親父の意向に逆らったらどうなるか、それが怖かった。逆らったのは一回きりだった」

　その一回が何だったのかは、言われなくても察しがついた。それを肇の口から聞かされるのを防ぐため、路子は軽蔑《けいべつ》混じりに言いかぶせた。

「親の顔色ばっかり気にして生きてきたってわけ？」

「そういうことだ。会社のこともな。出世コースに乗らなければ、親父は許してくれない。だから、役職に就く時、母さんを犠牲にしてしまった。子どものことも、母さんが男の子さえ産んでくれれば万事解決する。そう思っていた」

　そして肇は、それこそ路子にとって信じられないような弱音を吐いた。

「母さんに甘えていたんだろうな、俺は」

　路子は軽い目眩《めまい》に襲われた。肇に普通の人間のような弱さがあるなどとは思いたくなかった。路子にとって、肇はそんなものを持っていてはいけない人間なのに。

　晴美は、父親の意思によって、早くに嫁がされた。相手は相当に裕福な家柄だったというが、家柄以外には何の取り柄もない男だった。間もなく結婚生活は破綻《はたん》し、晴美は嫁ぎ先から高額の慰謝料を手に入れて実家の近くに部屋を借り、悠々自適の生活を始めた。時おり、父親の留守を狙《ねら》って実家にやってきては、生活用品や食材などをせしめて帰るのが常だった。

　そして晴美は、徹底的に日出子を嫌っていた。

「姉さんには、母さんは江藤の家の跡継ぎを産むためにやって来た存在にしか見えなかったんだろう。ずいぶん敵視していた。おまえを可愛がってくれたのも、親近感もあっただろうが、母さんに対するあてつけのほうが強かったかもしれん」

「じゃ、助けてあげたらよかったのに」

「俺は姉さんに頭が上がらなかった。不様な話だが」

――いい目を見てるのはいつもあんたばっかり。腹立つったらありゃしないわ。

　それが晴美の昔からの口癖だった。

　好むと好まざるとにかかわらず、肇は責任を負わされていた。本来なら晴美が享受してもよかったはずの愛情や期待や待遇を奪った以上は、それに見合うだけの貢献を江藤の家に対して成さなければならないという責任を。

「それからはおまえも知っているとおりだ」

　話し終えて、肇は大きく息をついた。心底疲れきった顔だった。路子も、こんなに長時間、肇と話したことはかつてなかった。冷えのぼせのように頭がくらくらしていた。

それでも、気力を振りしぼって、尋ねた。今しかそれをできる機会はないと思った。

「あの人、晴美伯母さんのこと、どう思ってたのかな」

穀潰《ごくつぶ》し。

人でなし。

来なければいいのに。

何様のつもりよ。

そして――

死ねばいいのに。殺してやる。

「だいたい察しはつくが、詳しいことはわからん。母さんは俺の前では滅多に愚痴などこぼさなかったからな」

肇は答え、次いで聞き返してきた。

「どうしてそんなことを聞く?」

「ちょっと、気になって。もう、どうでもいいことだけど」

照れ隠しのように路子はうそぶいた。

が、すぐに言葉を継いだ。何となく、肇が知らない日出子の情報を自分だけが持っていることが、重苦しく感じられたからだった。

「あたしの前じゃ、たまに言ってたから。よく覚えてないけど、なんか悪口みたいなやつ」

「無理もないな」

肇は頷いた。

「おまえを姉さんに盗られたようなものだったからな、母さんは」

路子は危うく噴き出しそうになった。

あたしを盗られた？

確かに、幼い頃の路子を可愛がってくれたのは、日出子ではなく晴美だった。しかしそれは、日出子に冷遇されていた路子を晴美が救ってくれたようなものだ。少なくとも、路子はそう解釈している。それを「盗られた」などと被害者ぶるなんて、おかしな話だ。

「あの人、あたしのことずいぶん嫌ってたと思うんだけど？」

「そんなことを言うもんじゃない」肇は口を歪めた。「母さんは、おまえに厳しかっただけだ。姉さんは、それを逆手に取って、おまえを手なずけたようなものだ。心底、おまえを可愛いと思ってくれていたかは、正直、今となってはわからん。ああ、そうだ」

肇は、何か思い出したらしい。路子は黙って続きを待った。

「姉さんが亡くなった時、母さん、酷《ひど》いこと言ってたな。罰が当たったんだ、とか」

「どういう、意味？」

探し続けていた答えに巡り会った思いだった。それを気取られるのが恥ずかしくて、努めて落ち着いたふうを装い、ゆっくりとした口調で路子は尋ねた。

それは晴美の通夜の席でのことだった。次々と訪れる弔問客にひたすら黙礼を繰り返しながら、日出子はその言葉を肇にだけ聞こえるように小声で呟いた。

場違いな言葉を肇は聞きとがめ、やはり小声で叱咤《しった》した。すると日出子は、さも当然そうに言い返した。

——昨日なんて、いつも路子を可愛がってくださってありがとうございます、ってお愛想言ったら、ええ本当に可愛くてわたしの言うことなら何でもよく聞いてくれるわ、この前なんかステッキのおもちゃ隠してちょっと汚してから肇と日出子さんが捨てたのよって言って返してやったらすっかり真に受けちゃって、お馬鹿な娘さんね、って。馬鹿より卑劣のほうがよっぽど罪が重いわよ。

声は小さいが語気は鋭かった。さすがに肇も怯《ひる》んだが、しかし日出子はそのすぐ後で、

——あの子を男の子に産んでやればよかった。

そう漏らしたのだという。

たまらず、路子は言った。

「大人って、どうしてそんな、できもしないこと言うわけ？」

するとと肇は、まるで残り少ない魂をすべて吐き出すような調子で答えた。

「親の気持ちというのは、なってみないとわからんもんだ」

そして、祭壇の遺影のほうを向いた。

路子も遺影に視線を向けた。日出子は、いつもながらの隙《すき》のない表情で肇と路子をじっと眺めていた。

自分につらく当たってばかりだった母親の姿が思い出された。同じ性を持ちながら最後まで路子を受けとめてくれなかった日出子の内面が、見えたような気がした。

女という性の敗北を悟った日出子は、旧態依然とした価値観の中で、せめて女の中での成功者になろうとしたのだろう。江藤の家を守り育て、次代へ受け継いでゆくという仕事を完遂することによって。

しかし日出子は男児を産むことができなかった。この世に残せたのは路子だけだった。

江藤家において女という性を持つことの不利益を、日出子は誰よりも知り抜いていた。

――うんと勉強して、いい大学へ行って、お医者さんとか弁護士さんとか、そういう専門的な仕事に就きなさい。

新たな敗北者を作り出さぬよう、日出子は日出子なりに必死だったのだ。

その日出子を完全な敗北者に追い落としたのは、路子だった。江藤の家を受け継ぐ男児を孕《はら》んで、嫁として、妻として、母として、最後の成功を摑もうとしていた日出子を奈落《ならく》の底に突き落としたのは、路子の指だった。

復讐は十一年も前に終わっていた。

「母さんには悪いことをした。もっと幸せになっていい女だった」

「そうかな」

肇の呟きに、路子は否定の調子を込めて答えた。肇の口から、そんな気の利いた台詞を聞きたくはなかった。

肇は逆らわず、思いついたように線香を取り出し、火を点けた。

「しかし、おまえも」

手であおいで炎を消した。つ、と煙が立ちのぼった。

「やはり母さんの娘だな、と思った」

「どこがよ」

どうせ、顔の上半分がそっくりだとか言うのだと思った。しかし肇は別のことを言った。

「葬式。よくやってくれた。不慣れなことでも、やり始めたらちゃんとやりおおせるあたり、血は争えんな」

「やめてよ」

ほんとうに、やめてほしい。自分の中に日出子を見つけるなんて。

葬儀の後処理が終わっても、日出子のための作業はまだまだ続いた。もっとも難題だったのは遺品の整理だった。

ひとりの人間がいかに多くの物に囲まれて生活しているかを、路子は思い知らされた。

タンス三棹《さお》を埋め尽くす洋服から手をつけた。一度も袖が通されておらず、しつけ糸が付着したままのスーツがある。逆に、流行遅れのデザインで、生地も灼《や》けており、目立たない箇所ではあるが虫の食った痕すらある春物のワンピースも。何のつもりで棄てずに置いてあったのだろう。

未使用と言えば、食器も多かった。駅前のデパートへ出かけるたび、日出子が輸入食器の売り場に立ち寄っていたことを思い出す。使いもしない陶製の皿や、塗りの椀や、銀のカトラリーを、せっせと買い込んでいた。

書籍は段ボール十二箱になった。古本屋に売りに行ってみたが、内容や希少価値ではなく保存状態によって買い値が決められた。傷みの激しいものが多い日出子の蔵書は、大半が引き取ってもらえなかった。

もっと厄介だったのは、会社勤め時代の資料だった。ホチキス止めされたり、バインダーに閉じられたりした書類が山のように残されていた。古紙回収に出すには金具をすべて取り外さなくてはならない。諦めて、可燃ごみとして処分した。

うんざりした。

日出子にとってどんなに意味や価値のあったものでも、残された者にとっては単なるがらくたでしかない。もしかしたらとても大切な思い出の品なのかもしれない、と本能的な疚《やま》しさがつきまとう分だけ、がらくたより始末が悪かった。

人間の生きた軌跡など、その程度のものだ。この世に存在している間に何ごとかを為《な》したつもりでいても、他人から見れば無意味なだけなのだ。

まだしも路子は、生きた日出子を覚えている。遺品に意味を見出《みいだ》すことはできなくとも、日出子にとってなら意味があったにちがいないと善意に解釈することはできる。しかし、肇が死に、路子が死に、日出子を知る他の者も死に絶え、日出子の死後に生まれた者だけで世界が埋め尽くされてしまった時、江藤日出子という人間が存在していたという確かな証拠など、どこにも見出すことはできまい。

なぜ、生きているのだろう。何も残せないのに、どうしてみんな必死にあがいて生きているのだろう。無駄なことだ。

自分の考えが証明された満足感を噛みしめるため、路子は笑みを浮かべる。やりきれない笑いだ。

一週間ほどの作業の結果、遺品もこまごまとした物を残すだけになった。家の中から日出子の匂いが薄れてゆくにつれて、肇も心の整理がつきはじめたものと見え、平常どおり出社するようになった。

昼間、誰もいない大きな家で、路子には何もすることがなかった。

肇が飽きもせず見ていたアルバムをひもといてみた。

新しいものから遡《さかのぼ》って目を通したが、家族三人を収めた写真は皆無だった。路子が自らの意志でそのような機会を避けてきたからだ。

何冊めかで、ようやく発見した。小学校の入学式だった。見覚えのある校門の脇で、日出子と路子が並んで写っている。撮ったのは肇かもしれない。三人で写ったものもある。二人の写真に比べて構図がやや甘い。誰かにシャッターを頼んだのだろう。

路子は、誂《あつら》えたと思われるキュロットスーツの中にぎこちなくちぢこまっている。そして日出子は、先週のごみの日に路子が廃品として処分した、あのワンピースを着ていた。

大急ぎでアルバムを閉じた。

残りの遺品の整理をしよう。路子はアルバムの束を乱暴に部屋の隅へ押しやり、ひとまず押し入れに積み上げておいた小物類の分別に取りかかった。

捨てる物、置いておく物、他人に譲る物、の三種類。大半は捨てることになるだろう。

取っ手のちぎれた鞄《かばん》があった。昔、買い物に行く時によく携行していたものだ。食器売り場で勘定をすませた日出子が、なおも店員と立ち話を続けていた時、路子が「早く行こう」と促すつもりで引っ張ったら、取っ手が取れてしまった。ひどく叱られた。しかしそのあと、「何も買わないからね」と念を押した上で、玩具《がんぐ》売り場へ立ち寄ってくれた。

三種類のどれにも分類できず、保留扱いにする。

ちっぽけな人形が出てきた。台の裏を見ると、さして遠くない観光地の土産《みやげ》物だとわかった。他でもない、路子が買ってきたものだ。

小学校の修学旅行だった。そんな物を買って帰っても歓迎されないのは百も承知だったが、同じ班の仲間がみな、親のために何がしかの土産を買っているのを見て、つい買ってしまった。案の定、日出子は「こんなものを買うお金があったら本を買って勉強しなさい」と厳しく言った。路子は恥ずかしくて、逃げるように自室に引っ込んだ。人形は捨てられたと思っていた。

分類不能。保留扱いにする。

これ以上、保留が増えては整理の意味がない。明日にしよう。少し疲れた。路子はリビングへ行き、ソファに身体を預ける。

　ぼんやりしていると眠くなってくる。路子は睡魔と闘う。眠りたくない。しかし、間もなく眠りに落ちる。

　夢を見る。いつもと同じ、火葬場の夢だ。

　火葬が終わり、窯の扉が開けられて、ローラーが引き出されてくる。日出子の骨が散らばっている。寝たきりで骨が脆《もろ》くなっていたのか、人間の形を保てずにばらばらになってしまっている。腕や脚の骨はそれなりの長さを残しているが、細かく砕けてしまった物は、もともとどこにあったものか判然としない。

　長い箸《はし》を使って拾い、骨壺に収める。あちらこちらから少しずつ、満遍なく拾う。死者があの世で困らないように、体の各部分を揃《そろ》えておくのだそうだ。

　やがて骨壺がいっぱいになった。残りの骨は斎場が供養してくれるのだろう。そう思って路子が立ち去ろうとすると、どこからともなく新しい骨壺が手渡される。路子は受け取り、また骨を拾いはじめる。いっぱいになる。また新しい骨壺が手渡される。拾う。いっぱいになる。また別な骨壺が――

　何度も何度も繰り返される。ふと見れば、骨は少しも減っていない。拾っても拾っても減らない。永遠に続く苦役のように、いつまでもいつまでも拾い続ける。

路子は念じる。これは夢なのだと。

夢なら醒《さ》めればよい。どこかに覚醒への出口があるはずだ。周囲を見回す。火葬場のホールの中には己の姿だけ。肇も、加代子夫婦も、住職も、係員も消えている。出入口もない。

闇が降りてくる。箸を握りしめたまま路子は駆け出す。闇に包み込まれたら終わりだ。駆ける。遠くにドアが見える。外界への出口だ。路子は必死で取りつく。開ける。開けるとそこは東京のアパートだ。不審に思って部屋の中を点検していると、後ろから木田が飛びかかる。路子は押し倒される。

――指だ。縛られる前に指を使え。

もう一人の路子が暗闇から指示を出す。路子は頷き、木田に向かう。

だが、木田は既に死んで福笑いになってしまっている。死体になっても襲いかかってくるのだ。首を絞められる。動けない。顔じゅう鬱血する。風邪を引いた子どものような真っ赤な顔で、路子は絶命する。

そこで目が覚める。

時計を見ると、一時間近く眠ったことになる。しかし路子は眠る前よりも疲れている。日出子が死んでからというもの、昼も夜も、路子の眠りはこの調子だった。

二度と目覚めなくていい。眠りたい。思いきり眠りたい。汗まみれの路子は祈るような思いで身体を起こす。

そしてまた夜が来る。

手紙が届く。宛名《あてな》は江藤路子。

開封すると、筆圧の低い小さな文字が怯《おび》えたように並んでいる。

『私は人を殺しました』

たった一行の手紙。

差出人は江藤路子。

路子は交番の前に佇んでいる。

右へ行き、また左へ戻る。

そのうちに、警察官も路子の姿を認め、訝しげな視線を寄越す。

路子は走り去る。

電話をかける。相沢和子を呼び出してもらう。相沢は心配げに問う。

『どうしたの？　何かあった？』

路子は問う。

「あたし……罪になりますか」

『どうして？　あなたは何もしていないわ』

「あたしが……」

相沢が説く。木田は病死。路子は被害者。仮に一万歩譲って、路子が何らかの反撃をしたのだとしても、それは正当防衛になる。何も気に病む必要はない。

カウンセラーを紹介しようと申し出る相沢に、口先だけの礼を言い、路子は電話を切る。

日出子の遺品のカセットテープレコーダーのスイッチを入れる。路子の独白が始まる。

あたしが殺したのは、死んで当然の男です。誰もあたしを非難したり、男を悼んだりはしません。

でも、ほんとうに悼んでもらえる人なんて、いるのかな。

あたしが死んでも、きっと誰も悲しんでくれない。誰も困らない。

だったら、誰かがあたしを殺しても、別にかまわないということ。

スイッチを切る。

何度も再生する。この独白を聞きつけた誰かが殺しに来ないか、台風を待ち受ける時の気分で路子は待つ。

夢を見た。今まで見たことがなかった、晴美の葬儀の夢だ。晴美は路子を呼ぶ。呼ばれるままに路子は、大人たちの隙間をかいくぐり、棺に近づく。遺体の小指に触れる。冷たい。その冷たさが指先から手へ伝播《でんぱ》し、そこから全身へいっせいに突き抜ける。

——やだ。気持ち悪い。

路子は右手の人差し指をぶんぶん振り回す。

——晴美ママ、路子これいらない。いらないよ。

路子は訴える。晴美は棺桶《かんおけ》の中から静かに、意地悪く笑いかけてくる。そして、童話の猫のように、笑いだけを残して消えてゆく。

目が覚めても、笑い声が耳から離れない。

本棚の奥を探す。確か残っていたはずだ。ギリシャ神話を題材に、子ども向け読み物として書かれた絵本。

黄金が大好きで、触れる物すべてを純金に変えてしまう魔法の手を授けてもらった王様の物語。食べ物も水も黄金に変わってしまい、自分の愚かさに気づく。

ああ、ここにもあたしがいる。路子は挿し絵を右手で撫でまわす。

魔法の手は決して幸福をもたらさない。そう、『神の手』は決して。


高額医療費請求の手続きのため、路子は垣内山《かいとやま》病院へ出かけた。

路子にはもう一つの目的があった。事務処理が終わると、まず二〇六号室に行った。

彩乃の身体は萎《しぼ》んでいるように見えた。点滴の管が胸もとへ入り込んでいる。ＩＶＨだ。

この子も、とうとう口で食べ物を摂取することができなくなったのか。

「お姉ちゃんだよ」

声をかけても気づかない。寒さに震えるように歯をがちがち言わせている。背中にそっと触れてやると、やっと顔を上げた。

「もう、来ないと」

思った、と言いかけたのだろう。しかしその言葉は激しい咳《せき》に取って代わられた。しばらく止まらなかった。唇が紫色になった。路子は懸命に背中をさすった。

治まると、路子の腕にしがみついた。

「さびしかったよ」

「ごめんね。忙しくて。実はね」

彩乃には、日出子が死んだことはまだ伝わっていなかった。佳枝は知っていたろうが、強いて子どもに明かすことでもないと判断したのだろう。

「お姉ちゃんのママ、死んじゃったんだ」

路子が言うと、彩乃は眼をかっと見開いた。

「どうして」

「病気に負けちゃったの。しかたないね」

「おねえちゃん、かわいそう」

彩乃の眼から涙がこぼれた。

「そうかな」

「ママ、もういないんでしょ。かわいそうだ」

「そうね」

あなたはそんなことを心配している場合じゃないのよ、と言ってやりたかった。どうして他人を気遣うのか。どうして運命を呪わないのか。どうして尻尾《しっぽ》を巻いて逃げ出さないのか。

「おねえちゃん、泣いてるの？」

彩乃に問われ、路子は驚いて目頭に触れた。涙など出ていない。

「泣いてなんかいないよ」

「ごめん。顔、あんまり、わかんないの」

彩乃は堅く眼を閉じ、また開いた。それを何度か繰り返した。

「彩乃、よく見えなく、なっちゃった。周りが暗いし、おねえちゃんの顔、二つに見える」

「彩乃……」

路子は彩乃の手を取った。冷たい、しなびた手だった。

「お姉ちゃんね」

彩乃は頷く。身体を動かすたびに苦痛で顔が歪む。返事はしなくていいから、という意味を込めて、路子は彩乃の頬に手を添えた。

「お姉ちゃんね……人を、殺したの」

「だれ？　ママを？　ほかの人？」

彩乃が尋ねてきた。

路子は微笑みを浮かべた。

彩乃は、疑っていない。人を殺したという告白を正直に額面どおり受け取ってくれている。路子を信じている。無条件に。

彩乃が路子の能力を必要としているのではなく、路子が彩乃の精神を必要としている。

実はそれが二人の関係だったのかもしれない。

「ちがうわ」首を横に振った。「相手は、悪い人だった。でも、お姉ちゃんが殺したの」

「反省、してるんでしょ」

彩乃が路子を睨んだ。ままごとやぬいぐるみ遊びで相手を咎《とが》める時の表情であり、口調だった。可愛いな、と路子は思った。

「反省、か。どうかな。あまりしてないかも」

「だめですよ。悪いことしたら、反省しなさい。ママに、そう言われたでしょ」

「はい」

路子は微笑んだまま、素直に頷いた。

「やっぱり。おねえちゃん、やさしいもん」

彩乃は嬉《うれ》しそうに目をくるくるさせた。

そして奇妙なほど透明な面持ちになって、小さく呟いた。

「反省したら、神さま、許してくれるからね。彩乃、先に行って、お願い、しといてあげる」

「馬鹿」

路子は叱りたかった。しかし、口で責める以外にどんな叱り方もできなかった。

「神さまなんていないの。わかる?」

「いると思ったら、いるんだよ。彩乃はね、神さまの子どもに、なるんだよ」

「誰が」許せない。「あなたにそんなことを教えたの? 誰?」

「自分で、考えたの。病気が、なおらなかったら、どうなるのかな、って」

いつになくよく喋る。身体がつらそうだ。生命力をすり減らして喋っているのだろうか。

「死んだらね、天国で、ずっと暮らすの。だから、こわくない」

欺瞞《ぎまん》だ。あらゆる宗教は欺瞞の塊だ。天国で永遠の生命を得るという言い訳めいた論理構成自体が、却って人間は死によって滅びるという恐怖心の証明になっているというのに、それを認めようとしない。

「天国なんて、ないの。死んだら終わりなの。だから、死ぬ値打ちがあるの。続きなんて、ない。あったら、死ぬ意味がないのよ」

「路子さん」

鷺森の声がした。振り向くと、仁王立ちの彼が、燃えるような怒りの形相で路子を睨んでいた。

「何を言っているんですか？　こんな小さい子どもに」

路子が答えずにいると、「立ちなさい」と指示した。いや、命令した。

「先生」彩乃が訴えた。「おねえちゃんを、おこっちゃ、やだ」

「大丈夫。ちょっとお話しするだけだからね」

鷺森は穏やかに言うと、先に立って歩き出した。見えない糸に引かれて路子は続いた。

喫茶室には誰もいなかった。

「幼い子どもは、大人が考えるよりも敏感です。滅多なことを言わないでください」

鷺森は紙コップのコーヒーを路子に差し出した。路子はそれを両手で抱いた。冷たかった手先に血が通いはじめた。

「じゃあ、騙したまま死なせるの？」

「騙す、とは？」

路子の言葉に、鷺森は不機嫌な顔で応じた。

「死んだら天国に行けるなんて、誰が教えたの？　そんなありもしないこと」

「彩乃ちゃんが自分でたどり着いた結論です」

受容、と鷺森は言う。末期患者がたどる心理状態の過程を五段階に分類した研究があって、現在では末期医療に携わる者の共通認識になっている。否認。怒り。取引。抑鬱。その最後の段階が受容なのだと。

「人間、死を自覚すると、世の中との関わりから自然に離れてゆくんです。誰しもがそうだとは言えませんが。そして、残される者がそれを認めることができずに患者の生命にすがりついて、逆に苦しめてしまうことがあります」

佳枝がそうだと言いたいのだろう。鷺森の説明を借りるなら、佳枝が彩乃に強いていたのは「取引」だったのかもしれない。

「それでいいの？　それでも医者？」

路子は鷺森に迫った。

「諦めが早いって、ほんとのことだったのね」

「人間は、生きている間だけが人間なのではありません。死や死後も含めて、一個の人間なんです。よりよく生きることと同様、よりよい最期を迎えることに心を砕くのも、医者の仕事だと僕は思っています」

「相変わらず、きれいごとはお上手ね」

嫌な女だと自分でも思った。しかし、鷺森なら際限なく許してくれそうな気がしていた。何もかもを受けとめて、なおかつ、揺るぎなき彼自身の答えを明かしてくれるはずだ。

「治してよ。あの子、治してあげてよ。それができないなら、医者なんていてもいなくてもおんなじじゃない。ちゃんと治してよ」

——治してよ、先生。あたしから彩乃を奪わないで。

鷺森は、躊躇《ため》いがちに首を振った。左右に振った。

路子はテーブル越しに鷺森の腕を摑んだ。

「治らないのね？　絶対に、治らないのね？」

「この世に、絶対ということはありません。しかし、治癒は極めて困難です。今の状態で、さっきみたいにあれだけの会話ができること自体、奇跡的だと思います」

咳が出るのは肺への転移の影響。物が二重に見えるのは頭部への転移の影響。ユーイング肉腫と呼ばれた彩乃の腫瘍は、今やそんな鑑別が意味をなさなくなるほど、随所に勢力を拡げている。痛みも尋常ではなく、なまじの鎮痛剤では効果は期待できない段階だと鷺森は言った。それでも彩乃は痛みに耐えることを選んでいた。

「可哀想な子です。痛み止めは、病気との闘いから逃げることだと思っています。逃げたら、天国に入れない。そう信じています。できることなら、モルヒネを処方して、自宅療養にしてあげたい。でも、病気が治って退院するのでなければ嫌だ、と彩乃ちゃんは言っています。もう、医師として、僕には」

できることはありません。

最後の部分を鷺森は、聞こえるか聞こえないか程度の小さな声で言い置いた。

「弱虫。『神の手』を目指すんじゃないの？」

詰め寄ったが、彼は答えなかった。

コーヒーは冷めてしまった。路子の指を温めることは、もうできない。

「なら、あたしのやり方であの子を助ける」

路子は宣言した。鷺森は頷いた。

「ええ。そばについてあげてください。静かに見守ってあげてください」

「違う。まだ、できることがあるもの」

右手の人差し指を鷺森に示した。

「楽に死なせてあげる。痛みから解放してあげるの。闘いから逃がしてあげるの」

「まだそんなたわ言を言っているんですか」

もういい加減にしてくれ、と言いたげだった。今までに見せたことのない面持ちだった。

どんなに毒づいても、非難しても、けなしても、揶揄《やゆ》しても、常に誠実な応答をしてくれた、いつもの鷺森ではなかった。

——やめておけ。

制止する声がある。もう一人の自分か、あるいは木田か、それとも佳枝か。

――おまえの味方についてくれる者など、この世には存在しない。わかっているはずだ。路子にはわかっていた。わかっているつもりだった。それでも、自分がどこまで傷つくことができるか、自分がどこまで他人を傷つけることができるか、限界を見たかった。蹂《じゅう》躙《りん》し、蹂躙され、その先にあるものに触れたかった。人間が死を受容できるなら、江藤路子という存在を受容することもできるのではないか。その可能性の有無を知りたかった。

「先生」路子は静かに立ち上がった。「一緒にきて」

「どこへ、ですか」

「見てほしいの。見て、確かめてほしい」

鷺森は少し考えていた。壁に架けられた時計と、路子の顔と、二つを見比べていた。

ややあって、鷺森も立ち上がった。

「少し待っていてください」

喫茶室を出る。路子も従った。

鷺森は「脳外科医局」の札が掲げられたドアの外で路子を待たせて中へ入り、白衣を革のジャンパーに着替えた姿で出てきた。サンダルも革靴に変わっている。その靴で大股に歩き出す。路子は追った。

次に鷺森はロビーの総合受付へ行き、伝票の整理をしていた女性の事務員に、「少し出かけるから、何かあったら携帯呼んで」と声をかけ、後を追っていた路子を振り向いた。

「行きましょうか。さて、どこへ?」

自分のために時間を割いてくれるのか。路子の中で二つの感情が励起《れいき》した。判決を待つ被告人のような、期待と不安。

行き先は決めていた。人間で証明することが許されない以上、路子の目的を十全に果たすことのできる場所は、そこしか考えられない。路子は口を開かずに鷺森を先導した。北《きた》園末《そのずえ》駅へ向かってバス停二つ分歩いたところにある——ペットショップへ。

店の軒先にはストライプ柄のテントが張り出している。その下にはクリーム色のワゴンが並べられていて、特売のペットフードの包みが積み上げられていた。店のロゴマークが描かれた大きなウインドウの中には檻《おり》があり、生後三か月ぐらいの犬や猫が、閉ざされた狭い空間を神経質そうに歩き回っている。ミニチュアダックスフントが九万八千円。シーズーが十二万六千円。シベリアンハスキーは特価で十一万円だそうだ。生き物にも特価があるのが可笑しい。

「何をするつもりです?」

鷺森の眼に怯えた影が差した。日出子の病室で路子が脅した時と同じ表情だ。信じない、と主張しつつも、心の片隅では「もしかしたら」と思っていてくれたのだろう。路子は嬉しくなった。

「見ていてね、先生」

路子は右手の指を立てた。

自動ドアが開き、二十歳そこそこの若い男女がベビーカーを押して店から出てきた。路子は手を下ろした。

「間違えたら大変だから」

そう説明して、その親子が自分の横を通り過ぎるのを待った。

「路子さん」鷺森が手を伸ばす。「冗談はよしなさい」

「あたし、先生に信じてほしいから」

店の中でエプロンをかけた店員が毛足の長い小型犬に鋏《はさみ》を当てているのが見える。愛想よく笑いながら、器用にカットを施してゆく。

路子は再び指を立てた。

充分な念を込める。

檻の中で無邪気に遊んでいたパピヨンの子犬やマスチフの子犬が、不意に戸惑った顔でガラス越しに路子を見た。悪意に満ちた力強い視線を感じ取ったのだろう。あるいは、動物らしい本能で今から起こることを察知したのかもしれない。

「ほら、先生！」

右手を振り上げ、ウインドウガラスに指を突き刺さんばかりの勢いで振り下ろした。子犬たちは驚いたように眼を見開き——

路子の右手が止まった。

「やめなさい」

鷺森が二の腕を摑んでいた。制止の声は低く、そして冷たかった。

「止めないで、先生」

叫んで巨大な手を振りほどこうとしたが、鷺森はそれを許さなかった。路子は肩が抜けるほど腕を引っ張られた。

「止めないでよ、先生」路子は繰り返した。「止めるんなら、信じるって言って。あたしの力のこと、信じるって。だから、止めたんでしょ？」

——信じて、くれた。あたしの指の力のこと、信じてくれたんだ。

「信じればいいんですか？」

路子の腕から手を放すと、早口で鷺森は言った。その言葉を口にしていたくない。ほんの刹那《せつな》でもいいから早く、短く言い終えてしまいたい。そんな口調で。

「僕が信じると言えば、そんな愚かな真似をやめてくれますか？」

「口先だけで言わないで！」

違う。路子はかぶりを振って、再び右手を振り上げる。あたしがほしいのはそんな言葉じゃない。

「やめなさいと言ってるんだ！」

鷺森は辺り憚《はばか》らず大声で怒鳴った。

「どうして！」路子も怒鳴り返す。「あたし、信じてほしい。あたしのこと、ちゃんと見て、確かめてほしいだけなのに。どうして」

力いっぱい鷺森の眼を見た。鷺森も視線を逸らさない。

「証明する必要がありますか？」

短く言い切ると、鷺森は一瞬だけ呼吸を整え、すぐさま嵩《かさ》に懸かって攻め立てるように言葉を継いだ。

「路子さんの指に奇妙な能力が宿っているのか否か。そんなことはどっちだっていい。君があると言うのなら、あるのでしょう。それでいいです。でも、路子さん」

路子を指差す。まるで路子のように。

「なぜ、それを確認する必要がありますか？　君は、自分のその超能力を、何か特別な、ものすごいものだと思っていませんか？」

路子は頷いた。ただ指を差すというそれだけで、命を奪うことができるのだ。ものすごい能力だと、ずっと思ってきた。ものすごく役に立つ——そしてものすごく忌まわしい能力だと。

しかし鷺森は憂鬱な面持ちで首を左右に振った。

「そんなものは、別にたいした能力ではない。君はただ、ちょっと珍しい凶器を持っているだけにすぎない。君がやろうとしていることは、誰にだって可能なことなんですよ。方法さえ問わなければ」

予想外の指摘に胸を衝かれた。言葉が出なかった。

「そんなことをわざわざ確認する必要はない。それなのになぜ、その能力を使おうとする？　あの子犬たちを殺してまで、自分の力を確かめたいか？　見せつけたいのか？　どうしてそんなに簡単に、その凶器を他者に向けることができる？」

鷺森は、能力の有無ではなくそれを使う理由に疑問を呈していた。いや、咎めていた。

「だったら、あたし、どうしたらいいの？」

——言って。先生、言ってよ。もう一度。もう一度だけでいいから。

「僕には」鷺森の顔に嫌悪の感情がよぎった。「君の気持ちが理解できない。その凶器を、彩乃ちゃんにも向けると言うのか？　どんな権利があって」

「権利なんて、いるの？　殺したい。殺したほうがいい。殺す能力がある。殺す。それじゃだめなの？　できるから、やる。それだけじゃ、だめ？」

「僕には、認められない。認めたくもない」

判決。被告人ハ有罪。

鷺森はいきなり背を向けた。そして、失礼するとも先に戻るとも言わず、病院への道を戻りはじめた。

「先生！」

路子が叫ぶと、鷺森は足を止めた。

「先生もやっぱり、普通の人だった」

聞かなくてもわかっていた。振り返りもしない大きな背中に、大きな字で書いてある──そのとおり、と。

鷺森はジャンパーのポケットに両手を隠して、足早に立ち去った。

路子は苦い思いに我が身を晒していた。

なんて馬鹿なんだろう。中学生の片想いみたいだ。最初からわかっていたのに。本当のことを告白さえしなければ、ふられることもなく、ずっと仲の良い友だちでいられたかもしれないのに。

12

路子が出かける支度をするのを、肇は怪訝そうに眺めていた。

「どこへ行く？」

「ちょっと」

詳しく言う気にはなれない。日出子の時でさえ、いかに肇がいたとは言え、休日まで見舞いに行くことはなかった。それを赤の他人、それも九歳の少女のために毎日病院へ通っているとは言いづらかった。家族に対する裏切りなどという後ろめたさは、ない。ただ、自分の行為を説明する言葉を持っていなかった。

三月を迎えて、彩乃の衰弱はますます顕著になりつつあった。佳枝がいくら叱咤しても もう食事は摂れず、ＩＶＨが彩乃の命脈を保っていた。腕も脚も枯れ木のようで、骨の形がくっきりと現れている。身体は痩せてゆくのに、浮腫《ふしゅ》はひどくなる一方だった。

ときおり、四十度近い高熱に見舞われる。水風呂に放り込まれたようにがたがたと震え、紫色の唇から弱々しい声で何かを訴える。口に押し当てるぐらいまで耳を近づけないと聞き取れない。苦労して聞き取っても、それは「寒い」か「怖い」かのどちらかだ。

そうかと思うと、拍子抜けするほどあっさりと平熱に戻って笑顔まで見せることもある。しかし、その貴重な寛ぎの時間の大部分は、来るべき次の発熱を怖れることに費やされてしまう。

佳枝の強い希望で抗癌剤の点滴だけは続けられていたが、血管が脆《もろ》くなり、輸液が漏れたり逆流したりを繰り返していた。そのたびに場所を変えて針を刺しなおす。腕と言わず脚と言わず、今ではもう刺せるところが見当たらない。

佳枝は、路子に対して思いのほか愛想よく接してくれた。病棟の屋上での気まずい会話以降、路子はそれとなく佳枝を避けていたのだが、佳枝は意に介していないらしかった。路子の価値観は完全に屈服させたから、もう警戒する必要もないと思って、見下しているのだろうか。

対照的に、鷺森はよそよそしかった。

彩乃のそばに路子の姿を認めると、造り物のような表情で一瞥《いちべつ》をくれる。

――おかしな真似《まね》はさせませんよ。

そう言いたげに。

鷺森に制止されなくても、路子が指を使う機会は着実に失われつつあった。彩乃がまともに喋《しゃべ》れなくなってきたからだ。

おねえちゃん、助けて。彩乃、もう、楽になりたい。

そんな台詞《せりふ》が小さな口から発せられるのを待ち続けていたのに、その意思表示すら叶《かな》わないほど、彩乃の体調は悪化していた。

見舞いに来ても、ただそばに座っているだけのことが多い。鷺森の思惑どおりになってしまっているのが悔しい。

彩乃は今、眠っている。心なしかここ数日、眠っている時間が増えた。痛みが少しでも軽くなっているのか、それとも痛みを感じ取る力すら失われているのか。

「痛いところ、温めたら……どうでしょうか」

遠慮がちに提案してみた。佳枝が問い返す。

「なぜ?」

「血行が良くなったら、身体の」自己治癒力、という言葉は、鷺森が使いそうで嫌だった。

「治ろうとする力が強まるかも、と思って」

布団を掛けなおしてやった時、足の爪が完全に色を失っていたのを、路子は覚えていた。血流が滞りがちなのは明らかだった。

ただ、理由は他にもある。痛みは、温めると少し楽になる。路子は経験上それを知っていた。

幼い頃、鉄棒から落ちて腰を強く打撲したところが疼《うず》いて眠れなかった時、使い捨てのカイロを当てると嘘のように眠れた記憶があった。それをしてくれたのが誰かは思い出せない。記憶の底にはその映像が今でも息づいているが、脳のどこかで邪魔が入って、意識の表層にまで出てこない。

痛みがましになるから、と言えば、佳枝の信念に抵触する恐れがあるが、治癒の話にすり換えておけば問題はあるまい。

「そうね。やってみようかしら」

佳枝は納得したらしく、威勢のよい足取りで病室を出ていった。

彩乃が目を覚ました。目覚めれば苦痛との闘いが再開される。

「ママ」

か細い声が佳枝を呼んだ。目覚めての第一声は決まって「ママ」だった。

「ママは、ちょっと出かけてる。すぐ戻るわ」

路子は大きな声でゆっくり言った。しかし、彩乃には伝わっていないようだった。

「ママ……」

もう一度呼び、そして激しく咳き込んだ。路子はハンカチを取り出し、彩乃の口に軽くあてがった。

咳は十秒あまり続いた。収まったのを確認してハンカチを離すと、血の混じった痰《たん》がべっとりと染みついていた。

「彩乃！」ハンカチを丸めた。「血……」

今までにも彩乃が血痰を吐いたことは何度かあった。しかしそれは、路子にも一度や二度は経験があるような、ささやかなものだった。今日のは違う。血だまりに申し訳程度の痰が混入している状態だ。

彩乃はひゅうひゅうと喘《あえ》いでいた。細かい呼吸がしばらく続き、ぱたりと止む。頰《ほお》や耳が臙脂《えんじ》色に染まる。また細かい呼吸が始まる。呼吸に混じって、はふ、はふ、と不規則な音がする。彩乃は何か言おうとしている。

「なあに？」

路子は耳を寄せた。

「ママ……」

続きが聞き取れない。路子は髪を耳にかける。佳枝はまだ戻らない。彩乃が咳き込み、路子の耳や頰に熱い飛沫《ひまつ》が飛び散る。路子は思わず眼を閉じる。顔を背けようとする自分を懸命に抑えつける。

ようやく、彩乃の声が微《かす》かに聞こえた。

「おうちに、かえりたい、よ」

その後は、どんなに耳を近づけても、意味のある言葉は発せられなかった。

ごふっ。

彩乃が血を吐いた。真っ赤な血が、熱帯魚の水槽に沈められた空気ポンプのような音とともに噴き出してくる。小さな子どもの苦しげな咳にこれ幸いと便乗して外界へ進出しようとする血液の浅ましさ。口もとからパジャマの胸もとにかけてが赤く染まった。シーツにも鮮紅色の血痕《けっこん》が広がる。

路子はナースコールのボタンを押した。握りつぶすほど強く押した。

天井から応答があった。路子は叫んだ。

「君塚彩乃です！　来てください」

スピーカーは沈黙した。佳枝の声ではないために、戸惑ったようだった。

「早く来て！　血を吐いたんです！」

今度は素早く反応した。すぐ行きますと返事があり、同時に足音が廊下から迫ってきた。

二人の看護師が走り込んできた。一人は馬淵だった。二人は彩乃の状況をひとめ見ると即座に処置を始めた。今日、この事態が訪れることを、既に予測していたようでもあった。

「二一一号に移しましょう。それから柴山先生を呼んで。あと、アンビューの用意して」

年かさの看護師が馬淵に指示を出す。馬淵は急いで駆け出す。年かさのほうはベッドのキャスターのロックを外す。すべて解錠すると路子に聞いた。

「君塚さんは？」

「たぶん……買い物だと……」

「戻られたら伝えてください」

何を伝えるのかを説明しないまま、彼女は作業に戻った。廊下を通りかかった別の看護師を呼び入れ、ベッドを動かしはじめる。

「彩乃」

路子は前屈みになって彩乃に顔を近づけ、声をかける。頬は土色だ。眼の焦点も合っていない。新しい病室までついて行きたかったが、戸口で思いとどまった。

ベッドが詰所の前に差しかかったところで、階段から白衣を着た人影が躍り出てきた。

鷺森だった。

彼は看護師に何かを尋ね、ベッドに寄り添って廊下の角の向こうへ消えて行った。

入れ替わりに、反対側から佳枝が現れた。使い捨てカイロらしきものを携えている。路子は戸口で待ち受け、事情を説明した。佳枝は眼を剝《む》き、返事もそこそこに走り出した。

路子も続く。

二一一号室は、日出子が死を迎えた二一二号の隣だ。詰所からもっとも近い個室。

部屋に入ると、鷺森がゴムのような素材の手袋をはめている最中だった。

彩乃、と佳枝が呼びかけた。だが、声にならず、唇が心許ない動きを見せただけだった。

「アンビューを。それと、気管内挿管の用意」

怒鳴りながら鷺森が彩乃の口をこじ開ける。

「吸引して。けっこう多いですよ」

看護師の一人が、壁に埋め込まれたバルブから伸ばした透明なホースの先に細い管を着けて、彩乃の口に挿し入れる。ずくずくずくっ、と嫌な音がして、赤黒い液体がホースの中を立ち昇る。別の看護師が、こぶし大のラグビーボールのような黒い器具を鷺森に手渡す。受け取った鷺森は、器具に付属している漏斗《ろうと》状のマスクを彩乃の口にあてがい、ボールを揉《も》む。

馬淵が心電図のモニターを運び込んできた。彩乃のパジャマの前がはだけられ、電極が装着される。やせ細った胸には肋骨《ろっこつ》がくっきりと浮かび上がっている。逆に、鳩尾《みぞおち》から下はぷっくりと膨満していた。ところどころ紫色の斑点が浮いているのが見える。皮下出血だろう。播種性《はしゅせい》血管内凝固、と鷺森が説明したことを思い出した。

しばらく揉んだあと鷺森は、鳥の嘴《くちばし》状の器具で彩乃の口を固定し、看護師から手渡されたチューブを力強く挿入した。意識も虚ろなまま彩乃が抵抗する。鷺森はかまわず入れ続ける。入れ終わると、ボール状の器具からマスクを外して、口から飛び出したチューブの先端に装着し、それを再び規則正しく揉みはじめた。

「もう一回、吸引して」

鷺森が新たな指示を出し、看護師が従う。二人の人間が彩乃の頭部を囲んで、おのおの器具を突っ込み、乱暴すぎるとさえ思える手つきで処置を施している。もしここが病院でなく、鷺森や看護師が白衣を着ていなければ、リンチを行っているようにしか見えないだろう。

佳枝は、鷺森と身体が触れ合いそうなほど近寄って見守っている。いや、実際に何度も鷺森の悪意なき肘《ひじ》打ちを食らっていた。それを気にも留めず、使い捨てカイロの袋を形見のように握り締めて、彩乃の名を呼び続ける。

路子は戸口で茫然《ぼうぜん》と立ちつくしていた。

その背を押しのけて、別の人間が部屋に入ってきた。

「様子はどう？」

男のように野太い声の中年女性。白衣姿だ。柴山という小児科の副部長だろう。よく肥ってはいるが、身体の輪郭は直線的で逞《たくま》しく、だらしない肥り方ではない。数年前にリタイアした女性ボディビルダー、といった風情だ。

「脈拍一一八、血圧は九六の六〇です」

看護師が答える。柴山医師は「まあまあね」と頷《うなず》きながら、ベッドの反対側に回って鷺森の顔を覗《のぞ》き込んだ。

「どう？　先生」

「自発呼吸はあります。喀血《かっけつ》も止まりました。ただ、痰を喀出《かくしゅつ》する力が落ちていますから」

「チューブを抜くと、また窒息するわね。このまま、レスピレーターに繋《つな》ぐ？」

柴山は視線を鷺森から彩乃に移し、軽く、ほんとうに軽く、頬を叩いた。

「彩乃ちゃん、わかる？　柴山センセだよ」

彩乃の瞼《まぶた》が動く。それが呼び水となったように、首が縦に振られた。意識はあるようだ。顔色も戻ってきた。

ようやく胸を撫《な》で下ろした路子が時計を見ると、ナースコールを押してから十分と経っていなかった。

「まだ少し残ってる」

柴山が言い、吸引を指示した。ずくずくと音が響き、彩乃は苦しげに顔をしかめた。と、やにわに手を動かし、チューブを口から引き抜こうとする。柴山がその手を押さえた。路子は、自分の手を自分の喉《のど》に当てていた。中で何かが動いているような錯覚があった。

「苦しいね。苦しいね」柴山があやす。「痰が詰まって息ができなくなったから、管を入れたよ。苦しいけど、これで大丈夫だから。ほら、ママもいるよ」

顔を彩乃に向けたまま、佳枝を手招きした。鷺森がベッドからすっと離れ、その位置に佳枝が歩を進めてしゃがみ込んだ。

「彩乃」額を撫でる。「聞こえる？　ママよ」

ひゅうう、と彩乃が苦しげな声を上げる。いや、それはすでに声ではない。チューブが気管を貫いてしまった今、彩乃の声帯はもはや機能できない。ただ、呼吸の音が出せるだけだ。

悲しい笛の音を。

佳枝が手を握る。

「何も言わなくていいのよ。お口の管がないと、息ができないの。我慢するのよ。負けちゃ、だめ」

佳枝は必死に励ます。

「今は落ち着きましたが、かなり悪い状態です」

柴山が佳枝に告げた。

「当面は個室で様子を見ましょう。夜も付き添っていただいて結構ですよ」

「ありがとうございます」

佳枝は彩乃の手を握ったまま中腰になり、頭を下げた。

彩乃が、ばりばりと濁った音を発した。痰が絡んでいるのだろう。

鷺森が、その場を避けるように壁のほうを向いた。

路子は鷺森に歩み寄り、顔を見上げた。

いたんですか、と鷺森は目で答えた。

路子も目で問い返した。

鷺森は鼻の頭がくっつくほど壁に近寄った。路子はその横に並び、同じ位置を取った。

鷺森は、腹の中のものをすべて絞り出した後のように弱々しく情けない声を漏らした。

「完全看護制の病院で、母親が夜も付き添うのは、もう子どもの命が長くないことを意味します。長期入院の子どもは、それを経験的に知っているんですよ」

――ママがいないとこわいよ。ひとりは、こわいよ。

かつて路子が聞かされた孤独の恐怖こそが、彩乃にとっては生の保証だった。そこからようやく解放された今、彩乃の目の前に死の壁が迫っている。

路子と鷺森の背後で、笛の音がした。

おうちにかえりたいよ。

路子にはそれがはっきり聞こえた。

「こうなる前に……短期でもいいから退院させてあげたかった」

鷺森の声がかすれた。佳枝に聞かれないように配慮したからだけではなかったろう。

路子は彩乃のほうを向いた。ベッドを挟んで、柴山医師が佳枝に今後の説明をしている。

彩乃の上を二人の会話が交互に通り過ぎる。

「いつまた窒息するかわかりません。人工呼吸器を使う必要がありますが、挿管したままでは苦しいでしょうし、薬で意識を落としたいのです。身体の痛みも激しいようですし」

「いえ」佳枝は強く否定した。「この子は、まだ頑張れます。薬で意識が薄れてしまったら、わたしの言うことも聞こえなくなりますわね。この子には、わたしが必要なんです」

「しかし……」

柴山医師は嘆息した。口にすべき言葉がすべて呼気に化けてしまったみたいだった。

ぷしゅう、ぷしゅう、と、やや異質な音を彩乃が奏でた。それが佳枝と柴山医師との会話に終わりを告げる合図になった。

「なあに？　彩乃、なあに？」

どろどろに甘い声で佳枝が聞く。路子にはそれが、いつでも捻《ひね》り殺すことのできる手中の小鳥に対して湧く憐憫《れんびん》の情の発露としてしか受け取れなかった。

彩乃は意味の通らない音をしきりに発する。佳枝があちこちを撫でさすっても止まない。そのうちに、手が動いた。口もとに持っていこうとする。

「押さえて」柴山が注意した。「苦しがってチューブを引き抜きます。喉を傷つけますよ」

彩乃の手の動きは胸のあたりで阻止された。眼から涙がぽろぽろぽろぽろとこぼれ落ちる。

その眼が自分を見据えていることに、路子は気づいた。

「あたし……？」

路子は一歩前へ出た。彩乃が瞼をしばたかせる。肯定の意思表示だと理解し、路子はさらに近づいた。が、佳枝の邪魔になってはと思い直して、ベッドの向こう側つまり柴山のそばへ回った。

「お姉ちゃん、ここにいるよ」

彩乃の右手を握る。痩せ衰えた手は路子の掌《てのひら》をすり抜け、胸もとから上へ向かう。

「路子さん、止めて」

鷺森が小さく叫ぶ。路子は彩乃の手を引き戻す。鷺森が佳枝に詰め寄る。

「君塚さん。薬を使いましょう。具合が落ち着くまでだけでもいいですから。いったん意識を落としましょう。でないと人工呼吸と自発呼吸がぶつかり合って、却《かえ》って危険です」

路子が抑止の力を緩めると、彩乃の手はするすると上昇する。

「それに、危険防止のために手足を縛りつけることになります。そのほうが可哀想だとお思いになりませんか」

佳枝は鷺森のほうをちらりとも見ない。路子はまた彩乃の手を引き戻す。

引き戻そうとして気づいた。彩乃の手は口へ向かおうとはしていない。顎《あご》の下まで来ると、止まる。

そこで奇妙な仕種をしきりに繰り返す。こぶしを緩く握り、手首をがくがくと振動させる。そして、手に費やす以外の力をすべて込めた渾身《こんしん》の眼差しで路子を見上げてくる。

次の瞬間、路子は悟った。首の後ろから肛門《こうもん》までを鉄パイプで貫かれたように身体が硬直した。

彩乃は弱々しく、しかし必死に、親指を立てている。それを首の前で動かしているのだ。

また呻《うめ》いた。ひゅうっ、としか聞こえないそれが、路子には自分を呼ぶ声に聞こえた。

人差し指に力がみなぎってきた。火のように熱く、電光のように鋭く、闇のようにどす黒く、一本の指が全身の神経を支配し始めた。

――彩乃。

彩乃の右手から自らの右手を剝《は》がし、あらためて胸の前で構えた。

――あなたを愛してる。だから。

左手を右手に添え、立てた人差し指を隠す。念が充分にこもるまで、周囲に悟られてはならない。

――バイバイ。

体内で爆発する想念とともに、路子は指を差し向けた。

しかし、誰かが指を摑《つか》んだ。恐ろしいほどの力で、折れんばかりに摑んだ。

路子自身の左手が。

――彩乃。あなたを愛してる。だから。

必死にもがき、のたくり、呪縛《じゅばく》から逃れ出ようとする指。封じ込めようとする左手。制御できない身体、引き裂かれてわななく心。

――医者でも神さまでも誰でもいい。この子を助けて。

握り締められた人差し指が変色を始めた。血が鬱滞している。痺《しび》れる。冷たくなる。路子は、堅く組み合わされた両手を口もとに寄せ、息を吹きかけた。血が通わない。ちぎれるほど痛い。

ちぎれてしまえばいい。

「わかりました」

佳枝がついに鷺森を振り向いた。

「先生におまかせします。ただし、好転すれば呼吸器は外して、鎮痛剤もやめてください」

「ありがとうございます」

鷺森が深々と礼をした。同時に、彼の意を汲んで看護師が活動を再開した。

新たな点滴が施された。人工呼吸器が搬入され、手際よくセットされる。彩乃の左手の人差し指に、黒い洗濯ばさみのような器具が取り付けられ、心電図のモニターに接続された。よく訓練された一連の作業を、佳枝は彩乃のすぐそばで、路子は部屋の隅で、それぞれ見守っていた。

処置が終わり、彩乃は眠りについた。

「ご苦労さま。行きましょうか」

柴山医師が踏ん切りをつけるように言った。鷺森が「はい」と答え、馬淵看護師がドアを開けた。柴山、鷺森、看護師たちの順で、一同は退室した。

佳枝は彩乃の頭を撫でている。エンドレステープのように繰り返し繰り返し撫でている。

彩乃は平穏な揺蕩《たゆた》いに包まれていた。白く乾いた涙の痕と口の周囲に残る血痕を除いては、この間までの日出子とそっくり同じ、時間が止まったような沈黙の中にいた。呼吸器の作動音と調和して、小さな身体が小さく隆起した。

彩乃の意識は消失し、路子は夾雑物《きょうざつぶつ》に成り果てていた。

そっと部屋を出た。

廊下では、鷺森と柴山が立ち話をしていた。路子の耳が捉《とら》えたのは、柴山の発言の途中からだった。

「——オフでしょう？　おかげで助かったけど」

「発表が近いですから。ここのほうが集中できるんで」

「医局か。私より早かったのも道理ね。でも、誰が先生に知らせたのかしら」

「ああ、馬淵さんが」

「そう。あの子も気が利くじゃない。じゃあ、カルテは私が書いておきます」

「よろしくお願いします」

二人は会釈を交わし、鷺森は階段へ、柴山は詰所へと消えて行った。

自然な会話だった。昨日も一昨日もその前の日にも交わされたような、明日も明後日もその次の日にも交わされそうな、当たり前の会話が、今日、病室の前で交わされていた。

鷺森が医局に帰り着くであろう時間を充分に見計らってから、路子は階段を駆け降りた。顔を合わせたくなかった。廊下を走り抜け、わき目もふらずに病院の外へ逃げ出した。

違う。違う。違う。

何が違うのかわからないまま、それだけを一心に叫び続けていた。


それからも路子は垣内山病院に通った。冬物のジャンパーだと汗ばむ日もあった。春は、すぐそこまで来ていた。

佳枝は二一一号室に寝泊まりしていた。日ごとに憔悴《しょうすい》が色濃くなる。椅子に座ったまま眠っていることも多い。

「ゆっくり休んでください。ご飯も、お風呂も」

路子は申し出た。

「あたしでよければ、ついてますから」

「でも」

佳枝は容易に肯《がえ》んじようとはしなかった。

「君塚さんが倒れたらどうするんですか。無理をおしてずっと付き添うことだけが愛情じゃないと思います」

路子は言葉を重ねた。どこかで似たような台詞を聞いたような気がする。

それじゃ少しだけ、と佳枝は了解し、自宅へ帰っていった。

二人きりの病室で、路子と彩乃はさまざまに語り合った。

幼稚園の話。優しかった先生。友だちを怪我させてしまって、両親が謝りに行ったこと。誰かに間違って持ち去られ、とうとう戻って来なかったお気に入りの傘。

学校の話。遠足や運動会や学芸会。宿題にテストに通知票。

家族の話。日曜日の遊園地。観覧車が頂上から降りはじめた時、無性に悲しくて泣きじゃくったこと。駄々をこねてもう一度乗った。

自分自身のこと。書きかけの日記帳。捨てられない玩具。ケーキ屋さんになりたいと思いつめていたこと。

それらは、路子の思い出なのか彩乃の思い出なのかわからない。陶然と混じりあい、ひとつの淡い色彩となって二人の心に漂った。彩乃は何も喋らなかったけれど、確かに路子は彩乃と語り合っていた。

途中から彩乃は、もっぱら聞き手に回ってくれた。路子は話した。彩乃が、これからどんな経験をするはずだったのかを。

好ましい人間が増えると同時に、どうしても許せない人間も増える。知能の高低や、肉体的な巧拙や、職業の貴賤《きせん》などで、差別し、差別され、いがみ合い、傷つけ合い、諍《いさか》い合う。いわれのない中傷と誤解、劣等感の裏返しとしての尊大な態度、無関心という名の辛《しん》辣《らつ》な攻撃、小さな過ちが引き起こす決定的な亀裂、それらがあらゆる人の間に横たわり、渦を巻き、楔《くさび》を打ち、大切に守ってきたはずの目に見えない何かを残酷に押し流し、焼き尽くし、捻りつぶす。悪意と絶望と憂鬱と苦悩と焦燥と逃避とが自分の中にも他人の中にも侵入し、渾然《こんぜん》一体となり、やがて現実という動かし難い塑像を形づくって過去と未来を覆いつくす。

それでも――

それでも人間の五感は、ささやかな喜びを感ずることがある。寒風の中で暖かい陽射しに触れたとき。ほのかに大地の味を纏《まと》った湧き水を飲み干したとき。意識にのぼらないほど慎ましやかな花の香りに包まれたとき。ずっと待っていた誰かの声が受話器の向こうから聞こえたとき。そして、大切な人の笑顔を己の目に焼きつけるとき。

これから数十年、もしかしたら百年もの長きにわたって彩乃が経験するはずだったことを、路子は語って聞かせた。

彩乃はつぶらな眼を輝かせて聞き入り、笑い、驚き、質問をし、続きをせがんだ。路子は全身全霊をこめてそれに応えた。

たとえ死に瀕《ひん》していても、意識が曖昧《あいまい》で何の反応もみせなくても、人工呼吸器なしには生命を保てなくても、彩乃は生きていた。生きて、永遠の会話を路子と交わしていた。

ただし、その一方で、生身の彩乃はさらに衰弱しはじめていた。尿量は減り、皮膚は弾力を失い、浮腫は進行している。日出子の時と同じく、表面的には何の変化も見られないのに、肉体の内部は着実に蝕《むしば》まれつつあった。

そしてその日が訪れた。

水差しの水を入れ替えるため、路子が部屋を出ると、医療器具を満載した銀色のカートを押して看護師が入室した。消毒とガーゼ交換だろう。路子は気に留めなかった。

日曜の昼下がりだった。

扉を開け放している病室がある。窓からふんだんに入り込んだ日光が廊下にまであふれ出て、病棟は柔らかい明るさに満ちていた。

給湯室を出て廊下の角を曲がると、さっきの看護師が白いものを手に捧げ持って駆け出してきた。カートはどうしたのだろう。不審に思いつつ、すれ違いざまに看護師の手の内のものを見た。

紙おむつだった。中にはどす黒い塊が付着していた。

血の色で出血箇所が推察できる。何かのおりに鷺森が教えてくれたことだった。食道や胃の内部で出血すると、血液の鉄分と胃酸が反応し、どす黒く変色して排泄物と混じり合う。タール便、と鷺森は説明した。

上部消化管出血。もう、彩乃の肉体は滅びかけている。

路子が部屋に戻ると、複数の足音が廊下から轟《とどろ》いた。ほどなくドアが開き、路子を突き飛ばさんばかりの勢いで鷺森と看護師が入ってきた。

戦闘が開始された。看護師が口火を切る。

血圧八〇。下は測定できません。

血中酸素飽和度、上がりません。

心拍数、一一六。

局面を把握した鷺森が命ずる。

止血剤投与。昇圧剤増量。輸血用意。吸入酸素濃度一・〇まで上げて。柴山先生に連絡。

カーテン越しの陽光が彩乃の顔を照らす。鷺森が手の甲で額の汗を拭《ぬぐ》う。

戦闘は約三十分続き、小康状態に入った。

「君塚さん」

鷺森が腰に握りこぶしを当てながら言った。

「昨日も申し上げましたが、彩乃ちゃんのお父さんに連絡は」

「必要ありません。この子はわたしの子です」

佳枝は語気荒く答えた。鷺森は頭を振り、白衣のポケットに手を突っ込んだ。

「モニターから目を離さないで。何かあったらすぐに呼んでください」

傍らの看護師にそう告げると、悄然《しょうぜん》と二一一号室を出て行った。

もはや限られた時間しか残されていないことを、彩乃を除く全員が知った。

やがて時計の針が進み、太陽が傾きはじめ、脈拍の数値が下がりだした。目に見えるものすべてが彩乃の生命を刻んでいた。

午後五時。八〇台を維持していた脈が、がくんと六〇台に落ちた。

「君塚さん」

路子は佳枝の顔を見た。看護婦さんを呼んだほうが、と言おうとしたのを遮るように、鷺森と二人の看護師が駆け込んできた。

鷺森は彩乃を見て、佳枝を見て、路子を見た。そして、事務的に宣言した。

「ご家族以外の方は外に出ていてください」

佳枝と看護師が、はっとなって鷺森を見た。彼は黙って処置に取りかかった。

——おかしな真似はさせませんよ。

鷺森はそう言いたかったのだろう。路子にはわかっていた。しかし同時に、こう言っているようにも思えた——君はもう、今から何が起こるかを充分に知っているはずです。

「はい」

おとなしく答えて、路子は部屋を出た。

自分の足が他人の物みたいに頼りない。

ふらふらと詰所の前に立った。馬淵の姿が見えた。路子は扉を開けた。馬淵が応じる。

「何か?」

「彩乃ちゃんの心電図のモニター……見られますか」

馬淵はちょっと首を捻ったが、「どうぞ」と詰所の奥へ案内してくれた。

脈拍の数値は四〇にまで落ちていた。波形が不規則かつ不安定になり、次第に間延びしはじめた。画面に同時に表示される波の数が三つになり、二つになり、一つになった。

と、いきなり、初めて雪を見た子どものように激しく踊りだした。

「鷺森先生、きっと悲しいわよね」

モニターにちらりと目をやり、馬淵が同僚に囁《ささや》いた。同僚が答える。

「これ、嫌よね。クランケの身体、痛めつけるだけだもん」

「それにさ」ゴシップを語る口調で馬淵が続ける。「あの体格でしょ。あの手でしょ。前に、心マで肋骨折っちゃったことあるんだって。骨粗鬆症《こつそしょう》の酷いお年寄りでさ。娘さんがどうしても続けてくれ、って泣きわめいて」

「へーえ」

同僚が答え、二人は仕事を続けた。

会話が途切れると、それを待っていたように、モニターの波形がフラットになった。数字もゼロになった。

それきり、どんなに待っても動かなかった。

路子は馬淵に礼を言って、詰所を出た。

顔を上げると鷺森が立っていた。

彼は廊下の壁を見ていた。壁の先にある憎むべきものを睨《にら》み殺そうとしているかのようだった。路子は、気づいてくれるまで待った。

橙《だいだい》色の光が廊下に入り込み、二つの影が床の上に長く長く横たわった。

「終わったよ」

壁を向いたまま、鷺森が厳かに口を開いた。それから身体を路子に向けた。はじめから気づいていたようだった。

うす汚れた白衣はボタンが全部開けられていて、左右の身ごろが鷺森の胸から太股にかけて力なく垂れ下がっていた。

前世の予言が実行されるように、路子は鷺森の胸に飛び込んでいた。

路子は泣いた。晴美の葬儀で泣き止んでから、初めての涙だった。あたりはばからず泣いた。寒気がするほど泣いた。

肩を抱いてほしかった。肋骨をへし折るまでの力を秘めた大きな手で、皮膚が破れて血が噴き出すぐらい強く抱いてほしかった。

鷺森の両手が上がった。路子の肩に触れた。

そして、力強く突き放した。

「君にも、人の死に流す涙があったのか」

路子は頭上を見上げた。石像のように冷たい顔がそこにあった。

「最期は苦しまずに亡くなったよ。これで満足か。君が殺すまでもなかったよ」

路子は何も言えなかった。さっき、鷺森が壁の向こうに見ていたのは、もしかしたら自分だったのだろうかと思った。

「君は、自分のおかしな力に意味を与えたかっただけだ。そのために、あの子を利用しようとしていただけだ。そうだろう？　自分のしてきたことを、誰かに感謝されたくて、褒めてもらいたくて、間違っていなかったと証明してもらいたくて、その道具としてあの子を犠牲にしようとしていただけだ。違うか？」

路子の肩を摑《つか》む。抱くのではなく揺さぶる。

「医者は結局は敗者になると言ったな。死を多少先延ばしにしても何も解決しないと言ったな。いつでも死んでみせる、怖くないと言ったな。そこまで言うのなら、一度、死んでみたらどうだ？　君には」

路子の肩から手を放し、天井を見た。

「彩乃ちゃんの死を悲しんでほしくない」

ひと呼吸おいて、鷺森は足早に立ち去った。

被告人ノ上告ヲ却下ス。

路子は動けなかった。廊下を彩っていた橙色が薄れ、蛍光灯の白い光だけが支配するまで、立ちすくんでいた。

13

二か月半ぶりに東京のアパートへ戻った。己を責め苛《さいな》むに相応《ふさわ》しい場所は、そこしか思いつかなかった。

家賃は銀行口座から落ち続けていたし、破られたアルミサッシは事件の後すぐに修繕されていた。住むには問題ない。家主は退去しろとは言わなかったが、なぜ路子がさっさと引き払わないのか不思議に思っている節はあった。

大学はもう春休みだ。行く必要もない。

これからどうすべきか。路子は何も考えられなかった。

戻った翌日、隣室の女とすれ違った。

「ああ、あんた。元気かい」

「ええ、まあ……」

「そうは見えないけどね」

それが、ここ数日で唯一の会話だ。買い物に出かけても別に店員と話す必要はないし、そもそもほとんど外出しなかった。

食欲もない。

近所のコンビニエンスストアでミネラルウォーターのペットボトル一本だけを買ってアパートに帰ると、集合ポストに手紙が放り込まれていた。部屋に上がって開封した。

佳枝からだった。寂しげな文字が行儀よく並んでいた。

『前略

路子さんにはひとかたならぬご厚情をいただき、感謝の言葉もございません。

ご実家へご挨拶に伺いましたが、大学に戻っておられるとのことでしたので、不躾《ぶしつけ》ながら書面にて御礼申し上げます。

抽斗《ひきだし》の中に、娘から路子さん宛に認《したた》めた一文がありましたので同封いたします。

草々』

路子は手紙を取り落とした。

娘から？　彩乃から？

彩乃は死んだ。息を引き取ったあとの姿は一度も見なかったけれど、間違いはない。

葬儀にも行った。会葬の列には加わらず、遠くの物陰から見ていた。数多くの参列者がみな――大人も子どもも――みっともないまでに泣き崩れるのも見た。白木の霊柩車が来て、観音開きの扉の奥へ小さな棺がしまい込まれるまで、路子は目を凝らして見守った。

彩乃は、日出子と同じところへ行ったのだ。

ガラステーブルの上から封筒を取り上げた。中をあらためると、丁寧に折り畳まれた紙片が残っていた。

折り目を広げる。手につかない。指先に痒《かゆ》みが走った。すっ、と幅のない線が生まれ、線はすぐに赤く変色する。唇に咥《くわ》えて吸う。赤い色は消えるが、またすぐに現れる。

切れた指を使わないよう気を配って、ようやく紙片を広げ終わった。

鉛筆で書かれた、手紙とは呼べないほどの走り書きだった。

『みつ村のおばちゃんがかみをくれましたからかいています。わたしは、きつと天ごくにいくのです。おねえちゃんがおばあちゃんになつてからきたらわからないので、おねえちゃんがあやのを見つけてください。おねがい』

次の行から先は判読できなかった。最初の文字は「あ」だと思われたが、あとは文字とは呼べない不定形な曲線の羅列だった。「おねがい」まで書いて、そこで痛みに耐えきれなくなったのだろう。顔の右半分を歪めて歯を食いしばっていた彩乃を思い出した。

辛抱強い子だった。

自分が母親の重荷になっていることを知りつくしていて、その期待に応えようと一所懸命だった。

具合のいい時に笑うと、憎たらしさの片鱗《へんりん》が遠慮がちに覗いた。元気な頃はさぞかしやんちゃでおしゃまな女の子だったのだろう、と容易に想像させる笑顔だった。

腫瘍《しゅよう》が、彩乃の長所も欠点もひとまとめに削り続け、削り終えてしまった。

路子は彩乃の手紙を胸に抱いた。少しも温かくならなかった。

彩乃……。

あなたが旅立った世界に、あたしは迎え入れてもらえるのだろうか。

何の手応えもない、紙片。

身体を折り曲げる。厳重に紙片を取り囲む。彩乃の息吹を逃がさないように。

紙片は何も語りかけてこない。

彩乃に会いたい。もう一度。

叶わぬ願い。

どんなに愛情を注いでも、懐かしく思い出しても、名前を呼び続けても、もう会えない。

胸が張り裂けそうだ。

一時間ほどもそうしていたろうか。

みし。

物音を聞いた気がした。

木田が人生の最期を迎えた床の上に、彼の幻が匂うように立っている。福笑いのまま不敵な笑いを浮かべ、手招きをする。

「待って」

路子は頼む。一つだけ、しておきたいことがある。

鞄《かばん》の中をほじくり返す。見つからない。どこに入れたろう。大事な時に限ってこれだ。

早く捜し出さないと、心が揺れてしまう。

ようやく捜し当てた。電話番号が書かれた反故紙《ほご》のメモ。

鷺森にだけは伝えておきたい。今から江藤路子の処分を行うことを。誰かに宣言しなければ行動に移せない。宣言して自分を追い込めば勇気も出る。

ダイヤルし、呼び出し音を聞く。五回、六回、七回。十回。十五回。誰も出ない。

——僕には、あなたを勇気づける筋合いはありませんよ。

彼の不在はそんなメッセージなのだろうか。

諦《あきら》めて受話器を置こうとした時、がちゃ、と小さな音が聞こえた。

「鷺森先生？」

声を押し殺して路子は問いかけた。

『先生は出張中ですが』若い女の声。『どちらさまですか』

世の中、所詮こんなものだ。

「戻られたら……やっぱり、いいです」

相手の返答も聞かずに路子は電話を切った。

幸い、垣内山病院の住所は覚えている。

反故紙の余白に「さようなら」と書いた。

手持ちの封筒にそれを入れ、セロハンテープで封緘《ふうかん》した。

部屋を出た。コンビニエンスストアへ行く。切手を買う。郵便ポストは道路を挟んで斜め向かいだ。横断歩道のない所を渡った。

投函した。

宣言してしまった。宣言した以上、実行しなければ嘘になる。

差出人の名前はどこにも書かなかったが、中を見れば鷺森はわかってくれるだろう。笑うだろうか。怒るだろうか。

アパートに戻る。この道を歩くのも今日限りだ。

部屋に上がり、佳枝と彩乃の手紙を丁寧に折り畳んで封筒に戻す。

――彩乃、心配いらないからね。すぐ行くから、ちゃんと見分け、つくよ。

人差し指を立てる。

あらためて観察すると、我ながらきれいな指だった。ほっそりして、滑らかで、爪の形もいい。人間の表面的美醜と人格とは必ずしも正比例しないというが、指も同じだ。

この指が、生き物の命を奪う。死んだ者は生き返らない。

借りた金は返せばいい。冷めた味噌汁は火を通せばいい。壊れた玩具は修理すればいい。

死んだ者は生き返らない。

二度と取り返しがつかないこと。

それを指のひと振りで路子はやりおおせる。腕力も凶器も毒薬も用いることなく、いっさいの危険を負うことなく。

指を自分に向けてみる。

もう、この場所には戻ってこられない。やり残したことがあっても、言い残したいことがあっても、戻ってくることはできない。

今から路子がやろうとしているのは、そういう行為だ。

手が震えた。

とめどもなく涙があふれてきた。

喉から笛のような声が漏れた。

膝《ひざ》の上にぼたぼたと涙が落ちる。

声は長く尾を引いて漏れ続ける。

彩乃もこんな声で苦しんでいた。何日も何日も苦しんでいた。そして死んだ。

指先を胸に押し当てたまま、路子はわあわあと泣き続けた。

別の手段のほうが思いきれるだろうか。

台所へ這《は》いつくばって行き、流し台の下の収納庫から包丁を出した。しばらく使っていないそれは曇りを帯びていて、切れ味が鈍っているように思われたが、肉体を傷つけるには充分だった。

左手首にあてがう。躊躇《ためら》わず一気に力を込めればいい。容易《たやす》いことだ。容易いはずなのに、手が震える。

だめだ。あたしは、だめだ。

彩乃のような幼い子どもが、いや、その半分の大きさもない犬でさえ乗り越えた壁を、路子は乗り越えられずにいた。

簡単なことだと思ってきた。

事実、簡単なことだ。刃物で手首を切るだけ。あるいは、高いところから足を一歩踏み出すだけ。丈夫な紐《ひも》で輪を作って、首を差し入れるだけ。簡単だ。大根のかつら剝きをしたり、ピアノでショパンの夜想曲を弾いたり、目隠しをして一輪車を乗りこなしたり、三色の毛糸でセーターを編んだり、そんな高度な作業ではない。誰にでも可能で、練習も不要で、その気になりさえすればすぐにでも実行できることなのだ。

その気になりさえすれば。

そうすべきだと心の底から思っているのに、できない。雨の誕生日以来、自分の心の底だと信じて見守り続けてきた黒い思念は、まだ本物の底ではなかったのか。

犬のように道端で屍《しかばね》を晒《さら》すこともなく、彩乃のように延々と続く苦痛を経験することもなく、誰よりも乗り越えやすい壁に向かっているというのに、なぜ前へ進めないのか。

犬以下だ。彩乃以下だ。あたしは。


嗚咽は慟哭《どうこく》となり、路子を翻弄した。

路子はそのまま床に突っ伏して、カーペットに顔を埋め、涙と声を絞り続けた。

息が詰まり、むせ返り、激しく咳き込んだ。

胸の裏側で熱いものが生まれ、急速に膨らんだ。ぐ、ぐ、と喉をせり上がってくる。

風呂場に駆け込んだ。湯船の縁に身体を預ける。

嘔吐《おうと》した。徹底的に吐いた。苦しい。それなのに心地よい。

もし、人間の身体のどこかに魂や霊というものが存在しているならば、吐瀉物《としゃぶつ》といっしょに流れ出てしまえばいい。排水口から下水道を辿《たど》って、濾過《ろか》され、洗浄され、消毒され、それがもとは江藤路子という人間の肉体に宿っていたと識別できる痕跡をひとつ残らず剝奪されて、誰か別の人間のもとで再生すればいい。

嘔吐が終わっても、魂とおぼしきものが排出された形跡はなかった。そんな気の利いたものはあたしの中にはもともと備わっていなかったのかもしれない、と路子は思った。

それから三日経った。路子は生きている。

この三日間、部屋から一歩も出ていない。カーテンは閉め切ってある。昼も夜も灯りは点けないままだし、冷蔵庫の電源は抜いてあるから、電力のメーターもほとんど回っていない。外からは長期不在に見えるだろう。

――暴行犯の次は、窃盗犯に狙《ねら》われそうだな。

路子はカーテンに織り込まれた幾何学模様を眺めていた。ベッドに仰向けに横たわったのは、どのぐらい前だったろう。手洗いに立つ以外は、ずっとこのままの姿勢だ。最後は六時間前――もっと前か。もう忘れた。

吐いてから、水すら口にしていない。それでも尿は出る。不思議なものだ。老廃物を捨てるために、体内の水分がかき集められているのだろう。日出子や彩乃は、あんなに多量の点滴を射っていたのに、死に至る数日はほとんど排尿していなかった。路子の泌尿器は悲しいほど正常に機能している。

だが、さすがに三日目になると尿量は減ってきた。今日はほとんど膀胱《ぼうこう》に重みを感じない。六時間前も、もしや排泄機能に障害が発生していないかと期待して、確かめるために手洗いへ入ってみただけだ。もちろん、何の問題もなかった。

ゆっくりと腕を上げ、前腕部で顔をこすってみた。どんよりと眠い。眼球の裏側にごろごろとした違和感がある。眼が乾いているらしい。いくら瞬《まばた》きをしても治らない。

脚がだるい。山歩きの後のようだ。殊に膝の上あたりが重い。

寒気がする。

自覚している身体の変調は、この程度だった。空腹は苦にならなかった。ひとたび胃袋が空になれば、それ以上の空腹状態はあり得ない。ただ普通の空腹が続いているだけだ。

電話が鳴った。年末からずっと、留守番電話を解除したままになっていて、着信せずに鳴り続けている。この電話機は三十回ベルが鳴ると自動的に留守番設定になるらしいのだが、二十五回ぐらいで切れた。辞めたアルバイト先からかもしれない。まだ残りのアルバイト代をもらいに行っていない。

日が暮れてきた。

ドアホンが鳴った。

新聞の勧誘だろう。ここに住みはじめた頃にも、こんな時間帯に来たことがある。住人がどんな状態でも勧誘には来るんだな、と路子は妙に感心した。あたしが飢えて死んでいても、勧誘員は呼び鈴を押したにちがいない。

江藤路子が消滅しても、世界はなんら影響を受けることなく動いてゆく。

また鳴った。二度、三度。

無視していると今度は乱暴なノックの音。

路子はベッドから降りた。靴脱ぎの灯りを点け、ドアを開けた。

制服の警官が立っていた。その後ろにもう一つの人影。家主だ。

路子は安堵した。ようやく、罪に問われる時がきたのだと思った。

「あたしを、捕まえてもらえるんですか……」

微笑《ほほえ》みさえ浮かべて、路子は数日ぶりに言葉を発した。懐かしい感じがした。

「はあ?」

警官は拍子抜けしたような顔を見せた。

「この部屋で自殺者が出た可能性がある、と通報があったんですが」

路子は部屋の奥を振り向いて、もう一人の路子が死体になって転がっていないかどうか確かめてから答えた。

「ここは……あたししかいませんけど」

警官の後ろで家主が、江藤さんあんた前にここで事件に遭ったからね、と疑わしげに呟《つぶや》いた。それを苦にして、と言いたいらしい。

それができるものなら、そうしたいけれど。

「何も、ありませんね?」

警官は恐縮しながら靴を脱いで部屋に上がり、ひとわたり見回した。

「はい。何もありません」

あくびが出た。効果的だった。

「お休みのところ申し訳ありませんでした」

二人は退散した。路子はドアを閉め、灯りを消した。

ベッドに戻ってから、施錠を忘れたことに気づいた。面倒なのでそのままにしておいた。

すっかり夜になった。

またドアホンが鳴った。気ぜわしく二度鳴らされ、すぐにノックの音が続いた。

馬鹿だな。勝手に押し入ってくればいいのに。押し入って、好きな物を勝手に持っていけばいい。あたしの命でも。

路子の思いが通じたのか、ノブを回す音がした。大きな音がしてドアが開けられる。

そして、鼓膜が破れるほどの叫び声を路子は聞いた。

「路子さん！」

鷺森だった。

反射的に路子は体を起こした。土管のように寝そべったまま彼を迎えるのは失礼な気がした。それから、この状況でそんなことを気にかける自分が可笑《おか》しくなった。鷺森がこの部屋に現れたことを意外に思う気持ちは、まるでなかった。

　ベッドから降りようとして、脚がもつれた。どこかに手をつこうとしたが、薄暗がりの中で支えにすべき場所を咄嗟《とっさ》には見つけられず、みごとなまでの不様さで床に転げ落ちた。悲劇的な激突音が響いた。

「路子さん！」声が呼ぶ。「死んではだめです！」

　はい、と答えながら路子は声のほうへ這い出したが、鷺森は見えも聞こえもしていないようだった。勢いよく走り込んで来て、路子の顔面を思いきり蹴飛ばした。

「痛っ」

　路子が叫び、足音は止まった。

　先生動かないで、と声で制して壁際まで這い、壁にぶら下がるようにして立ち上がった。蛍光灯のスイッチは手探りでもわかる。白い光が部屋を満たした。路子は眼を細めた。

　ベッドのそばでは、スーツの上からコートを羽織った姿で鷺森が両膝をついていた。

　路子は尻もちをつく格好で座り込んだ。鼻の周囲に、わんわんと疼く痛みがあった。

　顔を手で庇《かば》う暇も与えず鷺森はにじり寄り、荒っぽく路子の両肩を鷲摑《わしづか》みにした。

「死んじゃだめです！」

　ぐらぐらと揺する。首が折れて、それこそ死んでしまいそうだ。

「生きてます。残念ながら」

路子が冗談めかして答えると、鷺森も力を抜き、手を離して腰を降ろした。正座の格好になった。

「間に合いましたか……」

鷺森は大きなため息をついた。絵本の中の巨人が呼気で嵐を起こす場面のようだった。

路子はやっと鼻を庇うことができた。

「鼻血、出てない？」

「出ていません。ごめんなさい、痛かったでしょう」

鷺森の謝罪を無視して路子は尋ねた。

「手紙、読んでくれたの？　それでわざわざ」

しかし鷺森は意外な答えをくれた。

「読んでません。三日前から東京に来ています」

脳外科の学会が開催され、鷺森も発表者に名を連ねていたのだという。

受け持ち患者の容態を把握しておくため、一日一度は職場に電話を入れるのが出張時の彼の習慣だった。今日の電話の切り際に、後を託しておいた後輩が奇妙なことを言った。

先生に手紙が来てますよ。名前？　書いてないですね。やけに軽いです。消印ですか？

東京ですよ。

すぐ病院の事務室に電話を入れた。江藤日出子の自宅電話番号と緊急連絡先を聞き、両方に電話をかけた。自宅は留守だった。連絡先は肇の会社で、部署が違うと言われ、たらい回しにされた。ようやく肇をつかまえ、路子の部屋の住所と電話番号を聞き出した。

電話をする。誰も出ない。警察に通報した。

「とにかく、電話電話の数時間でしたよ。来ませんでしたか？　警察」

路子は頷いた。

「アパートの前まで来てみて、騒ぎの痕跡がないから安心はしましたが、鍵は開いているし中は真っ暗だし……肝を冷やしましたよ」

「待って」

腑《ふ》に落ちないことがあった。

「読んでない……って、どうして、あたしだと」

「さあ。虫の知らせと言うんでしょうかね」

ようやく鷺森に笑顔が出た。

路子は、少し息苦しさを覚えた。壁に寄り添い、背中を預けて脚を投げ出した。鷺森は路子のすぐ隣、ただし肩や腕が触れ合わない位置で、同じ姿勢を取った。

「間に合わないと思った？」

　意地悪く聞いてみた。

「間に合うように祈っていました」

　鷺森は路子のほうを向き、右眼に「真」、左眼に「摯」という漢字を貼りつけた独特の眼差しで見つめた。

「すみません。あの時は言い過ぎました。僕は、医者失格ですね」

「何を？」

「医師たる者が、かりそめにも『死んでみろ』などと口走ってしまいました。危うく取り返しのつかないことになるところだった」

　路子は、首を横に振った。

　彩乃が息を引き取った直後だった。治療者としてはともかく、鷺森亮一という一個の人間としては全力を尽くせなかった患者を失って、彼が打ちひしがれていた時だ。路子には責めることはできなかった。それに、彼の暴言は結果として路子自身の選んだ道と合致していたのだから。

「そうするつもりだった。でも、できなかった。自分がこんなに弱虫だって思わなかった」

路子が告白すると、鷺森はうな垂れて、

「もしそんなことになっていたら、僕は殺人犯も同然です」

と沈んだ声で言った。

「あたし、先生を人殺しにしちゃうところだったんだ」

よかった、と路子は心の底から安堵した。罪を償おうにも償えない不幸な人殺し。鷺森には、世界中でいちばん似合わない職業だ。

路子の安堵が伝わったのか、鷺森も少し落ち着いたようだ。路子のほうに顔を向けて、口を開いた。

「僕もあれからじっくり考えました。結論としては、僕はどこまで行っても科学者だということです」

「どういうこと」

「論理的に説明のつかない事象を信じるわけにはいきません」

彼は、あらためて路子の能力の存在を否定した。一度はそれを認めるような発言をしてしまったが、路子の特異な経験はやはり全て偶然の産物と解釈すべきだと言った。

「でも、先生、他に説明のしようがないじゃない？」

「他に説明のしようがない、というのは、必要条件に過ぎませんよ。充分条件ではない。

必要にしてかつ充分な証拠がない限り、どんなにもっともらしい解釈でも、僕は信じるわけにはいきません。それを信じたら、僕は科学者ではなくなってしまう。医師ではなくなってしまいます。路子さんの指には特殊な能力など、ない。あるのは思い込みだけです。それに、僕にだって」

言いさしにして鷺森は口を噤《つぐ》んだ。

路子には続きが予想できた。僕にだってもしそんな能力があったら、君と同じことをしたかもしれません。だから、暴行犯のことも、彩乃ちゃんを死なせようと考えたことも、君が悩み苦しむ必要はありません。

「先生」

「はい？」

「理屈屋さん」

「そうですか？」

「でもね。あたし、もう」

今度は路子が言いさしにした。

——あたし、もうどっちだっていい。能力があってもなくても。

路子は思う。仮に鷺森が正しくて、すべてが偶然や他の理由によるものだとしても、自分にとっては同じことなのだと。

犬も猫も象も、弟も、そして木田も。路子は自分が殺したと考えている。殺したいと思ったからこそ、殺したのだ。現実には路子に能力はなく、偶然彼らがひとりでに息絶えたのだとしても、もしその時点で能力があったなら、路子はそれを使って殺したはずだ。路子は、それをしたつもりだったのだ。

ナイフで刺した瞬間に、刺された相手が心臓麻痺で死んだなら、刺した人間に罪は生じない、などと言えるだろうか。あるいは、死刑執行の装置を作動させるスイッチを五人の刑務官が同時に押し、うち四つはダミーのスイッチだからといって、彼らの良心が傷つかないなどと言えるだろうか。

客観的には、路子が振りかざしたのは玩具のナイフだったかもしれない。本物だったかもしれない。それはわからない。しかし路子本人が本物だと信じている限り、路子にとってそれは本物なのだ。

「先生」

路子は横並びのまま鷺森に近づき、ぴったりと寄り添った。

「抱いてて」

肩に頭を預けた。躊躇いがちに伸ばされた鷺森の手が路子の肩を抱き寄せた。

「もっと」

壁から背中を浮かせて鷺森の胸にしなだれかかると、背後から二本の腕が路子の身体に回された。ただし、マフラーを巻くように首と鎖骨のあたりを覆っただけで、柔らかい部分には臆病《おくびょう》なまでに触れようとはしなかった。

腕ではなく、言葉が路子の胸に触れた。

「言いたいことはわかります。でも、科学者である僕には、君を責めることも、逆に赦《ゆる》してあげることも、できません。悔しいけれど、これが僕の限界です」

「それ、敗北宣言？」

「そうですね。医者にできることなんて、たかが知れてますよ」

何度も聞かされた台詞だった。この台詞を吐けるからこそ、あたしはこの人を信頼できるのだと路子は思った。

「やぶ医者」

路子は首を反らせて鷺森を見上げた。

「そのとおりです」

「聞いていい？」

控えめな声で尋ね、鷺森の了解の仕種を見届けてから続けた。

「やぶ医者のくせに、どうして幸せな職業だなんて、思うの」

「その話ですか」

鷺森は、回した手で規則正しく路子の肩を叩いた。子どもを寝かしつけるように。

「生きた証《あかし》……と言っておきましょうか。それを残せるからです」

「患者さんの命を救うこと？　遅かれ早かれ死んじゃうのに？」

「はい。その遅かれ早かれがポイントです」

解説するような口調。路子は、スクリーンを指示棒で指し示しながら論文の発表をするステージの上の鷺森を思い描いていた。

「人間、誰かの記憶に残っている限りは、死なないんですよ。記憶の中で生きてるんです」

路子は、危うく噴き出しそうになった。

「かっこいい台詞だけど……詭弁《きべん》じゃない」

「そうですか？　では、詭弁のついでに、こんな話はどうですか」

なんだか、嬉《うれ》しそうだ。

「人間の生命活動の中枢は脳幹です。思考や感情の中枢は大脳です。脳幹だけが死んだら、どうなりますか」

「死ぬ……んでしょ?」

「正解。では、大脳だけが死んだら? 植物状態ですね。どっちが致命的ですか」

路子は、鷺森に見えないように笑った。この男は、路子の自殺を未然に防ごうと必死になってここまでたどり着いた。そんな修羅場の直後だというのに、こんな真面目くさった禅問答みたいな問いを平気で、しかも真剣に投げかけてくる。

「脳幹」

「では、脳幹がもし、移植できるとしたら？　あるいは、人工の脳幹が開発されたら？　絵空事ですが、思考実験で考えてください」

「先生」今度はちゃんと笑った。「あたし、あんまり頭良くないから……」

それだけではなく、頭がぼやけて、実際に難しいことが考えられなくなっていた。

鷺森は語った。

論理的には、脳幹は取り替えがきく。しかし、大脳は取り替えがきかない。個人が蓄積してきた経験や知識や感情とそっくり同じものは、どこにも存在しないからだ。

個人が個人であることができるのは、大脳の機能による。つまり、植物状態や脳死状態の人は、既に個人の属性を失っていると言える。「その人」ではないのだ。

それなのに、なぜ家族は「その人」への愛情を持ち続けて看護をすることができるのか。

「それは、記憶があるからです」

鷺森は宣言した。

「自分の記憶の中に、『その人』がいる。『その人』と自分との関係が、記憶の中に生きているんです。だからこそ、『その人』らしい言葉も、行動も、何も示してくれなくても、患者は自分にとって『その人』であり続けることができる。だったら、患者の肉体は滅びても、他者の記憶の中で生きているとは考えられませんか？　遅かれ早かれ、最期は来ます。でも、一日命が延びれば、一日分、記憶を増やすことができるんです。『その人』が生きた証が、また少し増えるんです」

鷺森の言葉が路子の心に吸い込まれていった。そして、路子が温め続けていたひとつの疑念を膨らませた。

「そのためには、やみくもな延命措置を講ずるより、いい記憶を残せる状態を長く保てるように、痛みの緩和に専心したほうがいいこともありますけれどね」

「それが、先生の生きた証？」

「正確には、他人の生きた証をどれだけ増やすことができるか。それが、医者にとっての生きた証ですね。こんなやり甲斐のある仕事はないと思っています」

「たいへんけっこうなお話でした」

甘えた声で鷺森の胸に頬をすり寄せた。

「でも、合格点はつけないわ」

「なぜですか」

日出子の遺品。その意味を知り、ないしは推測できる人間が、この世から一人もいなくなってしまえば、日出子が生きた証など消滅してしまう。それが路子の疑念だった。

「いつかきっと、あたしのことなんか誰も覚えていない時が来るもの。先生の言ってる証だって、しょせんは一時的なものじゃない」

「いいんですよ。別に直接覚えていてもらわなくても」

何をわかりきったことを言っているんですか、と鷺森はむしろ不思議そうな口調だった。

「路子さんのことを覚えている人がいる。その人のことを覚えている人がいる。その人のことを覚えている人がいる。その人の……以下、数学的帰納法により、与件は真である。証明終わり」

「ほんとにそう思ってる？」

「思ってますよ」

鷺森は右手を路子から外し、鼻の頭を掻いた。

「僕が心配なのは、太陽系が滅亡するまでに人間が他の星に移住できなかった時のことです。この世から人間が一人もいなくなったら、直接も間接もありませんからね」

この男を相手にしたのが間違いだった、と路子は深く反省した。こんなことを本気で信じている人間に何を言っても無駄だ。

鷺森の腕が元の位置に戻された。

「先生」

路子が呼ぶと、鷺森は首の動きだけで返事をした。

「死ぬのが怖いと思ったこと、ある？」

「ありますよ。いつでも思っています」

「もっと、みんなの記憶に残りたいから？」

「それもありますが。いま死んだら、取り返しのつかない記憶をみんなに残してしまいますからね」

また謎かけみたいなことを言う。

「どんな？」

「そうですね。僕の死後、部屋に隠してあるアダルトビデオの山を誰かが発見したらと思うと、もう恐ろしくて恐ろしくて」

言った鷺森のほうが先に噴き出した。

「へえ。先生でも、見るんだ」

「医者はみんな人格高潔でスケベな奴はいないとでも思っていましたか?」

底意地悪く笑う。それでも、胸に手を置こうとはしない。

この男はそういう男なのだ。

路子は、決心がついた。あたしは、この人を待っていた。

——ひとりは、こわいよ。

だから思いきれなかったのだ。誰かの記憶に残したかったのだ。

自分が最期を迎える場面を。

「鷺森先生」

路子は鷺森の腕を振りほどいた。

「ありがと。あたし、やっと勇気が出た」

「よかったですね」

起立する路子に、鷺森は明るい声をかけた。

彼は迂闊《うかつ》にも勇気という言葉の意味を取り違えている。一矢報いたかな、と路子は嬉しくなった。

部屋の隅、整理棚の上に置かれたスタンドミラーの前まで、路子はゆっくりと歩いた。

ほんの五歩しかかからなかった。

自分自身に向けるから、躊躇うのだ。他人なら。そう、もう一人の路子になら。

立ったまま、路子は人差し指を立てた。

鷺森が立ち上がった。地獄の釜《かま》の底から訴えるような声を上げた。

「何を」

「来ないで！」彼のほうを見ずに路子は制した。「来ないで……そこで見てて」

「馬鹿な真似《まね》はよしなさい！」

――へえ。この人、あたしの能力を信じてないんじゃなかったっけ。でもやっぱり、ちょっとは信じてくれてるんだ。

また少し嬉しくなった。

鏡の中に、路子がいた。こちらへ向かって指を突き出していた。

二人は互いに殺し合おうとしている。

――せーの、でね。

鷺森が何か意味の通じない叫びを発しながら飛びかかった。

路子は、強く念じた。

胸が苦しくなり、頭がふらついた。

す、と視界が暗くなった。
膝ががくりと折れ、身体が床に倒れ込むのを感じた。
鷺森の声が遠のいた。

何も見えない。何も聞こえない。
それなのに、彩乃がいるのがわかる。
そう——声が見えて、姿が聞こえている。
彩乃のはしゃぐ声が見える。
小さな口もとの綻《ほころ》びが聞こえる。
彩乃。
路子は呼びかける。手を伸ばす。
彩乃は笑いだけを残して消える。
もう、どこにもいない。
かつて経験したことのない濃密な消毒臭に押し包まれて路子は目覚めた。
海だ。路子は思った。

燦々《さんさん》と射し込む太陽の光を浴びながら、白い波に漂っている。

ごく小さな海だ。左右がスチール製の柵で囲まれている。

ベッドの上だった。

海を連想したのは、酸素マスクのようなものが口にかぶせられていたからだ。手で触れると、マスクだけでチューブはない。

腕に違和感がある。点滴の針だ。

「気がつきましたか」

鷺森の大きな顔が真上から覗き込んだ。部屋で見たのと同じスーツとネクタイだった。

他にも二人ほどの人間がいる気配がした。

「死ななかったんだ……」

鷺森だけに聞こえるように囁いた。彼は大きく頷き、アパートから最も近い救急病院だと説明した。

「死にかけてた？」

路子は尋ねた。

「軽い発作です。命に別状はありません」

――死ですら、あたしには寄りつこうとしなかった。

「先生……」声が潤んだ。「鏡だと、効き目がないのかな」

「どうでしょうね。もし効き目があっても」

鷺森の手が差し伸べられ、路子の額を撫でた。大きな、ほんとうに大きな手だった。

「僕が救ってみせます。何度でも。必ず」

そう囁いて、鷺森はベッド脇から退いた。もう大丈夫ですよと言いながら、白衣姿の男と女が路子に近づいてきた。

14

厳しかった冬の埋め合わせをするかのように、春が急速に勢力を拡大していた。園末市《そのずえ》あたりでも、桜の開花は平年より一週間ばかり早く、来週早々には満開と見込まれている。

垣内山《かいとやま》病院の前庭に植えられている桜も、もう五分咲きだ。

朱鷺《とき》色の霞《かすみ》を纏った木の下に車椅子が停まっていて、カーディガンを羽織った小柄な老女が静かに腰かけている。眠っているのか、穏やかな木漏れ日を浴びて心地よさそうに眼を閉じている。背後でハンドルを握っているのは、確か光村という女だ。

路子は足を止めて、静物のような二人を眺める。一陣の春風が桜の木を揺らす。たった今、新たな生命を与えられたかのように、二人は頰を押さえて霞を見上げる。

歩きだそうとして体の向きを変えた途端、肩に誰かがぶつかった。ごめんなさい、と快活な声がして、三つ編み姿の少女が頭を垂れたまま駆け去ってゆく。中学生ぐらいだろうか。腕にぶら下げたフラワーバスケットが揺れる。ふくらはぎが躍動する。足どりが軽い。見舞いの相手は経過良好なのだろう。

眼がちくちくして鼻の奥が湿っぽくなった。

正面玄関の車寄せのスロープを昇る。二重の自動ドアは、さあどうぞと言わんばかりに素早く開いて路子を迎え入れた。

ロビーに足を踏み入れたところで、元気良く外へ飛び出してゆく半ズボン姿の男の子とすれ違った。少し後ろを歩く二人連れは、彼の両親のようだ。子どもの割に親が老け顔なのは、遅くにできた末っ子といったところなのかもしれない。じゃあ通院も今月で終わりなんだなと父親が言い、母親が笑顔で頷く。

ああそうか、あの子だ。路子は思い出した。退院してから五か月の通院加療で、慢性腎炎はもうすっかり快癒したらしい。

受付を済ませた。診察室の前でお待ち下さい、と事務員が愛想よく告げた。

内科の外来は平均的な混み具合だった。路子は三十分待っただけで呼ばれた。

肥大型心筋症。

二日間入院した東京の救急病院で告げられた、心臓疾患の名だった。

大したことはないから心配いらない、と路子本人が電話口で明るく告げたにもかかわらず、肇は仕事を放り出して駆けつけてきた。放り出してもいいような仕事だ、と言い訳がましく肇は説明し、そしてそれは事実らしかった。

鷺森は、ちょうど学会も終わったからと言って退院まで付き添ってくれた。病室のドアを開けた時、路子のそばに彼が座っているのを見た肇がどう解釈したかは、わからない。

園末に帰り、あらためて検査を受けた。今日、外来に来たのは、検査結果の説明を聞くためだ。

結果は、東京の病院での所見を裏づけるものだった。ただし、ごく軽いもので、日常生活にはほとんど影響がない。今まで自覚症状がなかったのもそのためでしょう、と循環器担当の医師は言った。

とはいえ、無理は禁物だとも。

「ま、肉体的にも精神的にも大変な日が続いたあとでしたから、ちょっと発作が出たんでしょうな。それに、三日も飲まず食わずなんて無茶するからですよ。いくら若いといってもね」

今後の注意事項を簡単に聞かされて、路子は無罪放免となった。

礼を述べて内科の診察室を出た。

脳外科の診察室は二つ右隣だ。時計を見る。正午過ぎ。

路子は総合受付へ行き、あとで来ますと告げてから、脳外科診察室の前の長椅子に陣取った。ロビーで会計の呼び出しを待っている間に鷺森が退出してしまって会えなくなるのが怖かった。見舞いの相手がいない今、病棟へは行きづらい。

診察の順番を待つ患者が一人また一人と入室してゆき、入れ替わりに診察を終えた患者が出てきてロビーへと戻ってゆく。

午後一時。長椅子には路子ともう一人、中年の男性だけになった。ゴルフウェアを着ているのは、別にプレイの予定があるわけではなく、スーツ以外に着る私服といえばそれしか持っていないサラリーマンなのだろう。

男は新聞を読んでいた。路子は、横から何気なく盗み見ていた。

汚職事件が契機となった政局変動の挙げ句、首相は衆議院の解散を決意した。近々、総選挙が行われるらしい。一面記事はその展望だった。今日、二十歳を迎えて参政権を得た路子にとっては、初めての選挙になる。

国際面には、見覚えのある国の名前が踊っている。五年も続いた内戦が劇的な終結を迎えたそうだ。調停委員会のリーダーが誇りに満ちた記者会見を行ったと伝えている。

経済面や文化面は飛ばして、男はスポーツ面を開く。プロ野球のオープン戦の結果を見てにやにや笑っている。実に幸せそうだ。

そして社会面——ドアから看護師が顔を出し、男を呼んだ。男は新聞を乱雑に畳み、椅子に放置して診察室へ入っていった。たぶん彼自身が買ったものではなく、前の持ち主がそうやって置いていったのを拾ったのだろう。

前例に倣《なら》って路子も拾った。男が閉じる瞬間、目に入った小さな記事の見出しにあった、「自殺」という文字が気になっていた。

小さな小さな記事だった。小さな小さな記事を、路子は何度も何度も読んだ。穴が開くほど読んだ。

赦してください。一行だけの遺書が現場に残っていたと書かれていた。東京のアパートで受け取った手紙の寂しげな文字を、路子は思い浮かべた。その一行は親友に宛てたものだったろうか。娘に宛てたものだったろうか。

全文を暗誦《あんしょう》どころか、逆さに綴《つづ》って諳《そら》んずることもできるほどにまで繰り返して読むうちに、扉が開いて男が出てきた。

路子は扉が閉じる前に素早くノブを摑み、室内へ向かって問いかけた。

「鷺森先生はいらっしゃいますか」

「あ」

看護師が応対するより早く、気の抜けた声で鷺森が返事をした。グレーの肘掛け椅子が後ろへひっくり返るほど背中を凭《もた》れさせて伸びをしている。

「ちょっと……いい？」

路子が伏し目がちに聞くと、鷺森は「上がって」と手振りを交えて、二人いた看護師に退室を指示した。看護師は了解してその場を去った。

鷺森は椅子に座るよう勧めた。路子が座ると、太股に肘をついて身を乗り出した。

「今日は？」

「検査の結果が……」

「ああ」眉《まゆ》をひそめる。「どう……でした？」

自分が受けたとおりの説明を、路子は鷺森に伝えた。

鷺森は、思いなしか安堵《あんど》したようだった。

「大事にしてあげてくださいよ。一つしかない心臓なんですから」

教科書どおりの発言だ。いつもながら、この徹底ぶりには感心させられる。路子は「はい」と素直に返事をし、次いで声を低くした。

「先生、どう思う？　あたしの」

「指の力のことですか」

「やっぱり、思い込みなのかな」

さらりと言ってみた。わざと軽い調子で。

「でも、そうは思っていないんでしょう？」

鷺森が図星を指し、路子は唇を噛んだ。

鏡を経由したから力が届かなかっただけなのかもしれない。念じ方が足りなかったのかもしれない。もともと、自分自身には使えないような抑制が働く能力だったのかもしれない。解釈の方法はいくらでもある。

それに、鷺森の論理を援用すれば、こうも言える。すなわち、過去の出来事や今回の路子の発作すべてに、能力以外の説明がつくとしても、それをもって路子の能力の不存在を証明することはできない。

路子が信じようと疑おうと、それは存在しているかもしれないのだ。

いや、指の力の有無など瑣末《さまつ》な問題ではないか。特殊な能力や技術など必要ない。たった一つの言葉が、他人を死に追い込むことすらあるのだから。

人は誰しも、路子の指と同じものを持っている——好むと好まざるとにかかわらず。

「逆だったら、自慢できるのにな」

指を見つめて路子は呟いた。

「逆？」

「念じるだけで、病気を治せるような指だったら、便利だなって思って」

老女と光村の穏やかな表情。花を抱えた三つ編みの少女。半ズボン姿の男の子。

「そうですね」鷺森は深く頷いた。「医者は商売上がったりですが」

「そうですね」

路子は鷺森の口真似をしてみせた。

ほんとうは、鷺森に対しては一つだけ不満があった。アパートの部屋で抱きしめてくれた時、嘘でもいい、口から出まかせでもいいから、言ってほしかった。

赦す、と。

過去を清算しようとした路子を制止した以上、死に代わる結論を与えてくれるのが彼の責任ではないのか。

今も夢を見る。火葬場の夢。福笑いの夢。どんなに自分を責め苛んでも、心が安まる日は来ないだろう。永遠の安息に逃げ込むまでは。

――わたしは償いたくても償えない。

佳枝がそう言っていた。自分で償えなかったばかりに、佳枝は彩乃を贖罪《しょくざい》の山羊《やぎ》として神に供する道を選んだ。

佳枝の罪は赦されたのだろうか。

赦されたのだ、と路子は思う。ただ、新たな罪を背負うことになったけれど。彩乃を犠牲にしたという罪を。

新たな贖罪は我が身で行うほかはなかったのだろう。

鷺森は気づいたろうか。朝刊の社会面の、小さな小さな記事に。

気づいていないのかもしれない。気づいてはいるが、路子が気づいていないと思って口にしないのかもしれない。

佳枝の贖罪が正しかったのか間違っていたのか、路子にはわからない。正否を断じる資格も、またその権利も持ち合わせていないと思う。

ただ自分は佳枝を、そして彩乃のことを決して忘れない。いや、忘れまい。路子はそう確信し、決意していた。二人は今も路子の記憶の中にいる。路子が生きている限り、二人もまた、路子の中で生き続ける。

佳枝と彩乃は記憶という形で路子の新たな一部になったのだ。二人を知る前の路子と今の路子とは、同じ路子ではない。

「路子さん」

あらたまった口調で鷺森が名前を呼んだ。考えごとに心を奪われていた路子は、どきりとした。

「人生には、やりなおしはあり得ません。ただ、続きがあるだけです。だから」

立ち上がった。

「続けましょう。最後まで」

「苦しくても、です」

「苦しくても？」

こんな好天の昼日中から、ひと回りも年下の小娘を相手に胸を張ってこんな芝居がかった励ましができるなんて、よほどの鈍感か、変態か、無分別か、それとも――

一つだけでも、不満があってよかった。それがなかったら、膨れ上がる別の感情を抑えられずに、こんな好天の昼日中から、ひと回りも年上の医者を相手に、熱に浮かされたような告白をしてしまったにちがいない。

そんな恥ずかしいことにならないように、できるだけ不満を訴えておこう。不満の代償を要求するのもいい。

そうだ、それがいい。

路子も立ち上がった。そして切り出した。

「ひとつ、お願いがあるんだけど」

春とはいえ、朝晩は思い出したように寒さが戻ってくる日もある。街なかで観察してみても、早朝から外出し深夜に帰宅する種族は、その半数近くが未だにコートを着用している。

肇は、もうコートを脱いでいた。相変わらず、残業せずに帰宅する日がほとんどだ。日出子が倒れてからというもの、あまり会社を顧みない状態が続いていたが、忌引き休暇が明けてから正式に営業部長の職を解いてくれるよう会社に申し入れたのだそうだ。今は、営業部付けの販売管理担当部長という聞き慣れない役職名をもらって、のんびり仕事をしているのだと聞かされている。今日も、夕食の支度の真っ最中に帰ってきた。

路子は菜箸《さいばし》を手にしたまま迎えに出た。

「ごめん。もうちょっと待ってて」

今夜の主菜に予定している鱚《きす》の揚げ煮がまだできていない。小麦粉の衣をつけて鱚を揚げ、酢と唐辛子で味を調えた煮汁で煮立てる。煮汁が半分ぐらいに減るまで煮ると、味が滲み込んで美味《おい》しくなる。あと少しだ。蜆《しじみ》の味噌汁と若布《わかめ》の酢の物は先に作った。蕗《ふき》の炊き込みご飯はあと数分蒸らせばよい。

肇は、「ああ」とそっけなく答え、寝室へ入った。着替えるためだろう。

台所に戻ろうとした路子は、甘えて足にまとわりつく猫につまずいた。昨日、どこからともなく帰ってきた日出子の猫。瘦せ細り、毛並みはずたずたで、全身に怪我を負い、衰弱して震えていたけれど、ひと晩で元気に歩き回れるようになった。邪魔しないでね、と声をかけ、鍋《なべ》の中を点検する。

ようやく完成し、ダイニングテーブルに食器を並べはじめると、肇も出てきた。

いただきます。ごちそうさま。いつもと同じく、それ以外には会話のない、二人きりの食事。

「お茶、入れようか？」

食器を流し台へ下げながら聞いてみた。肇は、やはり「ああ」と答えて、今度は八畳の和室へ入っていった。そこには仏壇がある。四十九日も済んだ。本来は四月なのだが、命日からふた月またがりになると縁起が悪いというので、三月のうちに繰り上げて執り行った。ただの迷信だと思うが、いつやっても大差はなかろう。敢えて縁起の悪い時期に営むこともない。

手早く洗い物を済ませると、湯吞みに焙《ほう》じ茶を汲《く》んで、路子は和室へ入った。

肇は仏壇の前に悄然《しょうぜん》と座っていた。

「お茶」

傍らで正座をして、湯呑みを差し出した。その手を、肇が見咎《みとが》めた。

「おかしなものをつけているな。そんなもの、普通そこに嵌《は》めるのか」

「ああ、これ」路子は右手の人差し指を左手で隠した。「ちょっと、ね」

ひんやりした感触は、ピンクゴールドのスパイラルリングだ。

——緊箍児《きんこじ》みたいですね。

貴金属店を一歩出るなり鷺森は言った。今日の午後のことだ。誕生日のプレゼントをねだるなど、生まれて初めての経験だった。せっかくだから早いほうがいいでしょう、と彼はあっさり路子の願いを聞き入れてくれ、病院から二人で直行した。

「なに、それ」

耳慣れない言葉に路子が問い返すと、

「孫悟空の頭の輪っか。ほら、三蔵法師がお経を唱えると、ぎゅっと締まって悟空の乱暴を戒める、あれです」

「じゃあ、先生が三蔵法師？」

「医者は坊主丸儲け、ってやつですかね」

冗談を言い、自ら笑い出した。路子も、ひと呼吸遅れてそれにつき合った——

鷺森の言ったとおりだった。彼から与えられたものを、人差し指に着けていたかった。それを感じている限り、もうこの指を使わない、という自らに課した掟《おきて》を守りつづけることができると思った。

「人差し指にするのは、インデックスリングって言うの。別に、おかしくなんかない」

路子は肇に弁解した。納得させられたかどうかは不明だった。

「おまえがなあ。そんなものをなあ」

それが肇の反応だった。

「今日でもう二十歳だもの。大人になったら、好きなことしていいって言ったじゃない」

「そうか」肇は感慨深げに口ごもった。「今日は二十八日だったな」

それきり、押し黙ってしまった。

路子も、何も言うことがなくなった。

肇が茶をすすった。何度かに分けて、少しずつ飲んだ。自分のぶんも入れればよかった、と路子は少し後悔した。

静かな夜だった。

月の光が射し込む音まで耳に届きそうな夜だった。

湯呑みが空になった。

肇は仏壇に近寄り、蠟燭《ろうそく》と線香を灯した。

すすっ、と煙が立ちのぼる。

やや苦しまぎれながら、いたたまれない沈黙を抜け出す台詞を路子は思いついた。

「大学、やめて……帰ってこようか？」

「馬鹿。それはいかん」

肇が聞き咎めた。語気は弱かった。

「卒業しろ。始めたことはやり通せ。母さんはそういう女だった。大学ぐらい出ておけ。まともな就職口がないぞ」

「最近は、そうでもないみたいよ。フリーターでも食べてけるし」

路子は反論したが、やはり語気は弱かった。自分でもそれに気づき、話題を変えた。

「だいいち、独りで暮らしていけるの？」

「いずれはそうなるんだからな。かまわん」

視線が路子の指輪に向けられた。

いずれは、そうなるのだろうか。

結婚し、この家を出て、子を産み、育てるようになるのだろうか。

人殺しの子を。

「おまえ、検査の結果はどうだったんだ」

不意に肇が尋ねてきた。路子は平然と答えた。

「あ、大したことないって」

「なにっ」

肇が怒りをあらわにした。路子はわれ知らず身体を萎縮させた。これだけ怒りらしい怒りを肇が見せるのは久しぶりだ。白骨化していた感情が肉体を得て甦《よみがえ》ったみたいだった。

「馬鹿か、おまえは。そうやって油断しているとだな」

「なによ、馬鹿馬鹿って！」

路子は色をなした。こんな反応を返すのも久しぶりだった。

肇は虚を衝かれたように身を退き、口を開けたまま硬直した。

二人の体の動きが空気を揺り動かし、線香の煙をゆらめかせた。

「……すまん」

肇は肩を落とした。がっくりと落とした。

細く頼りなげな肩だった。

昔の肇は、細くとも力強い肩を持っていた。鋼鉄を捩《よ》り合わせたような肉体だった。

いつの間に、こんな情けない肩になったんだろう。背も、首も、頬も。今なら、指の力などなくても殺せそうな気がする。

それ以上、路子は罵《ののし》ることができなかった。

肇は俯《うつむ》き加減になった。恩赦を求める罪人のように恐縮していた。

「母さんのあっけない死に方を思い出すと、つい、な」

「うん……とにかく、ふつうに生活してれば、心配いらないから」

路子は取り繕った。肇には、病気のことをあれこれ詮索されたくなかった。

原因は不明。ただし遺伝性。

医学辞典にはそう記されていた。

両親のどちらから受け継いだ遺伝かはわからない。肇がそんな情報に接する危険を、少しでも摘み取っておきたかった。負い目を感じさせたくはない。

「わかった。しかし、くれぐれも大事にな」

ぼそぼそと喋りつつ、畳の縁の黒い部分を指でなぞり、それからつけ加えた。

「俺だって、もう危ないかもしれん」

肇の肩は、落ちたまま上がらない。

妻を慕うように世を去ったという鷺森の父親のことが路子の脳裏をよぎった。

「つまんない冗談」

努めて呑気な調子で返したつもりだったが、声が喉で詰まった。それを気取られないように咳払いをしながら、肇の背中へ回った。

「肩、凝ってない？」

「いや」

路子は構わず、肇の貧弱な肩に手を置いた。

ゆっくりと力を込める。緩める。込める。緩める。

込めながら尋ねた。

「あの日……どうして、あんな時間に家にいたの。虫の知らせ？」

緩める。込める。

「約束だった」

肇は答えた。

「約束？　あの人と？」

「いや」肇は空咳をした。照れているように見えた。「母さんは知らん。俺が自分で勝手に決めた約束だ」

「どんな？」

「親父が死んだあと、何日か母さんと話し合ったことがあった」

路子は、肇の言葉を自分の記憶と照らし合わせてみた。

「覚えてる。あたしに内緒で離婚の相談してるんだと思ってた」

「隠しごとというのはできないもんだな」

路子の手の動きに合わせて、静かに息を吸い、そして吐く。呼吸の合間を縫って、ゆっくりと、ほんとうにゆっくりと、肇は話す。

——親父は死んだ。もう江藤の家の存続を言いつのる者もない。おまえの好きにしろ。

肇は日出子にそう告げた。それが精一杯だった。親父にも晴美姉さんにも頭が上がらなかった自分を赦してくれ。そう言おうとして、言えなかった。

日出子は、別れるつもりはないと答えた。

——路子には、家の事情だとか、女だからとか、そんなことで自分の進む道を諦《あきら》めるようなことはさせたくない。あの子を一人前に育てるには、お金が要ります。あなたが出て行けと言わない限り、わたしはこの家を出るつもりはありません。

路子に対する日出子の教育方針に、肇は必ずしも賛成ではなかった。しかし、自分にそれを言う資格はないと肇は思った。日出子が女という性を呪い、執拗《しつよう》に路子を社会的な成功者へ仕立て上げようとしたのは、おそらく肇への、そして江藤の家への報復だったろうから。

日出子は、こうも言った。

——あなたは今までどおり、自分の道を進んでいてください。企業人としてのぼりつめること、それがあなたの人生でしょう。そうして、路子とわたしのためにたくさんのお金を稼いでください。今さら家族になんて気を遣わなくても結構です。

肇は了解し、日出子に向かって宣言した。よしわかった。俺は今まで以上に仕事に打ち込むことにする。一日だって休むものか。

「そういう形でしか、俺は母さんに必要とされなくなっていた。自業自得だがな」

日出子が仕事以外のことで肇に何も期待していなかったのは本当だろう。ただそれは、肇がそれ以外の人生を選び取るほどの器用さを持ち合わせていないことを知っていたからに違いない、と路子は思った。

「それで、約束って？」

「ああ。俺の力で、母さんみたいな社員が辞めずにすむような会社にしてやろう、と決めた。せめてもの罪滅ぼしにな。おまえ、高科とは話したか」

電話で聞いた、芯の強そうな女の声を思い出した。通夜の席で見かけた、端然とした気持ちのよい挙措《きょそ》のことも。

「少しだけ」

「あいつが、俺の後任だ」

次期の人事異動に向けての選考会議で肇は、営業部の次長に高科を推した。それには、幹部一同を説き伏せる必要があった。社内結婚の場合に妻が退職に追い込まれる慣習は薄れつつあったが、女性が課長職以上に登用された実績はまだなかった。

江藤君ほどの男がそこまで言うならやむを得まい、と幹部一同は納得したという。

「一刻も早く母さんに聞かせてやりたかった。だから、会議のあと、早退して帰ってきた。やっと胸を張って詫びることができる。そう思ってな。そうしたら、台所で母さんが倒れていた」

これで話は終わりだ、というように肇はひときわ大きく息をついた。

「単なる偶然だ」

「そう」

路子は、手を止めた。後ろから肇の顔を覗き込む。

「でも、それって、やっぱり虫の知らせだと思う」

肇は、それには答えず、

「高科のやつ、次長どころか一足飛びに部長にまでなりやがった」

と、小さく笑った。

「母さんの看護で病院に通いはじめた時、俺が仕事の手を抜いてるのを盾にして幹部連中が約束を反故にしはしまいか、それだけが心配だった」

だが、それは杞憂《きゆう》だった。彼等はあっさりとこう言った。江藤君、こうなったらいっそ、早いこと正式に高科君に後を任せてはどうか。

「どうして、こんな簡単なことが母さんの時にはできなかったんだろうな」

肇は、路子から顔を背けるように、仏壇の中の遺影を見上げた。

「別に喜んでくれなくてもよかった。ただ、知っておいてほしかった」

肩が小刻みに震えていた。

思わず、路子は手に力を込めた。少しの間、込め続けた。震えを止めたかった。

――そんな社会に変えてゆくためのささやかな礎のひとつになりたい。

結婚当時の日出子が口にした言葉だ、と前に肇が教えてくれたことを思い出した。

路子が手を緩めると、肇はようやく呼吸を整え、ぼそっと呟いた。

「目を覚ますと思ってたのにな……」

路子は首を横に振った。

「あの人、きっと気づいてたと思う」

慰めるつもりで吐いた巧言ではなかった。

肇と日出子の間には絆《きずな》があったんだなと路子は悟った。心深く通い合う愛情と呼べるものではなかったにせよ、確かに絆はあったのだ。

そしてそれは、肇と路子の間にも、日出子と路子の間にも、やはり存在していたのだろう。路子が生まれ落ちた瞬間から、ずっと。

再び力を込める。緩める。

「お父さん」

優しく呼びかけた。

「ああ?」

肇が首を回し、路子の手が止まった。

肩に温もりがあった。肇の体温でもあり、掌から伝導した路子の体温でもあった。

肇と日出子の遺伝子を秘めた路子の手が、肇の肩に置かれている。

路子の中のわだかまりが消えたわけではない。この先、今のような優しい声で肇に接しつづけることはあり得ないと思う。衝突し、憎み、殺意すら抱くだろう。いかに殺意を抑制してゆくのか、むしろそれが肇に対する路子の課題であり続けるだろう。

それでも、見せてやりたい。

過去から生命を受け継いだ路子が、この世界に今からどんな足跡を記すのか。その行方を見せてやりたい。肇と日出子の生きた証は滅びることはないのだと証明するために。

だから、せめてその時までは。

「お父さん」

もう一度、呼びかけた。さっきよりも優しい声が出せた。

続きは、胸に収めた。すべての人の中にその言葉があるのだと思った。

線香の薫りの奥から日出子の遺影が見下ろし、路子は肇に寄り添っていた。

静かな夜が静かに更けていった。

＊作中の「ユーイング肉腫」に関する辞書的記述は、『最新医学大辞典（第二版）』（医歯薬出版株式会社）の該当箇所から一部を引用したものです。――――著者

解説

大森　望

デビューから十七年間で、著書はわずかに五冊。本書『死なないで』は、その五冊のうちの貴重な一冊。あまりにも寡作すぎる作家・井上剛の第二長編にあたる。二〇〇三年六月に書き下ろしの単行本としてハードカバーで刊行され、七年後に文庫化。紙の本としてはしばらく品切状態が続いていたが、今回、九年ぶりにこうしてめでたく新装版が出ることとなった。こんなゆっくりしたペースで仕事をしていると（しかも、この著者のように、一作ごとにジャンルも作風もぜんぜん違うとなると）、ふつうならとっくに忘れ去られてもおかしくないところだが、にもかかわらず新作が出るたびに話題になり、それに加えて旧作が復活するというのは、各作品のクォリティがいかに高いかという証拠だろう。本書も、その例外ではない。

相手を指差し、心の中で死ねと念じるだけで殺すことができる――もし、そんな力を持っていたら、あなたはどうしますか？　『死なないで』は、そんなありえない仮定から出発する。衆人環視のもと、「今からこの男を殺します」と宣言し、指を差して殺害を実行したとしても、刑法上は不能犯にあたるため、殺人罪に問われることはない。まさに完全犯罪……。

たいていの人が一度は夢見る超能力だから、フィクションの世界では、さまざまなバリエーションが考えられている。ノートに名前を書くだけでその人物を死なせることができる『DEATH NOTE』（原作・大場つぐみ／作画・小畑健）も、その発展形のひとつ。乙一の短編「神の言葉」では、万能すぎる力が暴走して（というか、力の使い方をまちがった結果）とんでもない事態に立ち至る。宮部みゆき「燔祭《はんさい》」『クロスファイア』の主人公・青木淳子は、離れた場所から標的を焼死させられる念力放火能力の持ち主だが、彼女は法が裁けない悪を自分の手で裁くことを選択する。こうした超能力ものの中には、望まない力を持ってしまったばかりに追われることになる者の哀しみを描く系譜もある（スティーヴン・キング『ファイアスターター』とか）。

しかし、井上剛は、そうした特殊能力エンターテインメントのどのルートも選ばない。超能力を扱っているにもかかわらず、本書はミステリーでもサスペンスでもＳＦでもない。『死なないで』は、ひたすら両親との関係を描く、家族小説なのである。〝家族の死〟というありふれたテーマをこんな角度から描いた小説は初めてだろう。静かな結末が胸に残る。

超能力にもSFにも興味がない読者にこそ、ぜひ読んでほしい。

疑り深い人のために、もうちょっとくわしく内容を紹介すると、主人公の江藤路子は、東京の女子大に通う、ひとり暮らしの十九歳。小説は、母親が脳卒中で倒れたと聞いて、路子があわてて家を飛び出すところから始まる。駅に向かって走りながら、路子はこう独白する。

〈死なないで、お母さん。病気なんかで死なないでよ。／あなたは、あたしが殺すんだから。〉

タイトルの「死なないで」が、まさかそういう意味だったとは……。

地方の旧家に生まれた路子は、（本人の回想によれば）両親から愛されることのない子供時代を過ごした。跡取りとなる男の子が生まれることだけを望んでいた父親は、路子になんの関心も持っていない。母親は、自分が家庭の事情で大学に進学できず、就職した会社も結婚によって辞めざるを得なかったことに対する反省からか、路子が小学生のときから、「いい学校へ行きなさい。うんと勉強して、いい大学へ行って、お医者さんとか弁護士さんとか、そういう専門的な仕事に就きなさい」と勉強ばかり強要した。

路子はそれに反発し、両親に対する憎しみを募らせ、やがて心の中に殺意が芽生える。人差し指を向けて心の中で強く念じるだけで生き物を殺せる能力が自分にあるらしいと気づいたのは、その頃のことだった。路子は、この力を使って、自分が二十歳になったら両親を殺そうと考えはじめる。

　誰かが言っていた。「人間の死亡率は百パーセントだ」と。

犬も、人間も、死ぬのだ。遅かれ早かれ、例外なく、みな死ぬのだ。生まれ落ちた瞬間から、死に向かって歩き始めるのだ。そう定められている以上、生きていることにどれほどの意味があるだろう。生に執着し、死を恐怖し、自己が生き続けることに価値を見出《みいだ》そうと躍起になるなんて、無駄なことだ。

　そんな連中には、思いっきり、指を差してやりたい。

　こういうシニカルな考え方が、路子の性格を特徴づけている。「殺そうと思えばいつでも殺せる」という優越感だけを支えに、学校でのいじめや両親との不仲を耐え忍んできた路子は、心にハリネズミのようなトゲを生やし、かたい殻の中に閉じこもっている。いくらなんでもそこまで毒を吐かなくても——と思うくらい露悪的な、筋金入りの皮肉屋。しかし、路子の理屈にはつねに一本、筋が通っているし、だれの心の中にも似たような面はあるだろう。一見、共感しにくいキャラクターのようでいて、その実、路子の言動が身につまされるという読者も多いのではないか。

母親が昏睡《こんすい》状態に陥ろうが、父親が人間的なやさしさを見せようが、路子の心の鎧《よろい》が剝《は》がれることはない。助かる見込みのない難病と闘う少女、彩乃との出会いにも、路子は動じない。必死に痛みをこらえる彩乃に対して、自分は死神だと自己紹介し、「ひと思いに、楽にしてあげようか」と持ちかける。少女はそれを断り、「がまんする子には、きっとごほうびがあるよ。ママがそう言ってた。だから、彩乃がまんするの」と答える。

しかし路子は、情にほだされるどころか、〈詭弁《きべん》ですらない、ただのまやかしだ〉と考える。〈病気になると身体が痛む。それは結果であって原因ではない。痛みに耐えたがゆえに病気が快方に向かう、ということはあり得ない。耳を塞《ふさ》いだからといって騒音が鳴り止むわけではないのと同じだ〉

こうしたドライな論理と徹底したリアリストぶりが、むしろ小説のトーンにそこはかとないユーモアを与え、湿っぽさを感じさせない。人間の死をめぐる、暗くて重いはずの話なのに、不思議とカラッとしている。〝涙〟や〝感動〟とはおよそ縁のない、路子のかたくなな心がいかにして動かされるか。鉄壁の理論武装がいかにして打ち破られるか。そこがこの小説の読みどころになる。よくあるパターンと言えばそうかもしれない。しかし、ちょっとやそっとのことではびくともしない分厚い氷にひびが入るとき、読者の心にもあたたかいものが広がるはずだ。

さて、このあたりであらためて著者のプロフィールを簡単に紹介しておくと、井上剛は一九六四年生まれ。京都大学文学部を卒業後、通信サービス系の会社につとめるかたわら小説を書きはじめ、二〇〇二年、第三回日本SF新人賞を受賞した『マーブル騒動記』（応募時タイトル「さらば牛肉」）で作家デビューを飾る。受賞作は、和牛がとつぜん知能を獲得して大騒動になる異色のパニック小説。風刺小説っぽい寓話《ぐうわ》的な作風は、選評でも指摘されているとおり、カレル・チャペック『山椒魚戦争』の系譜に連なる。テレビマンを主人公に起用したのが奏功して、ツカミは完璧。本書とはまったくタイプの違う小説だが、一気に読ませるストーリーテリングの力だけは共通している。

前述したように、翌〇三年には本書『死なないで』を刊行。さらにその翌年の三月に出た『響ヶ丘ラジカルシスターズ』は、少女歌劇団の音楽学校に入学した新入生トリオが活躍する学園もので、これまたまったく作風が違う。

と、ここまでは年に一冊のペースで長編を出していた井上剛だが、この第三長編以降、新作の刊行がぴたりと止まり、〈ＳＦ Ｊａｐａｎ〉や〈問題小説〉にときたま短編を発表するだけになってしまう。

そして二〇一四年――。なんと十年ぶりに刊行された長編が、それまでの三冊とはまったく違うイヤミス方向に振りきった書き下ろしの新作『悪意のクイーン』だった。主人公は生後七カ月の赤ん坊を抱える亜矢子。慣れない子育てに悪戦苦闘する毎日だが、夫は家事も育児もまったく手を貸そうとしない。地元のママ友コミュニティからはなぜか反感を買い、育児疲れも相俟《あいま》って、亜矢子はしだいに追いつめられてゆく……。ママ友づきあいのむずかしさや人間の悪意をぞっとするほど生々しく描き出したうえでショッキングな結末をつけた『悪意のクイーン』は、発売以来、口コミで人気が広がってじわじわと売れつづけ、二〇一九年七月現在、八刷にまで到達している。

その勢いをかって次々に長編を発表しはじめたかというと全然そんなことはなく、また五年という長いインターバルを置いて、二〇一九年九月、現時点での最新長編『きっと、誰よりもあなたを愛していたから』を刊行する。

主人公は、大学三年生の〝あたし〟。三歳年長で社会人二年目の姉と2DKのマンションで暮らしていたが、その姉が自室のドアノブにひっかけたタオルで首を吊って死んでいる現場に遭遇するところから小説は幕を開ける。警察は自殺と判断するが、捜査終了後に返却された姉のスマホには四人の男性とのメッセージのやりとりが残されていた。〝あたし〟は、その四人と順番に対面し、姉の過去を探りはじめる……。

同書は、書店業界の「仕掛け番長」こと栗俣力也氏の原案に基づいて書き下ろした作品。証言者が交替するたびに姉の違った顔が見えてくる、ノンストップ多段式どんでん返しミステリーで、『悪意のクイーン』の流れを継承しつつも、イヤミスからは離れ、新たな世界を開拓している。

こうして見ると、ゼロ年代にＳＦ作家としてキャリアをスタートさせた井上剛は、二〇一〇年代に入り、ミステリー作家としての地位を確立したとも言えるが、そのターニングポイントになったのが、本書『死なないで』。

死を扱った作品は、読者の情に訴えて涙腺を刺激する方向に流れがちだが、本書のように、〝死〟を正面から冷徹かつ論理的に描き、なおかつ読者に感動を与える作品は、文芸書全体を見わたしてもきわめて珍しい。ＳＦ的な設定を導入したうえで、路子という人物の内面を細やかに描き、安易な和解ではなく人間的な理解へと導いてゆく。その結末は静かに読者の胸を打ち、いい小説を読んだという余韻が残る。九年ぶりに甦った機会を逃さず、この埋もれた傑作をぜひじっくり味わってほしい。

＊本稿は、二〇一〇年八月に刊行された本書の元版に掲載された解説を、改稿したものです。

本書は２０１０年８月徳間文庫として刊行されたものの新装版です。なお、本作品はフィクションであり実在の個人・団体などとは一切関係がありません。

徳間文庫

死《し》なないで

〈新装版〉

2019年10月15日　初刷

著者　井《いの》上《うえ》剛《つよし》

発行者　平野健一

発行所　東京都品川区上大崎三－一－一　〒141－8202
目黒セントラルスクエア
株式会社徳間書店

電話　編集〇三（五四〇三）四三四九
販売〇四九（二九三）五五二一

振替　〇〇一四〇－〇－四四三九二

印刷
製本　大日本印刷株式会社

ISBN978-4-19-894506-0　（乱丁、落丁本はお取りかえいたします）